宫本辉
作品集

春の夢

春之梦

〔日〕宫本辉 著

张佚 译

人民文学出版社

著作权合同登记号　图字 01-2022-1385

宫本　辉
春の夢

HARU NO YUME
by MIYAMOTO Teru
Copyright © 1984 MIYAMOTO Teru
All rights reserved.
Originally published in Japan.
Chinese (in simplified character only) translation rights arranged with
MIYAMOTO Teru, Japan through THE SAKAI AGENCY and BARDON-CHINESE
MEDIA AGENCY LIMITED.
Simplified Chinese edition copyright © 2023 by Shanghai 99 Readers' Culture Co., Ltd.
All rights reserved.

图书在版编目(CIP)数据

春之梦/(日)宫本辉著;张佚译.—北京:人
民文学出版社,2023
（宫本辉作品集）
ISBN 978-7-02-017663-2

Ⅰ.①春… Ⅱ.①宫…②张… Ⅲ.①长篇小说-日
本-现代　Ⅳ.①I313.45

中国版本图书馆 CIP 数据核字(2022)第 235762 号

责任编辑	朱卫净　周　展　刘佳俊
装帧设计	李苗苗
出版发行	人民文学出版社
社　　址	北京市朝内大街 166 号
邮政编码	100705
印　　制	凸版艺彩(东莞)印刷有限公司
经　　销	全国新华书店等
字　　数	167 千字
开　　本	787 毫米×1092 毫米　1/32
印　　张	9.5
版　　次	2023 年 2 月北京第 1 版
印　　次	2023 年 2 月第 1 次印刷
书　　号	978-7-02-017663-2
定　　价	55.00 元

如有印装质量问题,请与本社图书销售中心调换。电话:010-65233595

宫本辉
作品集

1

黄昏的街道，樱花花瓣纷纷飘落。商店街的尽头，看不到一棵樱花树，井领哲之总感觉有人恶作剧把什么脏东西往他身上洒过来，忍不住以带些畏怯的眼神往头顶上四处张望。

从商店街的那条路向前走，有一个平交道①。走过平交道，道路开始弯弯曲曲，不觉中沿着小河前进。走个十分钟左右，小河往右转，一条笔直的道路往前向着生驹山延伸过去。沿途有酒屋，有杂草丛生的空地，有一个好像关闭了好几个月的咖啡馆，店的招牌被冬天回寒的冷风吹得嘎嘎作响。从这里还得走二十分钟，才能到公寓。从杂货店和理发店并排处右转，井领哲之租来的公寓，就在廉价新兴住宅密集的一隅。他把所有家当堆

---

① 平交道，即道口，指铁路和公路交叉的路口。

放在朋友驾驶的小卡车上,刚刚才从大阪福岛区搬到大东市郊外的这间小公寓。在他交付押金并预付了月租后,房东才把公寓的钥匙给他。虽说是所有家当,也只有一张旧书桌、小电视、冰箱、年代已久的桐木柜(母亲的嫁妆)、棉被一套,还有自己做饭时最低限度的锅碗瓢盆等,从卡车上把家当搬到二楼,还花不上二十分钟。朋友说有事,立刻就走人了,哲之独自开始整理时,才发现屋内连一个灯泡都没有。他来到房东家,询问灯泡的事情。

"前一个房客搬家时,带走了。对不起啊!"

房东在杂乱的住宅区开了一家小小美容院,是一个年过四十岁的妇人,虽然话没说出口,其实就是要哲之自己去买灯泡来装上,她边替客人梳头发边说,连看都不看他一眼。哲之心想,灯泡不是房东应该准备好的吗?看一下房东那张小气刻薄的脸,无可奈何之余,他只好走路到车站,买回来两个六十瓦特的灯泡和一盏六张榻榻米大房间用的日光灯。

太阳几乎下山了,带着一抹淡绿的落日余晖洒落在屋内。他从装衣物的纸箱里找到阳子送他当生日礼物的那顶网球帽,想先把它挂起来。哲之装上灯泡,按下开关。电灯不亮!再装上日光灯,按下开关,仍然不亮!哲之走出屋外,查看安装在墙上的电表。电表上贴着电力公司的封条。哲之再度走到房东的美容院。

"电灯不亮……"

房东瞥了哲之一眼，说道：

"哎呀！我忘记联络电力公司了。电源已经被切掉了。"

"那么，今晚不得不在黑暗中忍耐了咯？"虽然哲之很生气，仍以平静的语气说道。

"等一下会拿蜡烛过去给你，就忍耐一晚吧！"

哲之回到黑漆漆的屋内，枯坐在榻榻米上，实在无计可施，因为月租只有七千五百日元。房东原本坚持要一万日元，哲之说自己是学生，拜托对方便宜些。她才不情愿地降为七千五百日元。这是一间有十年以上屋龄、还发出霉味的六张榻榻米大的屋子。

他环视屋内，最里头有间厕所，不必和人家共用厕所，这点还算好。在屋子的角落摆上书桌，衣柜就放在旁边。棉被收进狭窄的壁橱，暂且把装着碗盘的纸箱放在厨房，把钳子、钉子和锤子从工具箱里拿出来。哲之本想找一根短钉子，但在漆黑的屋内，只找到一根五厘米长的钉子。他把衣柜稍微挪一下，和书桌之间形成空隙，用手摸到墙和墙之间的那根四角柱子，想把钉子钉上去。他往大概的方向用力锤。屋子摇晃着，还发出很大的响声。哲之把网球帽挂在钉子上，在黑暗中抽着烟。不久，房东来了。

"不要到处乱钉钉子啊！"

她话一说完，就拿出五根细蜡烛给他。

"虽然有煤气管道，不过是液化煤气，如果不用液化煤气炉,是无法使用的。"

话一说完,便匆匆离去。哲之搬来的炉子不是使用液化煤气的。看来还得再去买一个新炉子。他点上蜡烛,从裤袋内翻出纸币来数。刚才去买灯泡,顺便在车站前的中华料理店用餐,母亲给的钱只剩下四万七千日元。哲之吹熄了蜡烛,走到屋外,想找公共电话,到处都找不到。杂货店门口应该有才对,可是还不到七点竟打烊了。他问一个过路的女人,哪里有公共电话,然后哲之依照指示走去,当他看到公共电话亭时,已经快步行十五分钟了。在这十五分钟的路程中,没碰到任何一个行人,也没有一盏路灯是亮的。这里真的是大阪吗?哲之弓着背、双手插在裤袋里,边走边自言自语。他对接电话的阳子说道:

"这里根本就是无人城嘛!"

"明天会去学校吗?"阳子担心地问道。

"明天要在家里睡觉。后天开始去打工……"哲之回答后,又告诉她到公寓来的路线。阳子沉默一阵后,小声说道:

"明天……我……会去。"

"……嗯。"

"要我带什么过去吗?"

"要一个液化煤气炉子,便宜的小炉子就可以。"

挂断电话后,哲之接着又打给了在北新地料理屋工作的母亲。此刻正是店内最忙碌的时候,他有些担心,不知人家是否愿意替他转接电话，没想到料理屋的年轻女店员亲切地叫母亲来接电话。母亲也正在等哲之来电，晚饭吃了吗？还需要什么东西呢？很辛苦吗？一定得好好去上学啊！她问了一连串问题后，又加上一句：

"每天都要打电话来。妈妈中午十二点会在电话机前等。"

"没办法那么准时，怎么可能一定在十二点打电话呢？"

"不是刚好十二点也没关系。不过中午一定要打来。知道吗？"

"……嗯。"

哲之走在没有一点灯光的冷清的路上，心想大学非得早些毕业不可。去年被挂科了四个学分，无法顺利毕业。今年再也不能挂科了！今年夏天决定好工作地点，明年非毕业不可。因为已经和对方约定好，就职后每个月一万五千日元、连续三年交给"浪速实业金库"这家公司。父亲死前开出了五张长期支票。其中三张，因对方看到他们母子窘迫的困境而自愿放弃。有人说父亲生前曾照顾过他们，也有人不断讲些难听的话，看到哲之和母亲羞愧的模样，不得不死心了。但是还有两张支票，则是被穷追猛打要求兑现。一张支票转到"浪速实业金库"，一张则落到讨债流氓的手中。"浪速实业金库"派来的承办人年过六十，看上去敦厚，他说："这不是多大的金额，每个月分期摊还吧！"虽说不是大金额，但也是五十四万日元啊！对目前的哲之和母亲而言，可是一笔大数目。哲之瞒着母亲跑到"浪速实业金库"拜托那位老先生，目前自己还是学生，明年毕业立刻就业，请暂缓一段时间！结果和对方达成共识，签下一纸合约——这其间不摊还也不计算利息。另外一张落到讨债流氓手中的三十二万三千日元、六个月期的支票则成为大问题。无论要求协商，还是诉说自己的窘状，一概不予理会的对方，经常半夜来访直到天亮，有时威胁恐吓，有时恳切哀求，使出种种方法，三个月来不断地跑到哲之和母亲的住所骚扰。

没多久，母亲变得魂不守舍，一到夜里全身就开始发抖，躲进壁橱，直到天亮才肯出来。哲之则是跑到朋友家到处借宿。一周前，那个向来独自逼债的流氓，带着三个无赖，一脚踢开门强行进入家中，把躲在壁橱的母亲硬拉出来。威胁若不把钱准备好，要你儿子一只手臂！翌日凌晨，母亲和哲之把家当整理了一下，向房东诉明原委后，暂时躲到尼崎①的伯母家。靠着早死丈夫的年金和在附近汽车零件厂打工的一点微薄薪资，租一间小房子独自过活的伯母，很担心那个讨债流氓查出哲之和母亲躲在自己家后会追过来。哲之和母亲商量后，决定分开各自过活，以躲避那些流氓。经朋友介绍，母亲决定住进北新地一家叫"结城"的料理屋工作，哲之靠

---

① 尼崎：位于兵库县东南部港都，人口约四十八万七千人。

着住在大东市学弟的介绍，租了一间小公寓。哲之害怕讨债流氓会终日埋伏在校门口，所以虽然五天前已经开学了，但他至今还未上过一堂课。事到如今，哲之已经下定决心，不是断然还清债务，就是一个劲地躲藏。

哲之回到屋内，擦了一根火柴，点亮蜡烛，凝视着挂在柱子上的那顶网球帽。哲之原本是网球社的选手，父亲过世前就不再去了，他心里有数，往后再也没那种闲情逸趣了。网球社的球友，阻止哲之提出退社的申请，要他保留会籍，想打球随时可以回来。哲之躺在烛光摇曳的狭窄屋内，一直盯着阳子送的法国制网球帽看。因为屋内没有暖气，他感到有些冷，于是早早把被子铺好，钻进被窝里。隔壁的屋子传来咳嗽声，不久电话铃声响起。哲之心想明天带着蛋糕或酒，到隔壁家打招呼，拜托对方把电话借他用，若有他的电话帮忙叫他一声。反正会打电话来的只有母亲和阳子，一周顶多一两次而已，应该不致造成对方的困扰，也许会同意借他用吧！哲之吹熄蜡烛，想着明天阳子要来的事。两个人好久没有单独相处了。

哲之想起三年前第一次在校园碰到阳子时的情景。阳子是刚入学的新生，哲之是二年级。那一天相当暖和，阳子穿着白色女衫和水色乔其纱裙。虽然不是一个特别美丽的女孩，表情上却有一种任何女孩都没有的独特丰腴感。她全身洋溢着清新的气息和带些矜持的舒畅感，让哲之的视线一直离不开阳子。

"那女孩，好可爱啊！"

哲之对着网球社的一位球友说道。

"先下手为强！她是橄榄球社山下的目标，还有，空手道社也有三个人对她很有意思。"

没想到竟然得到这样的回答。

"我啊，就是喜欢这种类型的女孩！"

"那就赶快行动啊！希望早日看到你和她成双成对。"

哲之把刚要吃的拉面放下，走向刚进到学生食堂的阳子，从后面拍她的肩膀。转过头来的阳子露出讶异的表情，看着哲之。哲之向她问道：

"要不要参加网球社呢？"

阳子满脸通红，抱歉地说自己无此意，婉拒了。

"问你要不要参加网球社，只是一个借口。其实，希望你把法语课笔记借给我。我的法语课被挂掉了，少了法语的学分，今年又得重修了。可是我从来都没去上过法语课。拜托啦！以后把你的法语课笔记借我抄，好不好？"

这真是一个糟糕透顶的泡妞方法，哲之越说越觉得讨厌自己了。不过，阳子爽快地答应要把笔记借给他。两周后，这两个人约在梅田的咖啡馆见面，然后一起去看电影。数日后，又到阳子家，还在她家吃了饭。那一晚，哲之吻了送他到车站的阳子，还从薄薄的女衫上触摸了阳子的乳房。

哲之预感明天两个人在被窝里，一定会合为一体。

哲之还是一个童男，因为到目前为止，阳子只肯让他触摸乳房而已，绝不允许他超出这个尺度。哲之想象着拿着食物、蛋糕和炉子，走在陌生的、长长的道路上的阳子的模样，心想千万不能让阳子感到悲伤。阳子身上没有半点卑下，完全不知世间险恶。哲之很想看到一丝不挂的阳子。"明天、我、会去"——阳子的这种说话方式，好像在暗示什么。想着想着，哲之感觉自己好似抱着裸身的阳子，渐渐睡着了。

翌日凌晨，睡醒的哲之先把房门的锁打开，又接着继续睡。再次醒来时，阳子坐在棉被旁俯视哲之的脸。日思夜想的阳子来了，她不把哲之叫醒，却一直看着他睡觉的脸庞。这么一想，哲之有一种被不可言喻的幸福感包围的感觉。他和阳子四目相对，从被窝伸出手抚摸阳子的脸颊。阳子笑了。

"我来了。"阳子好像在哄小孩般细声说道。

"什么时候来的？"

"二十分钟以前。"

"怎么不把我叫起来呢？"

"我在想自己怎么会如此喜欢哲之呢？哲之长得又不帅，穿着一双脏鞋子，也不送我礼物。"

"我可是个帅哥啊！"

"看着看着……哲之的脸好像就起变化了。"阳子白皙的脸上，只有眼睛下方有几颗雀斑。

"哪里起变化呢？"

"说不出来的一种变化啊！"

"这张脸会让人看了恶心吗？"

偷笑着的阳子，握住贴在自己脸颊上的哲之的手。

"我好喜欢哲之的脸啊！"

阳子自己搂过来。她的脸颊冰冰凉凉的。

"八点就出门了。从武库之庄到这里，花了两小时呢！"

阳子温柔地咬着哲之的嘴唇，细声说道。

"好冷啊！连暖炉也没有。"

哲之把阳子拉进被窝里，用手激情地抚摸她的脸颊、背和肩膀。哲之突然爬出被窝，洗脸、刷牙后回头一看，惊讶地注视着阳子。阳子已经把衣服脱掉，只剩一条小内裤，背对着他跪坐在棉被上。阳子用双手遮住乳房，转过头看着哲之。阳子满脸娇羞，露出微笑。哲之最喜欢阳子的表情，就是那种充满稚气、好似散放着淡淡香味的微笑。

"……好冷啊！"

哲之坐到身旁，阳子说完就躺下了，又低声说帮我盖上被子。虽然阳子已经把自己身上的衣物脱掉了，哲之却因强烈的羞耻心，正襟危坐，无言地看着阳子的脸。当他察觉自己怎么会这样时，立刻脱掉睡衣和内裤。上午耀眼的阳光从没有挂窗帘的窗子照射进来。阳子要他把屋内弄暗。哲之拿起包棉被的大布，用图钉钉在窗户上代替窗帘。他锁上房门，发现阳子躺在这间脏乱屋子的一床充满臭汗味的棉被中，露出畏怯的、比平日更柔和的微笑，正在等待自己。

因为两个人都是第一次，笨手笨脚，并不顺利。哲之明显感觉到阳子的身体渐渐温暖起来。棉被在不知不觉中，已经没盖在两个人身上而被踢到脚边去了。

"身体不更柔软些不行呢！"

哲之说过好几次，阳子的身子依旧僵硬。突然，阳子用力紧紧搂住哲之，哭了起来。那块用来当窗帘的布竟然掉下来了，春天的阳光洒满整个房间。两个人就这样紧紧搂在一起。虽然屋内没有暖炉，哲之却是汗流浃背，阳子的肌肤也热得好似发烧一般。沐浴在春光中的阳子，在黑暗中无法放松的身子竟像虚脱般，精疲力竭地任由哲之摆布。哲之生出一种在春暖花开、无人的原野中抱起阳子的错觉。

两个人在棉被中就这么缠绵了将近三小时。

"妈妈说她喜欢哲之呢！"

"你爸爸呢？"

"好像不觉得很好的样子……"

"他会把阳子嫁给我吗？"

"……嗯。"

哲之再次翻动阳子的身体，凝视着被春光照射的阳子，觉得她真是一个非常美丽的女孩啊！阳子比方才更加用力地搂紧哲之。然后，又开始哭起来了。

"你打算每一次都要哭吗？"

"人家就是想哭……"

哲之从来不曾感到自己如此深爱一个人。阳子悄悄地把一直在触摸自己身体深处的哲之的手拨开，看着挂在柱子上的网球帽问道："球拍呢？"

"卖给朋友了。三支都卖掉了。"

"不再打网球了吗？"

"明天起，我就要到饭店打工了。老妈也在打工，现在哪有时间去打网球呢？"

"要好好爱惜那顶网球帽哦！"

"嗯。夏天一到，我就每天戴着它。"

阳子要哲之把脸转过去，穿上内裤和衣服。然后，把她买来的肉和罐头浓汤放在一起，开始做饭。当哲之问起煤气炉多少钱时，阳子微笑说道：

"妈妈买给你的，说要作为搬家的贺礼……"

"这根本不是搬家啊！而是漏夜潜逃。不！是凌晨潜逃才对。"

吃完饭，两个人走出公寓，走过通向车站的那一条长路，搭上片町线的老旧电车到京桥，然后搭乘开往大阪的环状线电车。到了大阪车站，两个人进了位于车站旁一家饭店的附设咖啡厅。阳子话很少，只是喝着咖啡，时而偷看哲之一下。哲之提到明年若是就业，连续三年每个月都要摊还父亲生前的债务。他说：

"债务没还清前，没办法结婚。"

阳子好像有什么话要说，却欲言又止。

"你想说什么呢？"

哲之一问她，阳子用手掌贴着自己那丰腴的脸颊，视线往下，嘟囔道："我想立刻和哲之结婚。"

今天，第一次让哲之进入自己身体的阳子，看来有些落寞，肌肤比往常更光亮，眼睛湿润地闪着光芒。父亲是一家大公司的课长，身为独生女的阳子，乍见之下很温柔，好像什么事都可以容许，其实她的顽固经常让哲之感到棘手。她的话一旦说出口，就不再听人劝告，相识以来也常为一些小事争吵，随着哲之对阳子这种个性的了解，哲之越发感觉阳子的弹性和柔和中有一种好像硬核般的顽固，但对自己却是一种珍贵的、能带给他平静的力量。

"我毕业以后，也去工作。两个人一起工作，就没问题了吧？"

哲之和阳子走出咖啡厅，搭乘扶梯到阪急电车的检票口。然后走向往三宫①的普通车入站的地方。阳子说要等下一班车，哲之却催促阳子赶快跑！赶快跑！她挥手

---

① 三宫：兵库县神户市中央区地名。神户最热闹的繁华街，因三宫神宫而得名。

又挥手后，才从月台的阶梯跑上去。

哲之一看手表，已经九点了。猛然发现忘了和母亲的约定。母亲要哲之每天中午都打电话给她，他竟忘得一干二净。中午的时候，他正抱着躲在被窝里、体温急速升高、宛如用毛刷涂上一层薄奶油的阳子的白嫩裸体。哲之想打电话到"结城"，可是在工作中聊电话，对母亲也许不太好，于是往国铁大阪车站前的道路走去。他搭乘环状线到京桥，走下往片町线月台的阴暗阶梯，一看时刻表，两分钟前列车刚出站，下一班车还得等上三十分钟。他坐在长凳上，点了一根香烟。坐在冷清的月台上，他想起了瘦弱的母亲。从轨道对面并排的广告缝隙，可以看到京桥车站前繁华街上有一个写着"立饮处"①的红灯笼摇晃着。哲之的眼前浮现出被他催促着快跑的阳子有些依依不舍地往月台阶梯跑的背影。每次哲之和阳子道别后，他忍不住会想起阳子道别之际的表情和动作，心情就会变得落寞、消沉。哲之从长凳上起身，快步爬上阶梯，走出车站的检票口，往那个写着"立饮处"的红灯笼方向走去。有一群好似劳动者的酒客正在喝酒，啃吃花生和烤鱿鱼。还可以听到远方不知何处传来的歌声，空气中弥漫着一股放荡的氛围。

"二级酒。"哲之说道。

---

① 立饮处：没有座位、只有站立处的饮酒摊。

绑着头巾的店主问道：

"要些下酒菜吗？"

"只要酒就好。"

他一边留意时间，一边把烫热的酒整杯往喉咙灌下去。他明知这种喝酒法，到车站时恐怕会反胃，但若错过这班车还得再等四十分钟。哲之喝完酒付了钱，又买了一张车票，走过环状线的月台，往片町线月台的阶梯走下去。等了五分钟，电车来了。电车经过京桥、野、放出、德庵、鸿池新田，然后就是哲之要下车的住道车站，接着继续往奈良和大阪的边境驶去。生于大阪、长于大阪的哲之最近才知道，京桥过后，还有这么多奇怪的站名。他坐在空荡荡且发出一股铁锈气味的车厢角落，边看着掉落在脚边的体育新闻的标题，边沉浸于自己好像要前往某个远方异国的遐思。抵达住道车站后，还要步行近三十分钟。沿途的商店街，几乎所有的店都已经拉下铁门，只有一些看来好像是乡下流氓之类的人四处聚集，对着急忙赶路回家的行人投以空虚的眼神。从那里到公寓，还得走上三十分钟。一口气喝下去的酒开始作怪，寒冷而带着湿气的风吹来，令人非常不舒服。哲之闻到自己吐气吸气间充满了强烈的酒精味。愈接近公寓，愈感到寂寞。此时，下起雨来了。

爬上公寓的楼梯，正要打开门锁时，隔壁的邻居走了出来。那是一个年约五十岁的清瘦女人。哲之告诉对方自己是昨天刚搬来的邻居,并且报上自己的姓名。好几次想说出有关借用电话的事,继而一想又觉得满身酒臭实在不妥当,简单打完招呼就作罢。那个女人连哲之的正面都不看一眼,匆匆走进自己的屋子。看来是一个不爱说话又不开朗的女人。

他按下日光灯的开关,果然亮起来了。应该是房东已经联络电力公司,所以送电来了。

"本来就应该如此。我已经付了押金,而且房租也是月初付的。"

哲之伫立在无人的屋内,一个人自言自语。阳子裸身钻进的被子还铺着,他把阳子用剩的菜放到冰箱上面。插上冰箱的插头,把桌上的剩菜吃掉。换上睡衣,整个人趴在棉被上闻味道。虽然阳子的味道已经消失,枕头套上却沾上了一点口红。哲之把自己的嘴唇,对着口红磨蹭。他就这样趴在棉被上好一会儿。忽然传来爬楼梯的脚步声,哲之侧耳注意倾听,强烈的不安让他的身体变得僵硬。难道是那个讨债流氓找上门来了吗?脚步声在隔壁屋子前停下了,听到谈话声,不久下楼梯的脚步声又响起。安心感让哲之对阳子身体的触感再度苏醒。今天虽然是第一次,心中却没有半点不安,第二次的快感不知会有多美好啊!阳子的身体竟然是那么热乎乎又柔软啊!哲之把自己又硬起来的性器,用力顶在棉被上。他就这样躺卧着,只把头转过去,看着柱子上挂的那顶网球帽。他起身拿起帽子，用记号笔在帽子里侧写上"From 阳子"。当他想把这顶白色的帽子再挂回去的瞬间，吓得向后直退。因为有一只小蜥蜴粘在柱子上。哲之站立了一会儿，提心吊胆地靠近，凝视那只蜥蜴。然后，他近乎哀鸣地大叫一声，竟然倒退到背后的墙壁上。那只蜥蜴，昨天傍晚被哲之在黑暗中用一根长钉子从身体的正中央贯穿而过。哲之再次靠近看，蜥蜴的手脚和尾巴还在动。哲之呆坐着，一直望着那只活生生被钉子钉在柱子上的蜥蜴，看了好久。

2

　　日光灯刺眼的灯光反而让蜥蜴的身体看起来一团黑。哲之知道那不是壁虎，也不是蝾螈，千真万确是一只蜥蜴。那只小爬虫身上的条纹，和哲之小时候在石墙缝隙、草丛堆中或田埂路上所看到的一模一样。只要哲之的脸和身体不动，蜥蜴的手脚也不会挣扎。但是，哲之的脸一靠近，它就像想尽办法逃跑一般，头、四脚和尾巴都会激烈地摆动。因此，哲之为了避免蜥蜴害怕，侧着身子慢慢走近壁橱，不作声响地拉开纸门，从工具箱中拿出拔钉器。他拿着拔钉器，站在蜥蜴面前，思索着该如何把钉子拔起来。蜥蜴的头朝上，在柱子的正中央被斜斜地钉住。因为钉子确实有五厘米长，把蜥蜴的身体贯穿，所以约有三厘米没入柱子里头——如此想着的哲之，又开始思考拔钉器该从哪个角度来靠近这个可怜的小东西。哲之心想，它这样子竟然还不会死，搞不好钉子一拔起来，内脏就会从蜥蜴腹部的小洞流出来，如此一来就可以让现在勉强活下去的这只蜥蜴从痛苦中解脱，他茫然地在内心不停地来回思索。放松拿着拔钉器的手，哲之坐在书桌上，心想纵使置之不理，它不久也是死路一条吧！钉子的直径约三毫米粗，若以人体做比拟，不就如同被一根电线杆插进去吗？无论是因受伤而死还是饿死，应该都活不了多久吧。

　　哲之决定让蜥蜴自己去死，于是把拔钉器收回工具箱。继之又想，把蜥蜴一起钉在柱子上的钉子，总不能挂着阳子送的珍贵的法国制网球帽，所以也不能就此置之不理啊！他把白色的毛巾挂上去看看。如此一来，只有蜥蜴的头从毛巾后面露出来，让人有一种小女生玩扮家家酒，替娃娃盖上棉被的错觉。哲之猛然想到一个办法，他把毛巾拿下来，从厨房角落的纸箱拿出一个扁平的木制小盘子。然后从工具箱里找到锥子，把小盘子的正中央钻出一个小洞来。因为小洞比钉帽还小，所以花了好一阵子功夫才用刀子把小洞弄大。哲之轻轻地把小盘子覆盖在蜥蜴上面。钉子穿过小洞，小盘子贴在柱子上，恰好把整只蜥蜴覆盖起来。哲之在柱子和小盘子之间，故意弄出一条小小的缝隙。因为不想让蜥蜴窒息。但是，哲之转念又想，也许让它早些窒息而死比较好！于是哲之用封箱胶带，仔仔细细把小盘子和柱子间的缝隙，还有小盘子正中央的小洞层层封住。哲之认为这么一来，到明天晚上，蜥蜴必死无疑。他开始对着被茶色小盘子紧密盖住的蜥蜴说道："真是迟钝的家伙啊……你那时正在发呆吗？屋内黑漆漆的，我根本就不知道你在那里。一有人来，就得赶快逃跑才对啊！"

哲之的脑海里一边想着蜥蜴矫捷的身手，一边想为何自己没察觉到蜥蜴的存在呢？他试着回想钉下钉子的那一刻，只有硬邦邦柱子的触感，完全没有钉到蜥蜴身体的感觉。自己竟然干出这么一件惨事来，哲之的心情一下子跌到谷底，近乎厌恶地抬起头看着被封箱胶带贴着的小盘子，说道：

"若问我讨厌什么？我最讨厌的就是爬虫类了。"

他看了一下闹钟，已经一点了。哲之起身洗手、洗脸、刷牙，然后换上睡衣。他感到非常疲惫，关上灯，钻进一直铺着的被窝里，闭上眼睛。那杯酒带来的醉意早就过了，此时反而让他感到一阵阵寒气，他弓着身子缩成一团，告诉自己快睡吧！快睡吧！才入眠不久，又立刻醒来。他醒来时，感觉自己才睡了一小会儿而已。倒不是因为看了闹钟才知道，而是头痛和沉甸甸的身体让他明白，自己方才睡得又浅又少。他起身打开电灯，看一下闹钟。原来才睡了一个小时。哲之裹着棉被，注视着被覆盖在小盘子下的蜥蜴。啊！那里有一只被剥夺自由的小动物，是我让你遭受这种痛苦。虽然哲之并非故意，但对于自己让那只蜥蜴受这样的痛苦，却抱着深深的歉意。还是狠下心来，让它一下死掉比较好吧！在柱子和小盘子的密闭空间待了几小时后渐渐失去意识、拼命想呼吸氧气的蜥蜴隐约浮现在哲之的脑海。他在睡衣外披上毛衣，走到厨房，转开煤气炉。因为没有暖炉，他想让煤气炉的火把屋内弄暖。

不久，屋内慢慢暖和起来。哲之的头伸进壁橱，从工具箱拿出铁锤。他把柱子和小盘子间被自己层层封住的封箱胶带扯掉。再用指甲把粘在钉子缝隙的几片胶带抠下来。蜥蜴在这个密闭空间已超过一小时了，说不定早就窒息死亡了。哲之一边这么期待着，一边把小盘子掀开。蜥蜴一动也不动。哲之总算放下心了，他把铁锤丢到棉被上。如果还活着，他原本打算拿铁锤往它头上敲下去。哲之坐在书桌上，双肘顶着膝盖，弓着背双手托腮。不知道阳子现在如何？大概是裹着温暖的被子，让身体变得暖和，正喃喃地说梦话入睡吧！他屈指一算，自己和阳子刚好认识三年了。当时，阳子十八岁、自己十九岁。这三年来，每次和她见面，都很想要她的身体。然而，他从来不曾把自己心中所想的事说出口。大学同学当中，有好几对"校队"，轻易就发生了肉体关系，也轻易就分道扬镳了，分手后立刻又和别人手挽着手一起散步。若是自己死皮赖脸地强求，不！若是要求的话，阳子应该早就献出身体了吧！虽然，每次自己和阳子单独相处时，都在思考这件事，三年来却是谁也没说出口来。直到今天……哲之看到钟上的短针指着三点，啊！原来已经是昨天的事了，眼前不禁浮现出主动把身上衣物脱光，钻进棉被时阳子脸上的表情。毋庸置疑，阳子很久以前就已经下定决心了。阳子鼓起勇气，在这个肮脏、简陋的小公寓裸光身子。如梦般的幸福和阳子柔和的微笑，在小灯泡的亮光下有如海市蜃楼般被映照出来。哲之暗自发誓——大学毕业后，我一定要努力工作，让阳子得到幸福！虽然这么想着，哲之的心情却更加低落。连他自己都觉得不可思议，纵使有那么幸福的事，为何自己还是高兴不起来呢？因为哲之有一种远方某处有一些不幸的事情正在等着他的预感。这个预感从三个月前就开始在他心中产生，虽然说不出理由，却又隐隐约约、一直盘踞在他心中的某个角落。他曾向母亲说过，大学毕业后要和一个叫大杉阳子的女孩结婚。之后，和母亲约在梅田的百货公司前见面，把阳子介绍给了母亲。那是父亲过世后一个月左右的事。母亲请两个人到一家以价位昂贵著称的寿司店用餐。这顿饭把手头拮据的母亲平日省吃俭用存下来的私房钱用掉大半，这点她一句话也没提，反而说道："真是个好女孩啊！虽然不是什么大美人，长得却是又可爱又有气质。"

然而，当哲之宣称要和阳子结婚时，母亲却对他嘟囔道：

"阳子的父母亲会愿意把女儿嫁给像我们这种穷困的

家庭吗?"

然后,她又说万一无法和阳子结婚,也不能自暴自弃,希望儿子要有这种觉悟。哲之一边回想当时母亲的笑容,一边抽着香烟。可能是煤气炉的热气飘浮在屋内上方的缘故吧,香烟的烟雾飘浮在哲之的头顶上,不往上升也不往下降,浓浓的烟雾好像流水般静静地在屋内飘荡着。

哲之拿出拔钉器,站立在柱子前,打算把钉子拔起来后,把气绝的蜥蜴拿出去扔掉。当他把拔钉器放置在钉帽上,正准备用力压下杆子的瞬间,蜥蜴的全身开始拼命摆动。哲之急忙把拔钉器拿起来,注视着还活着的蜥蜴。这到底是怎样的生命力啊!他不耐烦地想着,拿起方才丢在棉被上的锤子,想往蜥蜴的头部敲下去。但是,他实在敲不下去。不知道为什么,总觉得很恐怖。他开始仔细观察蜥蜴的身体。带点绿的暗褐色背部,由于屋内灯光昏暗,而变成暗灰色。尾巴则是蓝色。在身体两侧,有两条黑色宽线从鼻子附近一直延伸下去,到最后成为既不黄也不蓝的细线镶边。从背后到侧腹,约有五条黄白色线,其中有三条一直延伸到尾巴正中央。被钉子钉住的周围微微凹陷,这正表示蜥蜴的肉已经开始和钉子密合在一起了。哲之对蜥蜴说道:"识相些!给我去死吧!"

"要杀死你很简单,不过我觉得很恶心。若是十米之外有一只蜥蜴,我都会逃之夭夭。要我和你一起生活在这个狭窄的屋子里,我光想想都会起鸡皮疙瘩。"

他说着说着,全身真的开始起鸡皮疙瘩。

"我竟然做出这般残酷的事,对不起……"

话一说完,哲之又用小盘子把蜥蜴的身体盖住。但是,他已经不想再用封箱胶带把它密封起来。它再怎么厉害,过个两三天总会死吧!他把煤气炉关掉,打开窗子,好让空气流通。

哲之抵达位于梅田的某大饭店的办公室时,刚好是约定的下午五时。原本打算早些到的,因为错过片町线电车,只得又等了三十分钟搭乘下一班,才会差点迟到。人事课长岛崎叫来一个胸前别着领班名牌的年轻人,把哲之介绍给他。

"从今天起来打工的井领君。工作时间从傍晚五点到晚上十点。"

话刚说完,那个名为矶贝晃一的领班,不满地对岛崎说道:

"不工作到十二点,很伤脑筋啊!"

岛崎把他那张四方脸转向哲之,问道:

"住得很远吧!最后一班电车,嗯……是几点呢?"

"十一点零三分。"

哲之回答后,岛崎点了好几次头,说道:

"十点工作结束,换衣服,搭环状线到京桥,确实得花掉这些时间。到底是兼职的学生,这部分不能不考虑一下。"

穿着肩上、袖子和长裤两侧各装饰着两条金色鼓花缎服务生制服的矶贝,眼珠向上翻,瞥了哲之一眼,一边默默地走出办公室,一边扬起下巴示意哲之跟他走。狭窄、微暗的长长走道上,充满着食物的酸臭味和不是暖气所发出的一种异样热气。哲之问道:

"怎么会这么热呢?"

这个名为矶贝、比哲之稍微年长一些的消瘦的年轻人,以手背敲敲走道左右两侧的墙壁,然后说道:

"这边是厨房的烧烤区,那边则是洗衣间。这里没有冷气,一到夏天简直就像地狱。"

走道的尽头,有一道厚重的铁门。那里是摆着员工储物柜的房间。矶贝从房间靠里边的大箱子里拿出为哲之准备的制服,说了一声"喂",便把衣服丢过来。

"啊!有点小……"

矶贝看着换上制服的哲之,想了想,冷淡地说反正是兼职嘛,忍耐一下。然后打开一个没人使用的储物柜,说道:

"这个柜子给你用。千万要锁好。饭店内也有小偷!"

这家拥有好几间连锁店的大饭店,两年前把旧建筑物拆掉,改建成二十四层楼的豪华新建筑,哲之在里边绕一圈后，不但感到脏兮兮的，也觉得煞风景。今后恐怕还会碰到许多对他恶意的欺凌吧！他一边这么想着，一边偷看矶贝的模样。他的脸色并不好，嘴唇没有半点血色。不过，头发却梳得一丝不苟，站得直挺挺的身姿和装饰着金色鼓花缎的制服很相称，给人一种威风凛凛的感觉。哲之把自己的衣服放进储物柜，并且上了锁。

"总之，带你先把整个饭店绕一圈看看吧！服务生总计有八十多人。"

"咦！这么多啊？"

矶贝听到哲之说的这句话，嘴角泛起一丝笑意。

"说到服务生，也是分属不同单位。我们是属于服务组，工作有带领住宿客人到房间、搬运客人的行李、安排车子等。这一组的组员有十名，包括井领君在内有三名兼职。宴会组有三十名。这家饭店也设有配膳师，忙碌的时候也需要兼职。烧烤区有十五名。咖啡厅有十五名。另外，咖啡厅还有五名兼职。最后是地下室的酒吧，有四名。刚才说的全是男性，其实，还有三十名女服务生，分属于客房组、烧烤区、咖啡厅和宴会组。"

"这么说来，男女总计一百一十二名咯？矶贝先生，您就是这一百一十二人的领班吗？"

矶贝摇摇头，答道：

"我只是服务组的领班而已。"

然后，突然以严厉的眼神瞪着哲之说道：

"兼职通常都没有责任感，他们总认为反正就是打工性质嘛！我对于职员和兼职的要求一样，一视同仁、没有任何区别。"

矶贝走过弯曲、微暗的通道，来到前台后面的办公室，推开门。带着哲之去见一位胸前别着"前台主任"名牌的人。哲之向对方致意，那个人头也不抬，自顾自地整理预约卡片，敷衍地回了一声："请指教！"哲之看那个前台主任的名牌上以汉字和罗马拼音写着"中冈峰夫"。矶贝走出大厅，又带着哲之进入衣帽间旁的房间。和哲之穿着同样淡灰黄色制服的年轻人，有的趴在桌上睡觉，有的靠着椅子抽烟，也有的在玩纸牌。

"这一位是从今天起来打工的井领哲之君，请大家多照顾！"

所有人一起转过头来看着哲之，却都是不吭一声。哲之心想真是一群心地险恶的家伙啊！他暗下决心千万不要和他们吵架，埋头认真工作就行。

矶贝陪着哲之，搭电梯上二楼，二楼是宴会厅。若是爬安全梯反而会比较快，矶贝却要一楼一楼地搭乘电梯。三楼也是宴会厅，四楼则是好几间并排的会议室。从五楼到二十三楼全是客房，二十四楼有烧烤料理和中华料理。虽然矶贝只是简略地介绍了一下，由于上下楼都得等待电梯，回到大厅时已经六点多了。

"两三天后你的名牌就可以做好了。"

说着，矶贝就走到离开前台稍远的地方站住。

"站立的姿势要挺拔，千万不要随随便便。"

矶贝让哲之看一下自己站立的模样。住宿的客人正在前台，将自己的姓名和住所填写在住宿卡上。前台人员拿着钥匙说："麻烦带到客房！"矶贝以敏捷的动作接过钥匙，提起客人的行李箱，说道：

"六楼二五〇〇号房。"

然后，用手把哲之招过来。哲之从矶贝和客人的后面追过来。当电梯门打开，请客人先进去后，按下楼层的按钮，再一次以精神百倍的声音对客人说道：

"现在将上六楼。"

一到六楼，先让客人出去后，迅速站到客人前头，往茶红色的地毯走过去，打开二五〇〇号的房门，按下门口的电源开关。请客人先进去，把行李放置在桌子旁边的台子上，打开浴室的灯光，开门向客人说明道：

"这是浴室。"

"客房服务请拨6。若有其他的事，可以找前台，请拨1。"

接着，矶贝一边把钥匙交给客人，一边鞠躬请客人好好休息后，走出房门。

"就是这样接待客人。"

"如何知道客人的房间在哪一层楼、在几号房呢？"

"看钥匙就知道了。写着六一二五〇〇，就是六楼二五〇〇号房。"

"若是二十二楼的一三二四号房，就会写着二十二——一三二四吗？"

"对啦！不过，没有五〇〇以下的房号。只有五〇〇到五九九的房号。"

矶贝在等待电梯的时候，好像自言自语般低声说道：

"有的客人会给小费。原则上是不可以拿，不过，经常是说声谢谢，双手接过，赶紧收起来。"

话一说完，斜眼看着哲之，露出微笑。

"客人会给小费吗？"哲之问道。

"会啊！一百日元硬币三个、五百日元纸币一张，各式各样啦！运气好的时候，还比打工费多。"

哲之心想：这就太好了。此时，前台正是最忙碌的时候。

"麻烦带到客房！"

听到这一声，原本并列站在一起的矶贝，推一下哲之的背。哲之依照方才矶贝的行动，赶紧跑到前台拿钥匙，提起客人的手提包。钥匙上挂着的塑胶四方形棒，刻着十一——二五六二。哲之大声喊道：

"十一楼二五六二号房。"

连他都对自己何以如此大声感到奇怪。那位有点年纪的男客人有些吃惊地看着哲之说道：

"精神很好啊！"

哲之紧张得说不出话来。从电梯走出来，看了一下正面墙壁的房号指示。有往右和往左的箭头，右侧标示二五〇〇至二五四九，左侧则标示二五五〇至二五九九。哲之确认房号后，往左侧走廊走过去。走廊左右都有房间，哲之边走边注意房门上的号码。打开房门和房间内的灯，待客人进去就把行李放好，打开浴室，依照矶贝所说的话重复一次。把钥匙交给客人并且说道：

"客房服务是……"

当他说到这里时，却说不下去了。因为忘记矶贝所说的分机号码。

"唔……客房服务是……"

客人接着说道："拨打6号是吧？前台是1号。因为我住宿过好几次，所以很清楚喔！"

哲之点头，说道："对不起。今天是工作的第一天。"

"原来是新来的啊！看来我对这家饭店比你更清楚。"

客人一边这么说，一边从裤袋拿出好几个百元硬币放在哲之的手里。哲之说声谢谢，再次点头致意。

"收小费倒是很在行！"客人笑道。哲之请客人好好休息，就走出房间。确认四周都没人，数数自己手掌中的硬币。有四百日元。哲之感到很高兴。尽管无法估计五点到十点之间得接待几位客人，当中只要有五位客人给小费，不就可以收到近二千日元吗？对贫穷的哲之而言，没有比这更令人感激的事了。

到十点，总计接待了二十组客人。给小费的只有最初的客人，以及最后一个像流氓的男人，他和一位年轻女子一起来投宿。那个男人喝得醉醺醺的，一进入房内就倒在床上，当哲之正在向那位女子说明客房服务和前台的分机号码时，那个男人怒吼道："可以啦！赶快给我滚出去！"

他还以鞋尖去踢哲之的膝盖。当哲之走出房间，那女子从后头小跑步追过来，说道：

"对不起！那家伙是个笨蛋。这个拿着。"

那女子塞给哲之一张一千日元的纸币。她看来好像是某家酒吧的女经理，表情和体态有如少女。

实际工作的时间从六点过后到十点，约四小时，其间矶贝只叫他去休息一次。回到更衣室的哲之已经是双脚酸痛、精疲力竭，连开口说话的力气都没有。听说站着的工作很累，却也没想到竟会这么吃力，哲之换好衣服，暂时坐在更衣室角落的一张椅子上。厚重铁门深锁的休息室内寂静无声，让哲之有一种被关在单人牢房的错觉。蜥蜴身上的花纹，突然又在他的脑中闪过。总该死了吧！哲之站起身，关上室内的灯，步伐疲惫地走在闷热的狭长通道中。今天他不打算回到那间有一只蜥蜴被钉在柱子上的屋子。但是，那只还活着的蜥蜴，难道真的没办法从贯穿自己背部的那根粗钉子脱逃吗？突然，有一个念头从哲之的脑海里产生。它会不会正等着我回家呢？帮我把钉子拔起来！拜托！拜托帮我把钉子拔起来！他好像听到蜥蜴正在呐喊。哲之爬上水泥楼梯，从员工专用出入口走出去。就在饭店的后头，旁边装设着排放厨房和洗衣房废气的排气孔。哲之屏住气。华丽的装扮掩盖了人类的污秽本质。装出幸福模样的人们隐藏着自己的不幸。从宏伟建筑的大饭店后头猛烈喷出的恶臭，瞬间让哲之想起这些话。尽管往大阪车站的沿途摩肩接踵，他却拖着无精打采的脚步。他在心中对着蜥蜴喊叫着：给我早点去死！在你死之前，我不会去拔掉钉子，更不打算杀害你。你只能眼睁睁地等死，所以死心吧！早点去死吧！

哲之拨通公共电话。从阳子高兴的声音中，听出她一直在等待他的来电。

"工作还可以吗？"

"简单啦！不过就是饭店的小弟。"

"刚开始很累吧！"

"打工的第一天，总是很累的。"

"洗个澡，好好睡一觉，就会恢复体力了。"

"今天要到中泽家过夜。我已经没力气搭乘片町线，然后再走三十分钟的夜路。"

阳子沉默了一会儿，说道：

"到中泽家后，再打电话给我。"

中泽雅见住在本町商业街的正中央，和哲之从高中起就认识。他的父亲以租赁大楼为业，拥有不少八层楼的所谓中泽大厦。他的父母亲和兄弟住在位于松屋町的中泽第一大厦，中泽独自住在本町中泽第二大厦八楼的一个小房间。他和哲之同岁，读同一所大学，因为重考了两次，所以现在是三年级。打电话给中泽，他依旧不爱说话，只答道：

"十五分钟后，我会把后门开着。"

当哲之站在月台上时，又听到蜥蜴的声音。帮我把钉子拔起来！帮我把钉子拔起来！——蜥蜴呐喊着。

3

走出地铁的检票口,从地面上吹下来的强风直往空无一人的阶梯猛烈袭来,无力、缓慢往上爬着,井领哲之朝深夜的御堂筋南边走去。从外资公司大楼往东转,再向前直走。只有一个拉面摊,摆在灯光已熄的大楼群的角落。

中泽第二大厦的隔壁,有一栋三层的旧水泥楼房,在两栋建筑物之间,有一道可让一个人勉强通过的细缝。走过这一道充满尿骚味的细缝,向右转就可以走到中泽第二大厦的后门。因为大门的铁门在九点就拉下,每当哲之要到中泽雅见这里时,都会打电话要他把后门的锁打开。

哲之关上金属制的小门并上锁后,走到电梯前。电梯的电源已经切掉了。哲之向来都是走安全梯上去,但是今天他实在没力气爬上八楼。电梯的电源开关,设置在中泽房间隔壁的管理员室内。哲之用一楼的红色电话打给中泽。

"起来吧！把电梯的电源打开。"

"走楼梯啦！多运动。"

"今天没力气爬楼梯。"

"喝醉了吗？"中泽问道。

"好啦！快启动电梯。"

哲之不耐烦地对着话筒怒吼。不久，电梯的灯亮起来。电梯一到八楼，就看到穿着睡衣的中泽站在那里。中泽走到管理员室，切掉电梯电源，睡眼惺忪地向哲之说道：

"心情不好吗？"

"有没有什么吃的？"

"只有清酒和啤酒。"

推开中泽的房门时，现代爵士乐的旋律就像方才爬地铁阶梯时吹过来的风，向哲之袭来。整套的立体声音响、几百张的唱片、陈旧的摆钟、几百本与唱片和音响相关的杂志、巨大的地球仪、小电视、冰箱、床铺，还有枕头旁的《叹异抄》[①]。早已见惯的零乱房间，冷不防让哲之感到一阵孤寂。他打开冰箱，拿出两个鸡蛋和装奶油的容器，递给中泽，说道：

"炒那道你最拿手的炒饭给我吃。晚饭我什么都没

---

① 《叹异抄》为日本镰仓时代的法语集，一般认为是亲鸾之弟子唯圆所著，为净土真宗之圣典。

吃啊!"

因为那时毫无食欲,矶贝给哲之的员工食堂用餐券还放在制服的口袋内。中泽摇摇头,把耷拉在眼睛上的长头发拢到耳后,看了看电锅里的饭,说道:

"这些被你吃掉,我明天的早餐就没有了。"

"明天再煮就好了。"

哲之躺在中泽的床铺上抽烟。中泽把酒倒进杯子,默默地端到哲之面前。哲之边听着奶油溶化的声音,边慢慢地将冷酒喝下肚。

"那个管理员老大爷,又住院了吗?"

哲之一问,中泽的手边灵巧地翻动锅子,边答道:

"那个老大爷死了。"

哲之冷不防坐起身,盯着中泽的背影,问道:

"什么时候?"

"三天前。这么一来,晚上陪我玩象棋的人也没啦!"

"说这种话好无情。是不是《叹异抄》读多了,而有一些奇怪的领悟呢?"

中泽瞥了哲之一眼,说道:

"这是无可奈何的事,人终究难免一死啊!"

一说完话,就把炒好的饭盛在盘子里,又添上一把汤匙,端给哲之。

那个被雇来当管理员的老人,经常拿钱给哲之,托他买马票。老人总是拿了一点钱,包在写着数字的便条纸里，塞进哲之的口袋，拜托搭阪急电车到梅田车站再换车到位于Ｓ市大学上学的哲之，顺路帮忙买马票。虽然，场外马票的卖场就在大阪车站后面，哲之却不曾真的去替老人买过马票。老人的预测从来都不准，那一点钱都被哲之拿去路边摊喝酒花掉了。哲之从来不曾想过，万一老人当真中了马票又该如何呢？因为哲之认为那种一翻两瞪眼的马票，老人家以那么一点小钱买张冷门马票，怎可能会中奖呢？纵使老人真的中奖，那肯定也是一笔随便想个办法就可以筹出来的小钱而已。

"新管理员来之前，那些工作不得不落在我身上。早上，七点起床，打开铁门。"

中泽把唱机的声音转小，自己也喝起酒来。

"打工很累吗？"

"这是打工以来，最轻松的工作。"

"既然如此，怎么一副疲惫不堪的模样呢？"中泽看着满嘴塞满炒饭的井领哲之的侧面说道。哲之想要告诉中泽有关蜥蜴的事，想想还是作罢。因为他认为中泽对这种事一定不感兴趣，最主要还是太累了。中泽只对现代爵士感兴趣，有时甚至三四天不出门，躲在这栋八楼的屋内听唱片。因为这套音响是中泽自己花了好几个月组装起来的，所以扩音器、唱机、喇叭都是不同品牌。他说扩音器得用某某品牌，唱机又得用什么什么才最好，因此每个零件都是由最好的品牌组装起来的。

"你想听什么呢？"

中泽问道。

"《珍夫人》(*Lady Jane*)吧！"

哲之并没有特别想听什么，所以这么回答。

"《珍夫人》，是很久以前流行的曲子啊！我也好久没听了。"

中泽从八百多张的唱片中立刻找出那张《珍夫人》的唱片，将它放在唱盘上。哲之吃完炒饭，喝着剩下的半杯酒，耳际传来萨克斯低沉而柔和的旋律。哲之坐在屋子的角落，靠着墙，一边聆听曲子，一边盯着以虚无眼神注视着半空的中泽。心想那个名叫珍的女子必定是一名娼妇。哲之在心中想象着结束工作的珍夫人，穿上衣服走出男人的屋子，独自走在无人的夜路归去的情景。当哲之偷看坐在棉被上穿内裤的阳子，她那种可爱却流露出一种颓废气息的身影，竟然和他所想象的珍夫人重叠在一起。接着，那只被钉在柱子上的蜥蜴又闪过心头。

"爵士乐，听起来很颓废啊！"哲之嘟囔着。

中泽等到曲子结束，站起来按下关闭键后说道："因为人类原本就颓废啊！我不喜欢不颓废的音乐！"

哲之拜托中泽把电话借他用。

"查勤电话吗？"中泽面无表情地说着，拿着空杯子走进厨房去倒酒。

阳子抱怨电话这么晚才打来，但马上又恢复轻松的语调说，明天的英语课我会替你去上；另外拜托山下替你在哲学概论代点名。英语课的出缺席，由教授在上课快结束时，发给每个人一张出席卡，阳子只要填上哲之的姓名和学号就可以。

"山下说得付他二百日元哦！不过相比重修，就觉得很便宜。"阳子说着，她的笑声也从话筒那头传过来。

"下周就会去上课。"

阳子沉默了一下后，以担心的口吻说道："若是被逮到，怎么办呢？"

她担心讨债的人会不会埋伏在学校门口。

"我已经下定决心，若被那些家伙逮到，也是无可奈何。"

"已经下定决心……"

哲之今天在饭店打工时就在想，不论如何躲藏，顶多就是两三个月，还是早点把事情做个了断。那些人又不是笨蛋，总不至于为了三十二万日元去杀人吧！与其害怕地到处躲藏，不如置之死地而后生来得强。他如此下定决心。阳子难过地说由于哲之去饭店打工，以后就见不到面了。哲之碍于旁边的中泽，想安慰她的甜言蜜语都说不出口，只得默不作声。

"下周日，可以休假。"

这次，轮到阳子默不作声。因为要她说自己可以到哲之的公寓，实在也说不出口。哲之觉察到气氛有点尴尬，于是说道：

"有东西要你帮忙拿来，虽然很远，你可以来吗？"

阳子立刻明白，所谓有东西要你帮忙拿来到底是什么意思。

"嗯。虽然很远。"

哲之把电话挂断，中泽又放起了唱片。那是一首柔和的曲子。

"真是一个勤快的好妻子！"中泽突然冒出这么一句话，就钻进床铺里。书架下放着一张长沙发，那就是哲之每次来睡觉的地方。沙发上总是堆满毛毯和棉被。哲之向中泽借了睡衣，换好后，把沙发整理成床铺，躺在上面。虽然躺着，还继续喝着酒。

之后的三天，哲之在饭店打完工就到本町的中泽家过夜。第四天的周六工作一结束，哲之把制服一脱，急忙换上自己的衣服，小跑着去往环状线的月台，心想若是顺利的话，说不定可以搭上比开往长尾车站的末班车还早的那班十点四十六分开往住道车站的列车。哲之已经好几天没洗澡了。租来的公寓内没有浴室，他想去从车站稍往回走的那一家澡堂，把头发和身上的油脂好好洗一洗，换条内裤。他知道回到家会很晚，所以白天就先买好了内裤，又向负责客房组的女生要了客人用的毛巾和香皂。在京桥车站下车时，他看了一下月台的时钟，十点四十五分。哲之拔腿就从阶梯冲下去，往住道的电车已经进站，冲进车厢的同时，车门正好关闭。

电车缓缓开动。在放出车站有许多乘客下车，到了鸿池新田车站，车厢内几乎都空了。从车窗往外看，只能看到远处好像是新兴住宅区所透出的灯光。

走出车站后，穿过商店街，同一列电车下车的人中有几位上班族，各自从一条道路上转进不同的窄巷子，黑暗的夜路上只剩下哲之一个人。他从已经拉下铁门的酒屋向左转，随即又顺着一排公寓的角落左转，就看到澡堂的门帘了。哲之仔细地把身体洗干净，又在澡池内泡了好一阵子，换上新内裤，感觉神清气爽。从大镜子中凝视自己的脸庞，觉得脸颊好像陷下去了些，眼神也变得严厉了。站到体重机上称了一下，瘦了两公斤。

寒冷的春风袭来，走回公寓的夜路当中，哲之感觉到自己不知不觉摆起了一副架势。无论如何，那只蜥蜴总该死了吧！然而，哲之心中的某处却有一种预感，蜥蜴还活着。

四天没回来的狭窄屋内，比寒冷的春风还冷。他打开灯，往柱子看去。看到钉帽，挂在其上的茶色小盘子闪着光泽。哲之悄悄走近，从穿过钉子的小盘子的缝隙往里窥看，黑漆漆什么都看不见。他干脆用力把小盘子给掀起来。哲之重重地叹了一口气，双掌抱住自己的头，看到被钉住的蜥蜴还在缓缓地动着，看得哲之的额头直冒汗。蜥蜴伸出红色的细长舌头，整个舌头贴在柱子上一动也不动。哲之思考着该如何让蜥蜴摄取到水分。让它像猫狗一样,用舌头去舔取水分吧!他走到厨房,用小汤匙盛着水,尽可能让自己的身体远离蜥蜴,把手长长地往蜥蜴的舌头边伸过去。蜥蜴依旧一动也不动,伸出来的舌头也没有缩回去一下。哲之只好作罢,就在他打算把小汤匙从蜥蜴脸部移开的瞬间,蜥蜴的舌头开始去舔水了。好像猫狗一般,把舌头伸到小汤匙内喝水。哲之右手拿得发酸,就换左手拿,让蜥蜴喝个够。不久,蜥蜴把红色的舌头缩回嘴里,又静止不动了。

哲之把垫被铺好,躺在上面,凝视着蜥蜴。他忘了再把小盘子覆盖上去,盯着蜥蜴和贯穿它身体的钉子一直看。看着看着,就睡着了。半夜醒来的哲之,起身把灯关掉,再度入眠。

当耀眼的朝阳照在脸上,哲之睁开眼睛时,已经过了早上十点。阳光洒满整个屋内,也照到蜥蜴身上。哲之躺在被窝里,脸朝下、枕头盖住耳朵,静静地等待阳子的到来。他在被窝里把睡衣脱掉、内裤也脱掉,赤裸着身子。哲之的脑中想的尽是阳子富有弹性的裸体,若是阳子进到屋子来,他打算一句话也不说就把她拉进被窝里,从头到尾都不说一句话地做爱。不知阳子会如何接受自己这样做呢?哲之觉得满室的春光,正好反照出自己的情欲。他叫了一声"啊",裸着身子爬起来。因为他发觉不能让蜥蜴如此钉在那里。若是阳子看到这只被钉住的蜥蜴，不但会大吃一惊，一定也会问他原由，还会说为何不把钉子拔起来，让它逃跑呢？要是被她这么一问，哲之真不知该如何回答才好。如果回答说觉得恶心，才会放着让它自己死，这样回答好像还不错，但是总觉得自己还隐藏着一些尚未理出头绪的想法。他又将那个打洞的小盘子盖住蜥蜴，再把网球帽挂上去。把门锁打开，裸着身子洗脸、刷牙。听到爬楼梯的脚步声时，哲之急忙把脸擦一擦，整个人钻进被窝里，静止不动。听到了打开门、上锁的声音。阳子先到厨房不知放了什么东西后，坐在棉被旁边。

"已经十一点了。"

哲之默不作声。阳子轻轻掀开被子的同时，手腕被抓住并用力拉进被窝里。

"我就知道你在装睡。"

哲之抱着阳子，为让她知道自己是裸身，抓着阳子的手往自己的下半身摸。阳子的白衬衫配上橘色毛线上衣，下面则是一条黄裙子。剥光阳子身上的衣物，委实花了不少时间。然后，哲之温柔地拥抱着阳子。

两个人在被窝中躺了将近两小时。

"肚子饿了。"

这是哲之说出来的第一句话。阳子两手环抱着哲之的脖子，微笑地说道：

"我今天很早就起来做三明治，骗妈妈说和朋友一起去野餐。"

然后,她把自己的嘴唇贴住哲之的嘴唇,以几乎听不见的声音细语道:

"你故意不说话,对不对?"

"嗯。"

"为什么?"

"试试看阳子会不会生气啊!"

"说谎……明知道我不会生气。"

这确实是在说谎。哲之故意弄得好像在蹂躏阳子一样。

"这么做,你觉得怎样?"

阳子用她那已褪去口红的嘴唇顶着哲之的鼻头,红着脸说道:"这么做,我觉得很快乐。"

"一星期来我的公寓一次,好吗?"

阳子点点头,让哲之把头转过去。哲之背对阳子躺着,刚好看到挂在柱子上的网球帽。他又悄悄把头转回来,偷看到阳子正在穿内裤。低着头穿内裤的阳子,从脖子到肩膀的线条上,有着一股悲哀的颓废感。

"又没人看到,何必那么害羞地穿衣服呢?"哲之问道。

"自己觉得害羞啊!"阳子这样回答。然后,立刻把头埋到枕头里。

"你偷看了吗?"

"只看到一点点。"

"我觉得被人家看到自己正在穿内裤,很不好意思。"

哲之吃着阳子做的三明治，告诉她一些打工时发生的事情。有关蜥蜴的事，话已到嘴边，最后还是吞回去了。

哲之和上次一样，把阳子送到大阪车站。虽然阳子说送到住道车站就可以，哲之总觉得依依不舍。两个人到阪急电车月台地下道的一家咖啡馆，聊了将近两小时。当聊天停下时，两个人默默相视，彼此都在微笑地等待着，看谁先开口。

"真是没完没了。"阳子说道。

哲之目送通过检票口搭上往神户线月台自动扶梯的阳子后，就走进附近一家大书店。站在标示着"自然科学"的书架前，找寻有关蜥蜴的书籍。抽出一本《日本爬虫类图鉴》，翻开一看，虽然刊载着好几种爬虫类的图片，却没有记载他想知道的事项。哲之翻阅了好几本相关书籍，终于找到了想要的书。在名为《日本的爬虫类》这本书的结尾部分，有"饲养蜥蜴的方法"这一项。虽然这本书出乎意料地贵，但哲之还是买了。

因为是周日的夜晚，人流比平日还多，无论是车站大厅还是月台，到处都是人来人往。抵达京桥车站时，哲之看了一下时钟，急忙跑下阶梯，电车却还未进站。原来平日和假日的时刻表不一样。哲之坐在长凳上，等了三十多分钟的电车。他满脑子想的都是阳子。那么美丽又温柔的女孩子，如此地爱着自己。想到这里，哲之瘦削的胸部开始炽热地起伏起来。为了阳子、为了母亲,也是为了自己,我一定得工作,所以非毕业不可。

哲之坐在速度缓慢的片町线的陈旧电车中,打开书本的包装纸,开始阅读"饲养蜥蜴的方法"。

饲养蜥蜴,只要找一个小木箱(长约三十厘米)就够了,最好是使用养鱼用的水缸。盖子以铁丝做成网状的比较好。箱子里铺上有点湿度的土,上面放置木板或树皮的碎渣。注意不要让土变硬。因为蜥蜴很喜欢在土里钻来钻去。装水的用具,可以使用低浅的盘子。因为蜥蜴发现这盘子,就会把前脚跨在盘边,像狗一样用舌头去舔水。因此,记得要常常把水加到盘边的高度。

它的食饵,最好的是蛆虫和栗虫。这在钓具店就买得到。其他还有蜘蛛、蟋蟀、苍蝇,连小蚂蚁也可以当它的食物。视情况而异,也有吃蚯蚓的蜥蜴。只要让它吃饱,夏季两天喂一次,冬季七天喂一次就足够了。蜥蜴也必须照射阳光,所以可以把箱子放置于早晨或傍晚的光线可以照到箱子一半的地方。若是将箱子放置在炽热阳光的地方,玻璃缸内会变得火热,蜥蜴立刻会死亡。纵使是早晨的阳光,也得放在半阴暗的地方。如此蜥蜴才能自由地跑去晒太阳、或是躲在阴暗处,让它自己调节体温。若是能够如此照料,必定能够饲养出让饲主满意的、健康又活泼的蜥蜴啦!

在这一章的最后,还写有室内饲养蜥蜴的注意事项。

可以安装红外线,来替代天然日光。若不如此,饲养的条件就会恶化。

"被钉在室内柱子上的蜥蜴,该如何呢?"

哲之在心中嘀咕着。而且,他惊觉自己怎么会当真要去养蜥蜴呢?他翻开书本的内页,看着好几只蜥蜴的图片。当他看到"幼小的蜥蜴,背部有三条金色线条"的地方时,就把书合起来。哲之心想,还是把它杀死算了。只要拿着槌子往它头部一敲,就一了百了。这不是很简单的事吗?

下了电车,匆匆走在夜路上,哲之心想虽然是自己不留意才发生的事,却让它遭受了这种可怜的境遇。被这么粗的钉子钉住,放任它不吃不喝,竟然还能活过好几天。真是生命力超强的家伙啊!哲之猛然站住,突然感觉回到自己的公寓,还蛮恐怖的。总觉得不只是蜥蜴,连那根钉子,都成了令人摸不着头脑、具有生命的物体。

4

那一天非常忙碌。一百六十名的外国团体客同时从机场搭乘观光巴士来到饭店。饭店客房组的职员,忙着引导这群以中年夫妇为主的外国客人进入房间,哲之和两名兼职则忙着从三辆大型观光巴士上把行李卸下来。事先已经把房间分配好的一百六十名外国观光客和其他投宿的客人仍有不少站在前台等待引导,显然只靠十名服务生是无法快速消化这些工作的,把笨重行李箱往台车上堆的哲之看到领班矶贝晃一眼见这种情形,只能在一旁干着急。

"哇!这么重的行李箱,一个人一次顶多搬个两三件吧……"有一名兼职上气不接下气地对哲之说。这一件又一件的大行李箱里,到底装了什么东西,怎么会这么重呢?

"美国人的力气和我们不一样吧!"哲之答道。

因为，靠单手的力量实在提不起来，只好以双手一件一件来搬运。矶贝一看这种情形，立刻走过来以严厉的口气说道：

"这般悠哉悠哉，工作永远都做不完啊！客人一进房间，最想做的就是先梳洗一下。人家可都在等着行李箱内的衣物啊！你们这种搬运方法，真不知要花上多少时间呢！"

他这么一说，有一个经常爱和职员争辩的姓田中的兼职脸红脖子粗地反驳道：

"除了行李箱，还有其他的东西，全部共有三百多件啊！这些全都靠三个人，从车上卸下来，还得一件一件对照姓名，然后集中在大厅，再搬运到各个房间。这些工作难道三十分钟就可以结束吗？应该不可能吧！"

矶贝一听，非常火大地瞪着田中说道：

"只要掌握要领，就可以事半功倍。你们这种做事方法，简直就是在玩嘛！"

他说完后，还抬高眼睛一边注视着田中，一边往田中靠过去两三步。田中正以双手把堆在台车上的行李箱提起来，粗声粗气地说道：

"现在，你用单手提行李箱试试。我倒是想学会你那种一次提两件行李箱的要领。你给我一手提一件行李箱！你给我提啊！提啊！"

哲之拍拍田中的肩膀希望他消消气，个性火爆的田中把哲之的手甩开，抓住矶贝的胸口吼道：

"兼职只有三个人，你却强迫我们做这么粗重的工作。你为何不叫一两个部下过来帮忙呢？"

"前台也是人手不足，忙得团团转啊！先把客人妥善安顿好才是最重要的事。"说完后，矶贝想把抓住自己胸口的田中的手拨开。

"既然如此，那就让所有的服务生先去把客人安顿好后，全部的人再一起来搬行李，这样不是更有要领吗？"

"员工在饭店门口吵架，会被客人笑的。把手放开！"

矶贝的声音有些颤抖。矶贝对好不容易把手放开的田中说道："由于飞机延误，包租的观光巴士比预定时间晚一小时抵达饭店。巴士的司机想早点把车开回车库，才得急忙把行李卸下来。"

"那么，身为领班的你也应该过来帮忙吧！引导客人就交给前台的工作人员，你就一次提两件行李箱到大厅去吧！"田中好像要把累积已久的不满全部吐出来似的，继续逼着矶贝，"强迫兼职做这些笨重的工作，今天你们来做做看！这些笨重的工作恐怕会让你们断上两三根骨头吧！"

田中是京都某私立大学空手道社的团员。他的脸上浮现一抹冷笑，手指头的关节嘎嘎作响。矶贝求救般地看着哲之，很快又把视线转向田中说道：

"田中，你自己辞职吧！从你来当兼职起，就一直争执不断。我们无法雇用你这种人。"

田中的脸色一变，哲之感到非常慌张，赶紧站到两个人中间。当哲之正要开口说话时，田中对着哲之和另一名兼职投以赌气般的笑声，说道："好啊！那就辞职。对你们很不好意思，只好让你们两个人自己去搬了！"

他留下这话，正想往大厅走去，却立刻又折回来。

"四五天后，我会回来打招呼的。就这样告诉山口和高仓。我要报答那两个人的事，多得很！"

山口和高仓都是正式职工的服务生，经常欺侮兼职。这时，观光巴士的司机，坐在驾驶座上大发雷霆。

"喂！搞什么鬼啊！赶快把行李卸下！"

田中走了，哲之无可奈何地进入巴士里，继续把还剩下的一大半行李卸下来。矶贝消失在大厅中，不久回到巴士停车的地方。然后，接过哲之和另一名兼职搬运的行李，把它放在台车上。

"还剩下五件。请再稍候片刻！"

当哲之对正在抽烟的司机说话时，看到矶贝摇摇晃晃地倒在台车上。哲之急忙从巴士上下来，冲到矶贝身旁问道：

"怎么啦？"

矶贝额头冒着汗，双手压住胸口，呼吸急促，嘴唇发青。另一名兼职慌张地跑到大厅。

"没关系……大概是不能搬行李吧……"矶贝好像很

痛苦，断断续续地说道。人事课长岛崎小跑步过来，责备哲之道：

"怎么能让矶贝搬运重物啊。"

"好……"哲之丈二和尚摸不着头脑，呆站在原地。巴士的司机又怒吼道："喂！还没好吗？"

他只好再次进入车内，继续把行李一件一件搬下来。最后一件行李特别重，连用双手都提不起来。只能在车内走道上硬拖，好不容易才搬运完毕。当那辆观光巴士从饭店大门扬长而去时，矶贝依旧压住胸口静坐在台车上。岛崎命令哲之把他扶到员工休息室。

"不能爬楼梯，坐电梯上去！"岛崎叮咛道。

休息室在三楼，也就是饭店内最大的宴会厅"孔雀之间"旁边，有一条员工专用走道的最尽头。内部如养蚕架子般排列的三层床铺，平时可以让三十名员工小憩。最里头的床铺上，好像有人在睡觉，发出轻轻的鼾声。矶贝躺在床上，闭上眼睛。嘴唇开始泛红，呼吸困难的状况渐渐缓和。哲之压低声音问道：

"请医生来看看好不好？"

矶贝默默地摇摇头，说道："我经常这样。稳定下来就没大碍，只要静静地躺一会儿就没事了。"

然后，他不知在想什么，踌躇一阵子才开口说道：

"今天我又发作的事，可不可以不要让中冈知道？"

"中冈？"

"就是前台主任中冈峰夫。"

"啊……原来是那个人。"

哲之来饭店工作的第一天，曾经去向他打过一次招呼，后来就不曾再和他交谈过，那张年轻又带着冷漠的前台主任的脸不禁浮现在眼前。哲之猛然意识到矶贝方才所谓的"又"，于是问道：

"你有什么宿疾吗？"

矶贝默不作声。为把话题岔开，对哲之说道：

"你家是经商的吗？"

"虽然父亲是经商的，不过在公司倒闭的同时，父亲也过世了。因此，母亲现在只好到北新地的料理店去工作。"

看来矶贝好像已经恢复正常，哲之正想从床边起身回去工作，矶贝再次叮咛道：

"千万不要让中冈知道啊！"

哲之又坐下，问道：

"为什么不要让中冈知道呢？"

"那家伙不仅和我同年龄，也和我同期进入饭店。不过，那家伙是大学毕业，我只有高中毕业。刚开始我们都是服务组的服务生，不久就有差别了。他会讲英文，所以转到前台，很快就升为主任。所以那家伙对我有一种微妙的敌意。说是优越感，却又好像不是。"

"你为什么有这种想法呢？"

"我只要犯一点小错,他就会小题大做。我猜他是想把我们之间的差距拉得更大。"

原来在最里头床铺上发出鼾声睡觉的是在厨房实习的一名新职员。突然,他慌慌张张地起床,急忙走出休息室。哲之心想厨房又没有夜班,八成是摸鱼偷跑来睡懒觉。虽然哲之知道去探究人家不想说的事并不好,却还是向矶贝问道:

"矶贝先生,你心脏不好吗?"

矶贝依旧躺在床上,以手指顶着他那高挺的鼻梁,眼球四处转动。

"我从小心脏就不好。医生说不开刀不行。"

当矶贝向哲之说明饭店内部设施的那天,从一楼介绍到二十四楼。那时哲之就觉得奇怪,为何不走比较快的安全梯,偏偏要搭乘慢吞吞的电梯。还有岛崎课长说矶贝不能搬运重物,现在终于明白为什么了。

"我有心脏瓣膜症,开刀就可以恢复。"

"既然如此,就要下定决心开刀啊!"

听哲之如此说,矶贝笑着嘟囔道:

"别人的事,说起来很简单。"

哲之发现这是自己第一次看到矶贝的笑容。

他走出休息室经过大厅,来到办公室岛崎课长的面前,报告道:

"他好像已经没问题了。"

正在低头看资料的岛崎，抬起他那张四方脸，说道：

"那就好。"

接着，他把正要走回大厅工作的哲之叫住。

"我有话要跟你说。"

他一边把桌上的资料收拾好，一边阔步往地下楼的员工食堂走去。从自动贩卖机买了两罐可乐，坐在桌子前，叫哲之也坐下。

"井领君，明年就大学毕业了吧？"

"对，预定是这样。"

"你想去什么公司上班呢？"

"目前还没考虑。说不定入职考试都过不了。"

虽然食堂里只有岛崎和哲之两个人，岛崎还是探过身来、压低声音说道：

"干脆留下来，就在我们饭店就职，如何？"

"饭店吗？"

"不喜欢在饭店上班吗？"

哲之不知该如何回答，喝了一口可乐。

"这两个月来，我一直在观察你的工作态度，很希望你大学毕业后留下来。近来的兼职学生都很不负责任，你不但有礼貌，工作也很认真。我曾听到客人称赞你。"

"咦？"哲之不记得自己曾经被客人称赞过。

"明年，我们饭店预定录取大学毕业生十名、高中毕业生二十名。怎么样？还是早些做决定吧！"

"又没经过入职考试,哪能这样就做决定呢?"

岛崎那张耿直的脸上,露出得意的笑容说道:

"只要是我推荐,没有不上的。"

岛崎拿着香烟的滤嘴放在舌头上舔一舔,才点上火,这好像是他的癖好。

"矶贝君也是因为我的推荐才进来的。"

岛崎说自己和矶贝是同乡。

"矶贝君的父亲是医生,最早在京都的丸太町开一家耳鼻喉科诊所。我家也住在那条巷子里,从矶贝君小时候就和他很熟。"

说到这里,岛崎再度压低声音说道:

"谁也比不上这孩子可怜!"

矶贝耳鼻喉科的病患相当多,大家都认为不久后身为长子的矶贝晃一必定会继承家业。然而,料想不到的一场横祸却降临到这一家人身上。他父亲和一群同为医生的朋友到北陆地区旅行,不知为何竟然从月台掉落轨道,刚好有一辆疾驶的特急电车进站。

"倒霉事还不止这些。"岛崎继续低声地说下去。他的父亲意外死后不到一年,他的母亲又被电车辗死。母亲因为有事前往住在桂这地方的亲戚家,回家途中,经过一个无人看守的平交道,等待从河原町开往梅田的阪急电车通过。不知道他的母亲在急什么,电车一通过,就钻过还没升起来的栅栏想走过平交道。他的母亲并未注意到同时还有一辆从梅田开往河原町的电车疾驶而来。

"唉！这好像种下什么恶果般的遭遇。"岛崎说到这里，就停下来。他又抽出一根香烟，同样又舔一舔滤嘴。

"那时，矶贝君只是高一学生，妹妹才小学六年级。他被伯父接走，妹妹被送到另一个亲戚家。兄妹各自分开生活了好长一段时间，今年二月才在丰中租一间公寓，兄妹搬在一起住。若不是这些意外，现在的矶贝君一定是继承父亲的衣钵，当一名医生。"

岛崎看了一下手表后就站起来，留下一句有关就职的事要好好考虑的话，便独自匆匆返回办公室。充满食物味道的员工食堂，有三台自动贩卖机，每张桌子上都摆着圆形的塑料筷子筒，里头插满淡茶色的筷子。食堂内贴了一张写着"请把餐具洗干净，并放回指定地点！"的大海报。哲之双手托腮，呆呆地望着那张海报。不错！矶贝确实是一个工作认真的人，但是他那冷淡的表情中，放射出在不断搜索什么的眼光，使得哲之并不太喜欢他。这世上原来还有这么不可思议的事！哲之思索着从人事课长岛崎嘴里听来的那些事。何况矶贝本身还患有非开刀不可的心脏宿疾，真是雪上加霜啊！不过，这些事都和自己无关。哲之想到这里，走出无人的员工食堂，来到大厅。外国客人的行李，被放置在大门旁的大厅角落。大约有五十来件的行李，大部分已经被服务生送到客人的房内。挂着 E.H. 托马斯小卡片的行李有五

件。他把这些行李堆到台车上,走到前台问道:

"E.H. 托马斯先生是几号房呢?"

中冈主任连看也不看哲之一眼,翻开住宿者的卡片说道:

"十二楼二五八八房。"

当哲之正想把台车推到电梯时,中冈背对着哲之一边确认卡片,一边呼叫"井领君"。中冈以背对的姿势,语中带刺地说道:

"你一定得说:'是的,我知道了。'是不是啊?"

"啊!对不起。我没注意到。"

中冈转过头来,明摆着就是一副找碴的模样,招手要哲之过去。

"什么事呢?"

"这一小时,跑到哪里偷懒去了呢?休息吗?还是溜到员工食堂去了?"

"不是偷懒。岛崎课长说有事找我,所以我们就一起到员工食堂。"

"谈些什么?"

光是个子高、却不长肉的中冈,穿着一件领口过大的衬衫,脖子和领口间有大约可以伸进两三根手指的缝隙。哲之以前就听同事抱怨,若是买那种符合手臂长度的衬衫,领口就不合适。哲之对于中冈的问话默不作声,心想自己并没有回答的义务。由于中冈的脖子又长又细,看起来异常庞大的喉结微微动着。中冈用手指头把乱掉的头发整了一下。

"矶贝那家伙，又发作了吗？"他话一说完，就露出一抹冷笑，"那家伙说不要让中冈知道，对不对？"

"你说什么又发作了呢？"

中冈瞥了哲之一眼，一副无视哲之存在的模样，把背转向他说道：

"快去工作！这一小时到底雇你来做什么的呢？"

哲之曾在无意间听到有关饭店接班人的斗争，他觉得中冈之所以如此粗暴，可能和这件事有牵连。

哲之回到公寓时，已经快十二点了。他打开灯后，叫道："小金！"

这是哲之替蜥蜴取的名字。他和往常一样用小汤匙舀水，伸到小金的鼻端，小金马上伸出细细的舌头来喝水。喂完水后，打开放在冰箱上面的四方形木箱的盖子，用小夹子夹住躲在木屑中的栗虫，拿到小金的鼻端。细长的舌头敏捷地缠住栗虫的同时，哲之把夹住小夹子的大拇指和食指松开。刚开始时，时间点总是抓不准，小金好不容易缠住栗虫，多半又掉到榻榻米上。不过，两周后情形就改观了。

"我们都变得好厉害啊！"小金吃完五条栗虫，哲之用小夹子轻轻地敲一敲它的鼻尖，说道：

"夏天快到了。一到夏天，这屋子就会热得像桑拿浴室。人不在家，又不能开着窗子……"

小金左右摆动着尾巴，眨了好几次眼睛。哲之拿纸巾把粘在柱子上的排泄物擦掉，才仰躺在榻榻米上。他盯着小金背上那根钉子，说道：

"这么一来，小金也许在我回家之前就要被热死了。"

哲之猛然想到，自己到底打算要把这只蜥蜴养到什么时候为止呢？也想到它若是死了就死了，这也是没办法的事。

"小金，一到夏天，我就把钉子拔起来哦！"

虽然这么说，钉子与小金的内脏已经合在一起，可能已经成为它身体的一部分了吧！若是把钉子拔起来，不就会使得小金好不容易才愈合的伤口变得更大吗？到底该怎么办才好呢？哲之越想越苦恼。

"虽然今天一直在搬运行李，却只收到一千五百日元的小费。因为外国客人都以为日本不收小费，替他们搬运那么重的行李箱，也只是一句'Thanks！'就完了。反而是三对新婚夫妻，各给了我五百日元。"

哲之继续对着这个被夺走自由、不会说话、闪着青光的小生命喃喃自语。

"和矶贝一比，我可是比他幸福多了。我从来没想到会有人像矶贝那么悲惨。原本我觉得他是一个讨厌鬼。"

此时，传来敲门声。哲之一下子就站起来，整个身体变得僵硬，不安的情绪让胸口感到非常闷。再度传来敲门声。

"井领君!"传来一个男人的呼叫声。那是哲之无法忘记的、带着沙哑的独特声音。他站在门前,回了一声"是"。

"我是小堀。可以把门打开吗?"

门一打开,小堀径自走进屋内。小堀有高度近视,只见戴着茶色厚镜片的细长单眼皮不停地眨呀眨的。

"我到处找你们,原以为就算你们这样匆忙落跑,我一样可以找到,没想到却不知去向,这一下总算被我找到了……"

小堀盘腿而坐,对着呆站的哲之命令道:"坐下!"

哲之坐下后,小堀就把穿在身上那件白底红条纹的西装外套脱掉。

"你老妈在哪里?"

"在一家供膳宿的料理屋工作。"

"哦!已经凑了多少钱呢?我不是说过了吗?要你们凑齐后一次还清吗?已经等三个月啦!等了三个月,应该已经凑齐三十五万日元要还我了吧?"

"是三十二万三千日元才对。"

小堀轻蔑的眼神穿透无框眼镜瞪着哲之,说道:

"我可是费了很大的功夫才找到你啊!为了找到你的住处,我花了不少冤枉钱啊!"

"那笔债务,又没有承继关系。根本和我毫无瓜葛,因为我没有得到父亲一丝一毫的财产,所以我没有归还债务的义务。"

"你再伶牙俐齿!我就把你打得再也说不出这些歪理。"

"那我要到警察局控告你恐吓。"

一瞬间,一阵攻击往哲之的头上猛烈袭来,打得他直冒金星。小堀站起来,又往哲之的脸上痛殴一顿。接着又往倒卧在地的哲之腹部踹了好几脚。

"明天还会来!今天先给你这伶牙俐齿的小子一点教训。"

小堀把西装外套披在肩膀上,走出屋外。榻榻米上滴了血,这是鼻血和从嘴唇上严重的伤口流出来的血。哲之站起来,蹒跚着走到厨房,洗完脸,把纸巾塞住鼻孔,用毛巾擦掉榻榻米上的血滴,躺在榻榻米上。不久,鼻血好像已经止住,口中却还是血流不止。把那家伙给杀了吧!哲之凝视被钉在柱子上的小金,如此想着。明天他一来,我就拿着菜刀砍过去。哲之因悔恨和恐怖,身体不停地发抖。他一直想要镇定,却越抖越厉害。

夜里,哲之睡得很浅,醒来好几次。因为鼻子和嘴唇疼痛、胸闷,不安不断地袭过来,他每次醒来后都会抽烟。不知在第几次昏睡之际,哲之做了一个梦。梦见自己变成一只蜥蜴,在草丛和石墙之间到处爬。死了又转生,生了又死。以蜥蜴之身,在生死间轮回好几次。好几十年，不！好几百年，都是以蜥蜴转生。在梦中，哲之清楚地感觉到漫长岁月的流逝。不知道这无穷无尽的岁月什么时候才会结束。当它隐藏在田埂的草丛里，抬头看着阳子、矶贝和许多人走过去时，哲之再度醒过来。他看一下闹钟，午夜三点半，才发觉只打了一个四十来分钟的盹。他一边想着转世为蜥蜴的自己，已经过了几百年，一边趴着点燃香烟。

当他发觉只睡了四十来分钟时，冷不防有种陶陶然的感觉。他不知道为何有那种感觉，总觉得有一种类似希望的东西，在自己全身被铁线束缚得喘不过气的不安中开始萌芽。在短暂的四十分钟，自己成为生了又死、死了又生，转世好几百年的蜥蜴。多么可怕的梦啊！但是，在这可怕而又不可思议的梦里，为何自己的心情突然变得舒畅了呢？哲之一边吞云吐雾，一边陷入沉思中。香烟的苦味，沁入嘴唇的伤口。历历在目的梦，烙印在哲之的心里，难以消逝。炽热的阳光烧在背上的感觉、被草上露水沾湿、又开四肢感到土壤湿润的情景、被一只伯劳鸟衔在空中的恐怖感等，仍然感觉得出来。因饥饿和干渴而死、被不知名的生物吞食而死、被人类的小孩乱棒打死。死了好多次，又转世好多次。让人不由害怕的时间，无疑就这样流逝了。实际上，只有四十分钟。虽然成为蜥蜴生生死死几百年的自己和醒来后抽烟的自己，都是同样的自己，哲之的精神感到空虚的同时，却又感到某部分更加清晰。

哲之从被窝里站起来,打开电灯。走到小金的一旁,将半边身体靠在墙壁上,注视着插在小金背上的那根钉子。闭上眼的小金睁开眼睛,动了一下脑袋,看着哲之。然后,伸出细长的舌头。

"口渴了吗?"哲之低声对小金说道,"你啊!被钉子钉住,却死不了……为什么不死呢?小金!为什么还活着呢?"

他用指尖轻轻抚摸小金的头。小金的皮肤干燥。哲之走到厨房,用杯子装着水回来,把指头沾湿,用湿答答的指头把水滴在小金的头和背上。

"小金!你为什么会生为蜥蜴呢?我又为什么生而为人呢?喂!这当中应该有一个道理才对啊!你怎么想的呢?"

哲之用舌尖舔一下嘴唇内已经止血的伤口。

"我绝对不会付钱给那个流氓。小金遭遇这种厄运也不愿死啊!所以我也不认输。鼻子被打歪了,差点就被打死了,我怎么甘心对那家伙唯命是从呢?在没被打死之前,先把对方杀死吧!"

哲之说完后,脸上浮现一抹笑容。

"不过,我当真那样做的话,自己的一生就泡汤了。杀了那种专门敲诈的混混,我的一生也完了。"

他更正自己的说辞,又把自己方才的梦说给小金听。

"我第一次做这么不可思议的梦。好几百年里我真的变成了像小金一样的蜥蜴，死了又生，生了又死。"

瞬间，哲之心想，说不定在打盹的四十分钟里，自己真的变成蜥蜴不断地轮回转世。但是，他立刻又打消了自己那种无稽的想法。正因为那是梦，自己才会从睡梦中醒来，以人类的姿态对小金说话，不是吗？哲之将自己的半边身体靠着墙壁，注视小金闪出青光的肌肤。在这当中，身为人类的自己和身为蜥蜴的自己，他无法区分哪一个是梦，哪一个是现实。他认为两者都像梦，两者也都是现实。

"我一定得叫阳子不要再来公寓。"

小堀不知什么时候还会来，不能让阳子接近公寓附近。

"阳子为什么会爱上我呢？而且还想和我结婚。我可能要当一辈子贫穷的上班族……"

玻璃窗外对面的暗黑中，带着微微的绿色。哲之从小金的旁边走开，将身体缩成一团倒在被窝里。他熟睡到将近正午。

哲之躺在被窝里东想西想，直到过了十二点。他起身照镜子。鼻子和嘴唇都肿起来了，这张脸实在无法外出见人。他为自己烤吐司面包和温牛奶。由于伤口刺痛，把一片吐司和一杯牛奶吃下肚，竟花了比平常多三倍的时间。哲之低着头，眼睛看着地面，走过通往站前派出所的那条长长道路。他往派出所内一看,有一个中年警察坐在办公桌前,拿着圆珠笔像是在公文上奋笔疾书。哲之又离开走到商店街,重新思考后再次返回派出所。

"请问……"

警察听到哲之的声音,抬起头来。

"我有事想和您商量。"

警察看了一下哲之红肿的鼻子和嘴唇,说道:

"什么事呢?"

警察请哲之坐下。哲之就把事情的原委扼要地叙述了一遍。

"债务另当别论,这的确是恐吓事件,也是伤害罪。"

警察脱下警帽,一边用手掌抚平稀疏的头发,一边说道:

"那些讨债集团,虽然会口出恶言恐吓,但很少会动手打人。不过,多亏他动粗,这下子就有理由把小堀那个混混扭送警察局了。"

"我比较担心事后。"

"你怕他来报复吗?"

"是的,他总有一些狐群狗党吧!"

"大家都是因为害怕被报复而忍气吞声。其实,借钱的事可以通过民事诉讼的法律途径来解决。但是,你既然跑到派出所,还被恐吓威胁、殴打成伤,身为警察怎能袖手旁观呢?你一定得对那个混混提出控告。"

哲之看着那个像是中学校长的警察,犹豫地说道:

"我要控告他。"

他感到自己话到一半时,脸色就开始发青。警察泡了茶给他喝,由于太烫,伤口又作痛,啜了两三口,哲之就发呆地看着茶的热气直往上升。

哲之走出派出所,立刻走进公共电话亭,打电话到打工的饭店。向岛崎课长说因为感冒发烧要请假,挂了电话就回到公寓。

入夜,八点过后,哲之的心脏开始怦怦地跳。手掌心冒出的汗往裤子擦拭好几次,却又不断冒出来。听到铁板楼梯有人上来的脚步声,哲之两手握拳,直挺挺坐在屋子正中央。敲门声响,哲之还来不及答应,小堀已经进入屋内。

"如何?有什么好消息吗?"

哲之对于小堀的问话听而不闻,屏息等待埋伏在外的警察上楼的脚步声响起。

"怎么啦!你在发抖啊?"

小堀说这话的时候,门被打开了。白天那位警察和另一名年轻的警察站在门口。小堀嘴巴半张,哲之和警察四目相交。中年警察走进屋内,拍拍小堀的肩膀,以平稳的声调说道:

"我们要以恐吓罪和伤害罪逮捕你。"

警察话一说完,随即拿出手铐。

"有逮捕证吗?"

小堀失去血色的脸,朝着哲之问道。

"想看的话,就给你看啊!"警察将小堀铐上手铐,笑着对哲之说道,"若有什么事,随时可以来找我们。"

"走吧!其他还有一大串罪状,全部给我吐出来吧!看来五六年无法回到这个婆娑世界啦!"

传来警察边下楼梯边对小堀说话的声音。哲之悄悄打开厨房的窗子,往外窥视。外面停了一辆警车,不知什么时候来的。哲之赶紧把窗子关上。他靠着墙壁呆坐着,把脸靠在膝盖上好一阵子,心想母亲近况不知如何?虽然一周总会和母亲通上两三次电话,搬到公寓后这两个月来,还不曾和母亲见过面。他非常想念母亲。一时之间,觉得自己像是迷失在人群中的小孩,他急忙穿上鞋子走出公寓。跑向车站的途中,他忽然想起还没喂小金水和食物,急忙又返回公寓。看一下装栗虫的箱子,哲之发现木屑中只剩下四条。哲之把这四条栗虫给小金吃完后,趴在厨房的地面上到处找。发现冰箱下面有两只小蟑螂,赶紧用杯子把它们盖住,又用夹子夹起来,放在小金的鼻子前端。他一直以来都是拿栗虫和蛆喂小金,从来不曾喂过它蟑螂。小金直盯着被夹住头、像小黑点般的小蟑螂看,一点也没有想去吃它的迹象。

"小金,这是蟑螂。你讨厌它吗?"

听到催促的话后,小金的舌头快速卷住小蟑螂。小蟑螂的一只脚从小金的嘴边露出来。小金吃下小蟑螂颇费工夫，那一只脚消失后，只见有一小块东西从喉咙往腹部慢慢移动，花了不少时间。哲之在一旁焦急地等待后，用汤匙喂它喝水。

"多喝一点哦！说不定我今天不回来了。"

哲之用汤匙内剩下的水把小金的身体淋湿后，再次走出公寓。

他在冷清的住道车站等了三十分钟，前往片町的电车才进站，坐在几乎空无一人的车厢内时，哲之才发觉自己还没吃晚饭。午餐只吃了牛奶和一片面包，之后就未曾进食。由于不知道警察埋伏在哪里，也不知道小堀什么时候会来，时间在不安和紧张中度过，一点也不觉得肚子饿。

从大阪车站中央口走进地下通道，车站的时钟刚好是十一点半。有五六个流浪汉，躺在各自以纸箱围起来的地盘上睡觉。哲之匆忙地沿着地下通道右转，向樱桥方向走去。进入北新地的大街，立刻可以看到母亲打工的"结城"的招牌。"结城"是一间两层的木建筑，夹在两栋大楼之间，格子门上挂着蓝印花布的门帘。虽然是一家不起眼的小店，但在北新地却属于老店，以拥有忠实的老主顾和价位高闻名。店内有很好的厨师，母亲原本被雇来洗碗，无意中被发现做下酒菜的功夫比她洗碗更好，两周前被调为专门做下酒菜的厨师。哲之站在离

"结城"有些距离的一家花店前，等待"结城"打烊。有一个男人带着一个像风尘女郎的女人走进花店，买了如一座小山般的洋兰。哲之透过橱窗，看到那个男人在付账。男人的皮制钱包，塞满厚厚的一叠万元大钞。

最后的一群客人走出来后，"结城"店内的灯也熄灭了，只见穿着飞白和服的年轻女店员出来收起门帘。哲之走近那个女子身后，说道：

"我是井领绢子的儿子，想和母亲见个面。"

那名女子亲切地请哲之进去。然后，她把脸伸向店里头，大声叫道：

"井领！你儿子来了。"

厨房的灯还亮着，灯光射向店堂内。母亲瘦小的身体包在烹饪服里，拿着毛巾边擦着湿答答的手边走出来。母亲对客气地站在店门口的哲之说道：

"已经没有客人了，不要站在那里，快进来吧！"

母亲一看到哲之进来，对着从厨房探出头来的厨师介绍道：

"这是我儿子。"

又对哲之说："石井大师傅。他是北新地最好的厨师。"

母亲的话，让这位石井大师傅露出浅笑，直率地说道："只有大嫂你说我是最好的厨师。"

"晚饭吃了吗？"

母亲问完后，面带愁容地看着哲之的脸。拉住他的手腕,把他带到灯光较亮的地方。

"怎么了?你这张脸⋯⋯"

母亲注视着哲之红肿的鼻子和嘴唇。

"跌倒了,在公寓的楼梯上跌了一跤。"

哲之从来不曾欺骗过母亲。因此,想打断母亲的追问,就说道:

"我还没吃晚饭。中午只吃了一片面包。"

石井大师傅好像听到哲之的话,说道:

"还剩有乌贼、猪肉块和味噌汤。"

他一边说着,一边打开锅子,把菜盛在盘子里,放到柜台上。母亲边盛饭边向石井致谢。

"很好吃哦!要谢谢人家,不要不懂事!"

哲之向石井,还有刚才进入厨房的那位女店员致意,感谢对母亲的照顾。此时,格子门打开,有一位穿着和服、浓妆艳抹的女人悠闲地走进来。空气中充满香水味。

"老板娘啦!"母亲在哲之耳际悄悄说道。

"这是我儿子。有事来找我,因为还没吃晚饭,大师傅说还有剩菜,所以就给他吃。"母亲有些慌张地向"结城"老板娘说明。

"啊!儿子已经这么大啦!"

老板娘用眼角瞄了哲之一眼。

"谢谢您!"

哲之致意后,又感谢她对母亲的照顾。不过,话刚说到一半，老板娘已无视哲之的存在，径自命令正在厨房收拾的女店员帮忙叫出租车。哲之推测对方大约四十二三岁。

"横田先生的酒癖真不好，让人受不了！人一落魄怎么就变成这副德行了呢？"

石井脱掉烹饪服，边换上自己的衣服，边和老板娘闲聊："在店内喝就不提了，用不着再特地去其他夜店喝了呀！"

"是啊！原本就是老朋友，生意不顺正倒霉，总不能一下子就冷淡人家。没想到让他喝下三杯葡萄酒，他就醉倒了。"

"来这里之前，听说他已经喝了五小瓶啦……"

老板娘的妆饰与和服的图案都显得很年轻，从她的侧面看过去，年轻时想必很漂亮，不过在明亮处从正面看过去，浓妆艳抹反而让她比实际年龄看上去还老。那张混杂着狡猾和天真的脸上，很像是制作精致的娃娃配上了一双无神的眼睛。

"快吃吧！不要让它冷了。"

哲之依照老板娘的话，啜一口味噌汤，扒了满嘴饭。不过老板娘的话并不令人觉得温暖。哲之认为她不过是不想被人家说这是店里的剩菜剩饭而已。他一吃完，马上问道："多少钱？"

尽管哲之已十分留意自己的语气，但老板娘立即变脸说道：

"哦！你想付钱啊！难不成我们的大师傅，是为了赚钱才端出饭菜来的吗？"

她话一说完，径自坐进停在店门口的出租车里回家去了。石井和女店员也走了，只剩下哲之和母亲两个人。

"很难搞的老板娘。"

"以前是一名艺伎。"

母亲一边擦拭柜台，一边说出某家大企业的名称：

"她是这家公司社长的这个，这家店就是社长替她开的。"哲之的母亲伸出小指①。

"她自小就生长在风月场。当过一流的艺伎，又当过大老板的小老婆，在北新地又拥有一家店。虽然上了年纪，却还像一个不知人间疾苦的小婴儿。大老板死后，她才算真正在做生意。以往的客人，都是靠大老板牵线而来的。"

"她几岁啦？"

"和我同年龄。"

"啊！五十岁了啊！"

哲之心想，难怪浓妆艳抹，刚好把她的年龄暴露出来了。

"她也有好的一面，但情绪阴晴不定。不过，我已经

---

① 日本人习惯以小指代表小老婆。

知道如何和她应对了。"

看来母亲比意料中还健康。

"你瘦了。"

母亲说道。

"到底发生了什么事?"母亲做完工作后,坐在哲之旁边问道。

"没事。只是待在公寓,突然很想妈妈。"

"阳子去过你住的公寓了吗?"

"……嗯。有时候会带些吃的东西来。"

哲之心想,母亲以她那对双眼皮的眼睛凝视着自己,大概正在思考他方才讲的话,以此察觉他们两个人目前的关系吧!

"妈妈很喜欢阳子这女孩。开朗、温柔,看起来干干净净。但是,她真会嫁给你吗?"

把热开水倒进茶壶泡好茶,母亲拿了一个寿司店用的大茶杯倒满茶,然后双手把茶杯包住,视线落在浮在茶水上的茶叶梗子上。

"在你父亲去世前两个月,妈妈把你和阳子的事告诉了他。说你们好像决定要结婚了。"

"爸爸怎么说呢?"

"他笑着说很少有人能够和初恋情人结婚的啦!"

哲之看着好久未见的母亲的笑容。真是好久未见了!哲之感到心头涌起一股温暖。

"初恋在初中时候，就已经破碎了。"

初中时，哲之喜欢上了在棒球社担任干部的女生。虽然他讨厌棒球，却为了那个女生而加入了棒球社。

"要我守右外场，还要我练习接高飞球。由于那女生跑来观看，原本很轻易就能够接住的球，反而被球打中了下巴。那女生笑得东倒西歪。当我知道那女生之所以愿意当干部，是因为喜欢那个叫高仓的投手。三天后，我就退出了棒球社。因此，我被学长连揍三拳。每次想起这些事，我只有傻笑。"

从大马路上传来汽车喇叭声，在打烊后安静的小料理屋里回响。感觉外头路人突然增多了，人声变得更嘈杂。

"女招待们回家的时间到了。"

母亲突然冒出这么一句话后，似乎在想些什么，茶也不喝，默不作声，过了好一阵子才说道：

"到底发生了什么事？不要瞒我。"

"什么都没有。真的是从楼梯上滚下去的。"

"讨债流氓没有再来过吗？"

"嗯，没再来过。怎么可能会追到大阪市郊那么偏僻的小地方？等到那家伙找到我和妈妈时，我们已经存够三四十万了吧！"

"这笔钱并不是非还不可，但这是你爸爸欠下的债，倒也是千真万确……"

母亲要哲之今晚睡在二楼的房间。关好门窗、检查完煤气后,就把灯熄掉了。厨房里大冰箱旁边,有一段通往二楼的陡梯。爬上二楼,狭窄的木板隔间屋内,堆满了纸箱,旁边有一道纸门。母亲拉开纸门,进入屋内,打开日光灯。那是一间有六张榻榻米大的房间,里面都是母亲的味道。

"我可以在这里过夜吗?"哲之环视后问道。

"不要紧啦!老板娘都是晚上七点过后才会来,石井大师傅早上六点送货来后,立刻就会回去。"

"这么说,妈妈六点就得起床咯?"

"石井有钥匙,妈妈尽管睡也没关系。如果醒来的话,就起来倒杯茶给他喝。石井待一会儿,就会回家睡回笼觉了。他每天四点就起床,亲自到中央市场选购食材。石井上班时间是下午四点,餐馆六点开始营业。"

母亲从壁橱拿出棉被,铺好两个人的垫被。哲之坐在面向大马路的格子窗边,说道:

"这房间好干净啊!"

"两年前,这还是给客人用的房间。连壁龛都有呢!"

"现在为什么不用了呢?"

"说是人手不足,光做楼下的生意就忙不过来,其实近年来客人少了很多。高朋满座的情景已经很少见了,因此二楼就用不到啊!"

"妈,你洗澡怎么办呢?"哲之问道。

母亲坐在小镜台前，边抹面霜边答道：

"搭巴士到净正桥，那里有一家老旧的澡堂。"

"搭巴士到澡堂啊？"

"到净正桥，只要五分钟而已。"

母亲换好睡衣钻进被窝，哲之也脱掉外衣，关上灯后，只穿着内裤钻进被窝。

"好希望能够这样一起过日子。我和你，还有阳子，三个人……"母亲如此嘟囔着，打了一个大大的哈欠，立刻就睡着了。哲之心想母亲实在太累了，自己也闭上了眼睛，感觉新地街马路上的车子一辆接一辆不停地行驶着。人的声音渐渐多起来，可以听到笑声和叫声。哲之闭上眼，一边聆听那些嘈杂声，一边思考那个转世为蜥蜴轮回好几百年的梦，到底什么意思呢？只有四十分钟，自己宛如过了几百年。那不仅只是一场梦吧！他觉得自己好像站在一个深邃的世界边缘，窥视着不可思议的什么东西。做梦的自己和醒来的自己，到底哪里不一样了呢？哲之想起远方车站的那一边，在一间小公寓的暗处，有一只被钉在柱子上的蜥蜴小金还活着。找个时机一定得把钉子拔起来，放它自由。拔钉子时，绝不能让小金死掉，尽可能不要伤到它。小金的模样浮现在脑海里，哲之希望再梦见昨夜那个梦。

5

大学已经放暑假了。哲之有好几个同学已确定了毕业后的就职公司。哲之心想，万不得已就如岛崎课长所说，干脆就在打工的饭店工作算了，这种想法让他失去了认真思考自己未来和去应考希望就职公司的斗志。

哲之如往常一样，在五点前来到饭店工作人员进出的后门，看到阳子为躲避从排气孔喷出的恶臭，站在饭店的人行道上。夏日的夕阳洒落在阳子身上，把她半个身子都染红了，使人看起来很落寞。阳子小跑着穿过马路，快过完马路时才露出了笑容。哲之穿过行驶中的车子，走到阳子身边。

"怎么了？"

对于哲之的问话，阳子只是默默地注视着他。两个人转过巷子，走进一家咖啡馆。虽然经常通电话，但哲之和阳子已经一个月没见面了。自从发生小堀讨债事件以来，哲之就叫阳子不要到公寓去，若碰到节假日就约在梅田相见。但是阳子在放暑假前每天都要上课，碰到哲之休假时，又因为阳子有事而无法见面，不是阳子的母亲叫她去办点事，就是表姐生孩子，要她去帮忙洗衣服打扫等。店内流淌着巴萨诺瓦风格的曲子，两个人坐在最里面的座位，哲之偷偷看了一下阳子的表情后，问道：

"把头发剪短了啊？"

"嗯，因为很热，就剪掉了。"

"第一次看到你剪短发。"

"这是我读中学以来，第一次剪这么短。哲之不喜欢吗？"

"不会！很适合你。"哲之再次问道，"你怎么了？"

"哲之休假时，我偏偏有事，我有时间时哲之却在工作……"

这原本是哲之一天当中最讨厌的时段，现在却让他觉得有种幸福感。看一下手表，和抵达大阪车站时看到的一样，指着四点四十分。哲之把手表拿下来，贴着耳朵。摇一摇，又轻轻地敲一敲，手表依旧不动。

"哎呀！终究还是坏了。这种便宜货，迟早都要报销。"

哲之说完，就把手表往桌上一扔，阳子立刻从手提包中拿出一块男式手表。那是阳子父亲的旧劳力士表，阳子硬向父亲要来的。阳子总是把这块手表放在自己的手提包内。

"这个借你。"

"饭店的服务生戴这种高级货,人家会觉得很奇怪的。"

"话是没错啦,可是没有手表,不是很不方便吗?"

阳子说完后,哲之正想伸手去拿时,她又把手表拿开,半开玩笑地说道:

"可不能拿到当铺哦!"

哲之一边笑,一边把手表戴在手上。

"等我和阳子结婚后,这就变成我的了。很早以前我就在觊觎了。"

"我时常缠着爸爸,要他把这手表给我,他总不肯答应。他说女孩子拿一块男式手表,到底要干什么呢?还说这块手表,有许多他的回忆,绝不轻易给别人。"

"终究还是给你了。"

"因为他以低价买了一块新的劳力士表,才把这块旧表给我了。"

"为何那么想要这块男式手表呢?"

"因为这种年代的手表再也找不到了吧?我不知怎么,就是很喜欢这块手表。"

"这是世界上最耐用的手表。"

"要好好珍惜哦!"

已经五点半了。喝完冰咖啡,阳子站起来。从薄衬衫看着阳子的胸部,哲之突然有一种强烈的欲望,顿时使他的表情变得黯然，不再说一句话。走出咖啡馆，阳子好像有话要说，哲之却沉默不语。他的视线扫过阳子的胸部、嘴唇和大腿间后，双眼低垂看着人行道。

"怎么了？怎么在生气呢？"阳子歪着头问道，哲之还是直直盯住人行道，一句话也不说。

"又来了。每次都这样，突然就不高兴。"

阳子好像也觉得很扫兴。两个人走过马路后就道别了。哲之目送她的背影，阳子猛然回头，在杂沓的人群中扮了一个鬼脸。好几个行人，都向阳子投以好奇的眼光。

哲之到更衣室，换上制服，急忙走到办公室。

"迟到四十分钟哦！"一名姓鹤田的服务生，坐在办公桌前说道。

"对不起。"虽然道了歉，鹤田还是把哲之的考勤表放进打卡机，然后在印出的数字上用红笔做上记号。

"不遵守时间上班，所以扣掉四十分钟的工钱。"

这应该是领班矶贝的职权。但是，哲之只是低声说了句"是"，就向大厅走去。没想到鹤田却从后方追过来，自言自语说道：

"我可能会代理领班好一段时间呢！"

鹤田经常把客人带到客房后，就假装要到哪里做事的样子，却躲在饭店各楼层的服务生休息室和女员工打情骂俏消磨时间。哲之看了一眼鹤田长满青春痘的脸，问道：

"矶贝先生怎么啦？"

"上午又倒下了，目前在休息室歇着。课长也说暂时让他休息，拜托我来代理。"

哲之把外国夫妇带到十四楼的房间后，朝位于三楼"孔雀之间"后面的休息室走去。今天好像有大宴会，宴会组的男女服务生，忙着搬运盘子和杯子。有一个服务生撞到哲之，差点把盘子掉在地上。服务生叹了一口气，对哲之说道：

"喂！在大厅若是闲着，就过来帮忙啊！七点以前，得把八百人的酒会准备妥当。"

"什么酒会啊？"

服务生说了保守党一位知名政治家的名字。

"听说是那家伙的喜寿①酒会，反正这只是台面上的说法，其实就是募集政治资金的付费酒会啦！"

哲之告诉服务生等得到前台许可后会过来帮忙，然后沿休息室那条狭窄的通道走去。他轻轻地打开门往里面看，正好和坐在椅子上的岛崎课长四目相接。哲之蹑手蹑脚地走到岛崎旁边，坐在椅子上。矶贝好像正在睡觉。

岛崎低声说道：

---

① 日人称七十七岁为喜寿。

"今天的情况有些危险。"

"倒在大厅里了。正想叫救护车，碰巧大厅有一位心脏科的专科医师，他替我们做了诊断。听说他是来参加大学同学会，总共来了约二十位医师。其中有人带着药，才捡回一条命。"

"医生怎么说呢？"

"早点到专科医院做精密检查比较好。时代不一样了！瓣膜症在心脏手术中的成功率相当高。"

此时，有一个前台的女职员打开门叫岛崎。岛崎和她说完话后，回到哲之身边说道：

"我有事，得回办公室。井领君，麻烦你暂时照顾一下。"他说完就往外走，哲之急忙追过去说道：

"请课长告诉前台的中冈主任和鹤田服务生，就说是您让我在休息室照顾矶贝先生，因为我不喜欢被人家说跑到哪里偷懒。"

岛崎点点头："好！好！"接着便如往常般匆匆离去。铁门一关上，从"孔雀之间"传来的准备酒会的忙碌嘈杂声全被隔绝，灯光昏暗的休息室中听不到一丝声响。有如养蚕架的床铺影子照在矶贝的脸上，看起来好像青铜铸的头像。哲之看着闭上眼睛的矶贝晃一的脸想：今年的暑假阳子会怎么过呢？每年，阳子在整个八月里都会到百货公司地下楼的食品卖场当售货员，在开学前把打工赚来的钱拿去旅行。阳子只有在跟几位大学的闺蜜一起去旅行的这一个礼拜中才会和哲之短暂分开。除此之外，无论在校园里还是其他地方，总是跟哲之形影不离。阳子的朋友经常揶揄地说，他们俩只差没住在一起了，根本就像是夫妇了。哲之猛然想到，为何阳子没把她今年的计划告诉自己呢？往年在暑假之前她会早早告诉哲之将要到哪里打工及九月旅行的计划等，今年却只字未提。去年，还有前年，阳子在暑假第三天就到百货公司地下卖场打工了。今年到底有什么计划呢？暑假不是已经过去十天了吗？哲之想起站在人行道上，在夕阳映照下的阳子脸上所流露出的那种奇妙的落寞。

"不用一直在这里照顾我啦！"

原本以为正在睡觉的矶贝，突然开口说话。哲之吓了一跳，抬起头说道：

"听说你今天很危险啊！"

听到哲之的回答，矶贝依旧闭着眼睛。

"你又搬了什么重物吗？"

矶贝轻轻地摇摇头。

"还是因为爬楼梯？"

矶贝总算睁开眼睛，看着哲之说道：

"我怎会去做那些事呢？"

人总是有些不想对别人说的事，也有些不想被触碰的事。自己如此，矶贝也是如此吧！哲之只好如此开场：

"我已经听岛崎课长说过您父亲和母亲的事了。"

矶贝将视线投向哲之。

"那个老兄，话真多！"

他这么嘟囔了一句，又闭上眼睛。

"我认为下定决心去动手术比较好。"

"那和我老爸、老妈的事，有些关联。"

哲之踌躇好一阵子，才说道：

"我觉得这样反复发作，你迟早会病发而死。"

"那种病，一定会死吗？虽然每次都给周围带来骚动，我却已经习惯了，只要让我安静地躺一会儿就可以恢复了。"

"我觉得你会被电车辗死。"

哲之对自己的话感到惊讶。虽然这并非自己的本意，只是脱口而出，但是当他警觉这句话对矶贝的伤害有多大时，只能双眼低垂，凝视脚底下的绿色绒毛地毯。

"对不起！我失言了。"

当他刚要道歉时，矶贝说道：

"我也是这么觉得的。"

哲之抬起头，矶贝继续说道：

"今天，我从公寓出来有些晚了。若是错过一班电车就会迟到，赶到车站时碰到平交道的栅栏降下来。想搭往梅田的电车，就得走过平交道到检票口。所以电车一过，我觉得栅栏快要升起时，正打算匆匆走过平交道，旁边有人大声吼道：'反方向还有电车要通过啊！'我太着急了，根本没留意到反方向正有一辆电车急驶而来。"

此时，矶贝把一动也不动的脸转向哲之，望着半空中，好像在想什么，好一会儿才继续说话。哲之第一次看到矶贝流露出感情。

"我从等电车时心脏就开始怦怦跳。一想到不知什么时候，自己也会跟老爸、老妈同样被辗死，就感到恐怖万分。其实，不单是我，连我妹妹也有这种感觉。今天搭电车时，已经觉得自己快不行了。到梅田车站后往饭店走的途中，眼前一片黑。我原本打算先到更衣室休息一下，没想到一走进大厅就倒下去了。"

在一阵沉默当中，哲之绞尽脑汁搜寻是否有能够减轻矶贝晁一的痛苦或能带给他希望的话。哲之第一次对他人的痛苦感同身受。同时，他对于人若不能对他人的痛苦感同身受，也感到不可思议。阳子扮鬼脸的模样浮现在脑海，小金的模样浮现在脑海，杀死小堀的念头瞬间也浮现在脑海。哲之一边想着，一边开始诉说。

父亲过世，家中事业失败。我们所信赖的父亲的得力助手，瞒着我和母亲盗用公款。他巧妙地把公款合法地占为己有，等到我们发现时已经来不及，剩下的只有父亲的债务。流氓上门逼债，我和母亲有家归不得。我才会躲到大东市郊区的小公寓，母亲则住在北新地供膳宿的料理屋。有一个流氓查出我住的地方，一周前又踢又打把我打得鼻青脸肿，无法见人。虽然我怕被报复，但还是到警察局报了案。那个流氓被逮捕了，我不知道他的同伙什么时候会来找我报仇。我也考虑过搬到更远的地方，却有无法搬离那间小公寓的苦衷。

话说到这里时，哲之心想这些事对矶贝到底有什么意义呢？自己到底想表达什么呢？这么一想，沉默不语的瞬间，哲之突然觉得矶贝不是比自己更不幸吗？和矶贝所经受的一切相比较，自己还算幸福：身强体壮，母亲健在，还有一个比其他女孩更有魅力的恋人阳子。自己实在幸福多了，自己真的幸福多了！哲之原本想鼓励矶贝，反而激起了自己的勇气。不过，哲之心中的某一部分却更加消沉。矶贝问道：

"为什么不能搬离小公寓呢？"

哲之把小金的事说给他听。听完后，矶贝缓缓起身，瞪大眼睛问道：

"那只蜥蜴，还活着吗？"

"嗯，还活着。今天出门前，还给它喂了水和栗虫。"

"为什么不把钉子拔起来呢？"

"若是拔起来的话，也许会死吧。我好几次都想杀死它，却下不了手。虽说在暗处看不清才把它钉柱子上的，但让它遭遇这种厄运的毕竟是我啊！"

"蜥蜴被钉在柱子上，还能活吗？"

"的确还活着，真是没办法！"

"你说的是真的吗？"

"不相信的话,你来我家看啊!"

矶贝探出身子,正想说话时,门开了。鹤田探头探脑地看着他们俩,看到矶贝已经恢复了,问道:

"矶贝先生,没事了吗?"

只是嘴上问一下而已,鹤田其实毫不在意矶贝的身体状况。

"嗯。没事了。真是给大家添麻烦。"

"那么,我想让井领君回去工作。"

"是。我立刻回去。"

哲之站起来,默默地从鹤田一旁擦身而过,往通道走去。"孔雀之间"的酒会好像已经开始了,在等电梯时,从关上门的"孔雀之间"传来几百人高喊三次"万岁"的沸腾声。大门前,站着一个像是刑警的人,一双锐利的眼睛随时观察着周围。不知何时,鹤田站到哲之身旁一起等电梯,找碴般说道:

"你可真会偷懒啊!"

"岛崎课长说矶贝没有完全恢复前,绝对不能离开他身边。"

"太扯了。谁晓得那家伙是否用那种方法在偷懒?"

哲之听而不闻,默默地走进电梯。正当鹤田仍然纠缠着他想开口说话时,电梯已到大厅,听到前台传来"请接待客人"的声音。他神情立刻紧张起来,赶紧追过正打算走过去的哲之,殷勤地拿起客人的行李和钥匙。

那是一个看来富裕的中年男人和一个穿着和服像是风尘女子的女人，如此的组合通常会塞给服务生五百或一千日元的小费。若出乎意料地竟然没拿到小费时，鹤田一定会抱怨，然后回到大厅后，就把一肚子气发泄在兼职员工身上。

矶贝拍了拍站在大厅里正计算着还有十分钟就可以下班的哲之的肩膀，低声说道：

"带我去看那只蜥蜴吧！"

"什么时候去呢？"

"今天。"

"今天？"

"今晚可以让我到你的公寓过夜吗？"

"没问题啊！只是你的身体状况如何呢？"

"我去打电话给妹妹。搭出租车回去，车费我来付。"

矶贝先去换了衣服，然后就站在员工进出的地方等着。哲之走到马路上伸手一招，立刻来了一辆出租车。

"我们要到住道。"

司机听完哲之的话，转向后方问道：

"住道？在哪里呢？"

"你不知道啊？"

司机不好意思地摸摸头，说明自己刚开出租车没多久。哲之从来不曾搭出租车回家，所以不知道该如何教司机往哪个路线开。

"总之,从阪奈道路一直往奈良方向开过去。开到生驹山的前方,差不多就可以找到了。"

车子一开动,矶贝笑出声来。

"连出租车司机都不知道的地方,讨债流氓竟然可以找上门来啊!"

"真是非常专业啊!"

哲之也跟着乐不可支地一起笑了。车子行驶在阪奈道路上,快到生驹山山麓时,道路左侧"住道车站"的指示牌和箭头立刻映入眼帘。从这里继续往前开,有一条向右转的路。估计就在那一带吧,哲之请司机转弯。连一盏路灯都没有,整条路黑漆漆的,途中有一个公共电话亭。那是哲之经常打电话给母亲和阳子的电话亭。出租车并未迷路,顺利地停在哲之的小公寓门前。

打开门锁,推开门,潮湿的热气立刻溢出来。哲之急忙开灯、开窗、开电扇。他很想连纱窗也打开,好让屋内通风,不过这一带蚊子很多,一不小心打开纱窗,半夜会被蚊子叮得醒过来。哲之指着小金让矶贝看。

"看吧!没骗你吧?"

站在门口凝视小金的矶贝吓了一跳,哲之闭上嘴,看了发愣的矶贝一眼。矶贝嘴巴半张,乍看好像一脸茫然,眼睛却闪烁着近乎异常的强光。这是和他相处几个月来不曾看到过的神情,那是和狂人相同的眼神。哲之觉得自己这么盯着矶贝看很不礼貌,于是赶紧着手回到家后的例行工作。首先打开冰箱，取出冰块，在杯子内倒入水。然后把冰水倒入杂货店买来的喷雾器内，对着小金的身体上下喷一喷，再用电扇对着它吹。夏天在密不通风的屋内待了九小时，小金身上的水分都散失了，变得很虚弱。因此，哲之十二点多一到家，它已经闭上眼睛，钉在柱子上的身躯也精疲力竭地弓成"く"字形。哲之把冰水一次又一次地往小金身上喷洒，再如往常般以汤匙装水喂它。小金蜷曲如红线般的舌头贪婪地喝着水。大约在喝完水十分钟后，小金恢复了体力。沾在身上的冰水被电扇吹干的同时，小金的皮肤又恢复了张力。弓成"く"字形的身体开始有力气，手脚慢慢动起来，哲之用夹子夹栗虫喂它。当第一条栗虫进入小金的口中时，哲之经常会涌起一种安心感，而且有一种刹那间被幸福感包围的感觉。

小金吃了八条栗虫。哲之再次用汤匙喂它喝水，小金用舌头喝了四五次。它以舌头喝水的技巧比刚开始时更加敏捷。哲之细心地替小金又喷了一次冰水后，微笑着对矶贝说道：

"这样子，我一天的工作才算结束。"

一直呆立在门口的矶贝，这才走到小金的身边。当他把那张苍白的脸靠过去时，小金激烈地扭动自己的长尾巴。

"陌生人来，它很害怕。"

对于哲之的话，矶贝没有任何回应，以一种异常的眼光凝视小金。哲之对于矶贝看到小金过度兴奋的模样很不安，害怕他的病会不会又发作。

"太厉害了!"

矶贝用一种好像听得到又好像听不到的声音说了这么一句话。然后，他指着小金尾巴附近柱子上的黑点，问道：

"这是什么呢？"

"粪便。虽然每天都会擦拭，柱子上还是有污点，我想迟早会被房东抱怨。"

"让我也来喂它，好不好？"

"嗯。"

虽然矶贝这么说了，哲之的手却没把喂饵的夹子交给他。他也不再说话，只是悄悄地把手伸出去，用手指抓住插在小金背上的钉子。小金的四肢立即挣扎起来，不过矶贝一点也不松手，还是紧紧抓住钉子。此时，蛙鸣声突然响起。哲之觉得这令人害怕又极端刺耳的声音，听来好像在预告什么不幸的咒语。矶贝想要拔起钉子，哲之急忙阻止他。矶贝总算把视线从小金身上移开，转向抓住他手掌的哲之。

"把钉子拔起来!"

矶贝的话中带着愤怒。

"为什么要把钉子拔起来呢？死了也没关系吗？你认

为蜥蜴死了也无所谓，只是想把钉子拔起来，是不是？"

蛙鸣声骤然停止，从隔壁独居的那个阴郁的中年女人的屋内传来了电视声。

"蜥蜴自己不知道死了更好。"

哲之立刻觉得很不高兴，以严厉的眼神瞪着矶贝那张没有血色的脸。心中暗自对矶贝说道——我可不是为了好玩或特殊兴趣，才把小金钉在柱子上养的。若要拔钉子，你就拔拔看啊！哲之从放在壁橱里头的工具箱内拿出拔钉器，摆在矶贝眼前，说道：

"我不敢拔。你把钉子拔起来吧。"

因为哲之动怒了，矶贝便压抑自己的怒气，勉强让自己的表情和缓些。看到小金好似小婴儿在哭闹般手脚乱踢，整个身子都扭曲了，哲之和矶贝赶紧离开柱子，坐在榻榻米上。矶贝沉默不语，一直咬着指甲。

"要不要喝啤酒？"

哲之起身走到厨房，从冰箱里拿出罐装啤酒，矶贝用一种空洞的眼神注视着榻榻米，嘟囔道：

"我如果喝酒的话，就死定了。"

他说完后，脸上第一次露出了笑容。

"我从小心脏就不好，不知道什么时候会死。也许五分钟后会死，也许明天早上会死。从小到大我每天都在想这件事。"

矶贝说着话，哲之则慢慢地把罐装啤酒喝完。

"真有来生的话,我觉得自己转世后还是会罹患心脏病的。"

"为什么呢?"

"因为就像背负债务睡觉,醒来后债务也不可能就此一笔勾销啊!我觉得两者的道理是一样的。因此,自杀是一种毫无意义的行为。我认为自杀的行为毫无价值。但是,我也不知道该如何是好。喂!你认为该怎么办呢?"

哲之打开面对田圃的纱窗,把空罐子朝着有大群青蛙的暗处丢过去。片刻的寂静,让哲之那颗无依无靠的心更加落寞。

"一死百了。哪有什么轮回转世呢?"

哲之赶紧把纱窗关上,说完后,用双手打死一只飞进来的蚊子。

"所谓一死百了,有什么证据呢?你曾经死过吗?"

"我只记得今生今世的事。如果在出生之前还有另一个人生,那时的事多少总该记得一些吧!我认为来到这世上仅此一次,没有前世,也没有来世。人一死,一切都结束了。"

"我绝对不会这么想。"

哲之站在那儿注视着矶贝,矶贝神情专注,突然拿起身旁的书本丢过来。哲之吓一跳,赶紧接住书本。

"因为我丢过去,你才能接住这本书。书本不会自动飞过去。有果必有因。这是物理学的基本道理。在宇宙中，哪有没有因却产生果的事呢？如果有的话，请你告诉我。打火机自己会点火吗？没有种子的地方长得出树木吗？钉子自己会钉住蜥蜴的背吗？世上一切的事物，都是有因才有果啦！"

哲之不太明白矶贝所说的话，只是拿着书本，默默地凝视着矶贝的嘴唇。

"为什么人一生下来，就有贫富阶级之分呢？这应该也有因果关系。果真如此，一定是在人出生之前就种下了因。只有这么思考才最合理，对不对？有人出生在富贵之家，有人出生在贫贱之家，有人四肢健全，有人生而残疾，所有的事物都是有因才有果，假如人生而不同却没有任何原因，不是很奇怪吗？只不过人不记得很久以前的事而已，除此生之外，应该还经历过别的人生才对。这就好像欠下许多债务死去。轮回转世，就像睡一觉后又醒过来。所以债务是无法一笔勾销的……"

棉被只够一人用，哲之替矶贝铺好垫被，旁边铺上盖被，自己躺在上面。哲之望着天花板问道：

"什么时候开始有这种想法的呢？"

矶贝把横条纹的 polo 衫脱掉，只穿着内衣背心和内裤，盘腿坐在垫被上。

"差不多是在饭店工作了两年后开始有的。"

矶贝在脱掉外衣时，把平日一丝不乱的发线和发际部分的头发弄得竖起来，因此把他勉强挤出来的职业性表情和看起来宛如由内心自然浮现的坚毅一扫而尽，暴露出来的是伴随着不安的胆怯和哲之有时从镜子看到自己那种充满畏怯的眼神一样。哲之仰视着矶贝，真后悔今晚让他来自己的屋里。哲之很想笑。原本很想和他一起说饭店服务生的坏话，说说前台组那些人应对客人时虚假卑微的表情，痛痛快快聊完后入睡。否则的话，一想到阳子今天不同于平日的落寞背影和不知隐瞒着什么的暧昧微笑时，自己一定会辗转难眠。

此时，蛙群又开始一起鸣叫起来。

"照这种程式说来，死后应该还会转世吗？"

其实，哲之很想岔开这个话题，但又想不出其他的话，只能问了这么一句。矶贝用力点点头，说道：

"嗯。我认为人死后还会再转世，转世后又死去，死后又转世。不在那一世，就会转到这一世。"

哲之打了一个大哈欠，翻身背对矶贝。

"我认为那些事怎样都无所谓啦！那种虚无的事，我不想煞有其事地去讨论。睡觉吧！"

哲之让矶贝关灯，然后自己闭上了眼睛。他很想走那条没有一盏路灯的夜路，去打电话给阳子。但是，已经过了一点半，阳子全家人应该都已经睡觉了。哲之打算明早一起床就立刻打电话给阳子，约她见个面。哲之感觉矶贝依旧盘腿坐着，一点也没有起身关灯的意思。他完全没想要躺下去睡觉，一动不动地呆坐着。哲之睁眼看了一下小金，感到矶贝正在凝视着小金。哲之转身向着矶贝，以严厉的口吻说道：

"在我睡觉时，你如果对小金怎样，我可不饶你。"

矶贝的目光依然投向小金，嘟囔道：

"你在说些什么呀？"

"我指的是什么，不说你也知道吧？"

矶贝终于起身，边关灯边说道：

"希望被拔掉钉子的人，是我。"

"若是如此，就下定决心去动手术！岛崎课长说瓣膜症手术是心脏手术中成功率最高的。"

矶贝低声不知说了什么，被蛙鸣声给盖过了。

"啊！你说什么？蛙叫吵得听不清楚。"

矶贝把嘴巴靠近哲之的耳边，说道：

"我害怕的不是手术。"

"你怕什么呢？"

"电车。"

哲之一听立刻爬起来，盘坐在棉被上，俯视矶贝。

"被电车辗死的这笔债务，该如何才能销账呢？"

哲之听到后生气了，伴随些许恐怖的不快感涌上心头。

"虽然你的父亲和母亲都被电车辗死了，但你未必会如此啊！你去看心脏科以前，得先去看看精神科。"

说完后，哲之又走到厨房里，打开冰箱，站在原地喝啤酒。汗水一股脑地从耳朵后方沿着肩膀直流下去。每喝一口啤酒，就感觉到愈来愈苦的啤酒苦味流入胃里。有一只大蟑螂从他的大脚趾上爬了过去。昏暗中，依旧清楚地看出那是一只蟑螂。哲之拿起流理台内的湿毛巾往蟑螂丢过去，然后用脚挡住往房间的方向。蟑螂展翅飞了起来。翅膀飞舞的声音，它在哲之四周绕了一圈，随后撞上哲之的额头，又掉落到地上，逃到冰箱后面去了。哲之哀叫一声，急忙打开水龙头，用肥皂清洗额头。

"发生什么事了？"房间里传来矶贝的声音。哲之把额头洗了一次又一次，再用毛巾擦过后才说道：

"蟑螂飞起来，撞到我的额头了。"

矶贝听后，窃笑不已，边笑边问道：

"你怕蟑螂吗？"

"蟑螂倒是不怕，我怕蟑螂飞起来。蟑螂飞起来撞我的额头，我真是没辙啊！"

"那蜥蜴被钉住还能活，你不怕吗？"

哲之回到棉被里，背对着矶贝，默不作声，感觉酒精开始在自己的血管中循环。

"我第一次看到那么可怕的事。看到你替蜥蜴喷水，用夹子喂食，真让人毛骨悚然。你也应该去看精神科。只是病情和我不一样。你和我都是病人。"

"你说你想看，我才让你看的。如果你觉得这只活蜥蜴很可怕，就立刻离开我的屋子。"

矶贝沉默好一阵子后，问道：

"走到可以拦到出租车的地方，要多久呢？"

哲之回答说走到住道车站得三十分钟，就算现在走到车站，是否还有出租车谁也不知道。

"看来今晚还是只能住在这里啦！"

"既然如此，那就赶快睡吧。我不想再谈什么前因后果、今生来世、生死轮回那些复杂的问题。总之，我就是想睡觉。人终究一死，这是理所当然的事。那种事随便怎样都无所谓！"

哲之闭上眼睛，下定决心无论对方再说什么都不搭腔。但是，矶贝又开口问道：

"为什么人终究会有一死呢？"

哲之厌烦地再次爬起来，坐着面对矶贝说道：

"拜托不要再谈这些了好不好？我又不是《不如归》①里的浪子，为什么人终究一死？你问我，我也不知道。"

"《不如归》……你也知道那些旧文学作品啊？"

矶贝的窃笑声在湿热的屋内响起。哲之笑不出来。他压低声音，怒气冲冲地说道：

"人不会死的话，世上会变成怎么样？六百八十岁、一千三百六十岁的老公公和老婆婆，到处走来走去，不

---

① 《不如归》：德富芦花（1868—1927）的小说，透过川岛武郎和浪子的悲剧，描述了封建制度下家庭制度的反人性，为明治时代家庭小说之代表作。

讨厌吗？到这种地步，无论如何也会想法子去死吧？若是怎样都死不了，人就什么都不怕，只能化身成为欲望的妖怪。这个世界一定被弄得乱七八糟。反正也不会死，为了夺取自己想要的事物不择手段，坏事做尽……这么一来，人已经不是人，而是畜生。"

哲之觉得自己这么喋喋不休真像个傻子，故意大大地叹了一口气，然后对矶贝说绝对不再搭腔，就又躺下去了。

"我妹妹很可爱哦。"矶贝说道。哲之装做没听到，紧闭双眼。

"连老妈的死法也和老爸一样，我想妹妹也许会精神失常。那小丫头最近才恢复健康。"

矶贝摇摇哲之的肩膀。

"喂，井领！我妹妹是一个大美人，像她这么漂亮的女孩，很少见呢！"

"那是当哥哥的偏爱！"

话一说完，哲之心想完了，矶贝再回一句，自己就不得不当他的聊天对象了。但是，矶贝到此为止，没再说话。哲之忽然觉得正因为我们都确知会死，也都在等待死，才会明白幸福到底是什么。因为终究一死，才能够感觉生命的存在。想到母亲身上的味道，和父亲生前的快乐回忆又像波浪般涌上了心头。被阳子丰腴的微笑和清纯的身体包围住。回到公寓喂完小金后，穿着一条内裤喝啤酒时的那种身心舒畅感觉的苏醒。对现在的哲之而言,这些应该都可以称为幸福。正因为有死,人才能感受到幸福,哲之在心中暗暗地说。生平第一次有如此的想法,那宛如冥冥之神,无法知道法力多大的冥冥之神的呢喃,在他心中回响。如此一来,所谓幸福的真面目便现形了。

但是,哲之却无法看清这一切。哲之心中突然涌上的念头如朦胧的影像闪烁着,不久就消失了。前世、来世、前世、来世……这些名词,刚开始只像星星之火,渐渐开始燃烧,犹如带着火舌的猛烈大火,四处喷散。火势熊熊地燃烧,那是哲之过去做的一个不可思议的梦。在那个梦里,火焰下好像有永远烧不完的燃料。仅仅四十分钟的打盹,自己变成蜥蜴的几百年当中,生生死死好几回的梦,有如魔术师指尖的魔力,温柔又有力地把哲之紧闭的双眼掰开。那是在讨债流氓小堀出现并被他打得鼻青脸肿的夜晚所做的梦。驰思至此,哲之在黑暗中搜寻着小金。那里有一条细细的光线。不知从哪来的光,照在小金的身上。这样一来,哲之感觉被钉在柱子上仍能活的小金,一定是冥冥之神特意差遣来让自己抓到的使者。哲之感到欣喜若狂,差点叫出声音。但是,所谓欣喜的感情,瞬间又变成了恐怖。哲之认为也许被抓住的小金,就是为了宣告来世的自己将会变成蜥蜴的消息吧!冥冥之神为了布达这个预告,才会悄悄将小金放在没有灯光的狭窄公寓的四角柱子上。若非如此，那么小的一只蜥蜴，被那么粗的钉子贯穿身体，理应不可能活好几个月都没死。而且，冥冥之神不仅让自己梦见那个变成蜥蜴轮回好几百年的梦，还让相信今生来世的矶贝来到自己的屋内。哲之想到这里，爬起来端详躺卧着的矶贝，然后说道：

"倘若真有来世，未必还是转世为人。"

矶贝好像已经入睡了，含混不清地嘟囔道：

"怎么啦？"

哲之把自己的梦说给他听。

"就是这样，当我醒来看一下闹钟，才过四十分钟而已。"

"搞什么呀！怎么说起梦来了……"

矶贝一翻身，背对哲之。

"变成蜥蜴生生死死好几百年的我，醒来后舔着嘴唇伤口的我，都是同样的我。对不对？很不可思议吧！"

"哎呀！当然是同样的啊！理所当然嘛。"

"正因为理所当然，我才觉得恐怖。"

哲之对想睡觉的矶贝，继续说道：

"矶贝，虽然你觉得来世仍会罹患心脏病，父母亲仍会被电车辗死，但是也许你不会再投胎为人，这才更可怕！"

矶贝并未回答。矶贝自己先提起这些复杂的话题，现在却不理人，真是一个自私的家伙！哲之有些生气，不过想到矶贝的身体，还是有所顾忌，心想不能妨碍他的睡眠。

"明天一大早，我就要出门。八点得到饭店。告诉我到大阪车站怎么走。"矶贝说道。哲之告诉他如何搭车后，加上一句自己也会陪他一起到大阪车站。

"早上八点，你到大阪车站做什么？"

被他一说，哲之才觉得和阳子见面，早上八点是太早了一些。

"我自己走就可以，你好好睡觉。"

不一会儿就传来矶贝规律的睡觉呼吸声。哲之闪过一个念头——今晚说不定又会做同样的梦。啊！不愿睡。这一睡下去，只怕永远醒不来，永生永世都要变成蜥蜴了。

哲之直到天快亮时还睁着眼睛。后来，一不留神闭上了眼，享受着吹在脚尖和肩膀的凉气，竟然睡着了。醒来时已过中午十二点，不见矶贝的踪影。他急忙洗脸刷牙，换衣服后对小金说道：

"等一下！我很快就回来。"

哲之急忙冲下公寓的楼梯，走到夏天艳阳高照的路上。道路两旁尽是杂草丛生的空地。每次去公共电话亭都是夜晚，道路两旁连一盏路灯也没有，哲之根本不知道那里到底有些什么。他到这一天才知道连绵不断的道路，夹着不知道什么工厂的大片空地。生锈的钢筋等距离竖立着。其中一根钢筋上用红漆写着"谴责山冈工业公司计划性破产"的大字。瘦小的向日葵，无精打采地弓着半开放的花瓣，令人搞不清楚是已经开过花，还是即将开花。因为是大白天，哲之找到公共电话亭后，才发现其实不必跑到这里来，他公寓附近的杂货店就有一部红色的公共电话。他一边不停地擦汗，一边吐着舌头看着太阳。

公共电话亭内宛如一间地窖，话筒热得让人拿不住。死蚊子好像橡皮屑，堆满在放置电话簿的台子上。阳子不在家。阳子的母亲说阳子今天也许会晚点回来。哲之问道：

"今年暑假，她没去打工吗？"

阳子的母亲回答道：

"是呀！好像是呀！"

这种口吻，让哲之明显地感觉到对方有什么事隐瞒他。他回到公寓，喝了冰牛奶。阳子有了除自己之外的其他男人，哲之只能这么猜想。否则，阳子和她母亲应该没有隐瞒自己的必要。哲之感到胸闷，坐立不安。他几乎无意识地把水倒进杯子，拿着汤匙走到小金身旁。

"每次都是栗虫，小金也吃腻了吧？偶尔也会想吃蟋蟀或蝴蝶的幼虫吧？"

哲之一直喂到小金不再把舌头伸出来为止，他发觉自己已经不用夹子了，而是直接用指头捏住栗虫伸到小金的鼻端。自己也不再让小金感到害怕。这么想的同时，他自然而然地伸出手指抚摸了小金的头和下颚。小金一点也没有挣扎。它宛如正在等待接受这事，乖乖地委身哲之指尖的爱抚。哲之感到悲哀。他为不得不接受人类爱抚的小金感到悲哀。他打开壁橱，从工具箱中拿出一把斜形宽刃小刀。他想把小金杀死。一刀把头砍下来，小金就会毫无痛苦地死去。哲之拿着刀子靠近小金。

"小金，我下辈子也会变成蜥蜴呢！一转世为蜥蜴后，再也变不回人类了。种下投胎为人的因，就不会变成蜥蜴。一度成为蜥蜴，就永生永世都是蜥蜴了。阳子有其他男朋友了。昨天，阳子的脸上写得清清楚楚。阳子不会说谎，她为了看我才来找我。今后几年，我得按月偿还老爸的债务啊！老妈被那个阴晴不定的艺伎老板娘压榨，那条命迟早会被折磨掉。没有一件事令人感到快乐。那个小堀出狱后，一定会来报复我。小金活着，只是让我感到痛苦。小金，你活着，也是要向我报复吗？我和小金都去死，也许会比较好。"

一大串告白当中，哲之真的想先杀死小金，然后自己也去死。在这间没有一丝风的热屋子里，哲之感到自己逐渐变成了另一个人。失去了阳子的丰腴微笑，如同失去了自己幸福的根源。其实，这不等于就有理由去死。哲之知道自己的不幸在许多受尽痛苦的人看来，根本微不足道。但是，哲之一心想死。暑热、眼前小金的模样、远方阳子的身心、没什么大不了的债务，全都集中在哲之右手所持的那把小刀的刀刃上——快！快！快一点行动！

"你早该去死！"

哲之对小金吼叫道。小金突然开始激烈地乱动。虽然被钉在柱子上，手脚却拼命要往上爬。头左右摇动，尾巴好像水沟里的孑孓般扭动着。哲之哭了，明明不想哭却还是哭了。连眼泪都掉下来了。哲之把刀子往榻榻米上一丢，走到屋外冲下楼梯，跑到方才那条路上。哲之拨开杂草，走进草丛中。秋麒麟草的黄色花粉向上飞舞着，蚊子、苍蝇，还有不知名的飞虫，像被磁铁吸住的铁粉般浮上来。酷热的暑气炙烤着哲之的脖子后方和背部。蝗虫飞过来，停在哲之长裤的膝部。他把蝗虫抓在手掌中。不知道什么东西撞到他的脸上，哲之心想，可能是突变种的大跳蚤吧？为追逐那只夸耀自己跳跃力的昆虫，他钻进草丛里。哲之花了将近十分钟，才抓住那只昆虫。好不容易确认被他用手掌压住的昆虫是一只蟋蟀后，他走回大马路上。他把左手的蝗虫和右手的蟋蟀小心地握在手里。哲之打了好几个喷嚏，拖着沉重的脚步走了回去。

"好吃的东西，最后才吃。"

哲之说完后，先把小蝗虫拿到小金的鼻端。小金过了两三分钟才用舌头把蝗虫卷过去。哲之把蟋蟀放进装栗虫的箱子后,就把衣服脱掉。上个月,他拜托电器行老板便宜卖给他一台旧式的新洗衣机。哲之把身上的衣物全丢了进去。额头和脖子还粘着秋麒麟草的花粉和飞虫,连耳朵内和肚脐内都有。他用湿毛巾细心擦干净,只穿一条内裤,开始准备自己的午餐。杀死小金的想法已经云消雾散,想死的念头也一扫而空。取而代之占据哲之整颗心的是一定要把阳子抢夺回来的强烈斗志。吃过饭,再次喂小金喝水,又替它喷湿身体后,哲之走出公寓。在走向车站的那一条路上,想起自己对矶贝说的话——我只记得今生今世的事。我认为来到这世上仅此一次,没有前世,也没有来世。人一死,一切都结束了。他感到委身自己指尖爱抚的小金,充满了悲哀的模样,好像是在无言地否定自己的这番话。

6

在昏暗车站的偏僻处,紧邻着铁道警察办公室和旅行社代理店的,是投币储物柜,与之并列的地方放着将近五十部红色的公共电话。这里没有冷气,人挤人,各自对着话筒自顾自地讲。哲之瞥了一眼那些正在打电话的人。有横眉竖眼叫喊的男人,有用电话线卷着手指头、边笑边轻声细语的女人,也有看着小册子、告诉对方商品价格的貌似推销员的年轻人,还有一个拨打了好几次都是通话中、每次拨完号码就敲打话筒又吐口水的工人模样的男人。哲之感到这真是一个非常孤独的景象。这里是巨大的车站中最闹哄哄的,也是最孤独的地方。在这里打电话给母亲,哲之不由得感到忐忑不安。polo衫的背部已经湿透,变得黏答答的。投币储物柜、几十部红色的电话、通过电话和他人谈话的这些人、盛夏的热气……他离开那里,走进中央口地下道的一家咖啡馆,要了一杯冰咖啡，哲之走去拨打放在角落的公共电话。那里正对着空调机的风口，极短暂的舒适感消失后，汗流浃背的身体到处起鸡皮疙瘩。

传来母亲有气无力的声音，哲之问怎么了，她答道：

"有一点热晕了。今年好热！你还好吗？"

"嗯，很好。每天三餐吃得很规律，打工完就回到公寓，好好睡觉。"

"发生什么事了吗？"母亲停顿了一下，问道。

"什么都没发生。"

"什么都没发生，怎会打电话给妈妈呢？你也热晕了吗？"

遵照母亲每天十二点打电话的约定，只有在刚开始分开生活时才这么做，之后哲之就每隔三四天或有事时才打电话到"结城"给母亲。

"今年，阳子也到百货公司打工吗？"

"嗯。"

母亲闭口不言，哲之也默不作声。过了一会儿，母亲要他再忍耐一阵子，明年开春后，就能住在一起了。然后就挂掉电话了。哲之从母亲的语气中，感觉她可能知道一些自己所不知道的阳子的事情。

那天，哲之下午三点就到了饭店，向岛崎课长说自己有事，希望能够在九点回去，并且愿意提前两个小时上班。岛崎课长也答应了。哲之到处找矶贝。跑到办公室一看矶贝的考勤表，才知道早班的矶贝上午八点上班，刚好是三点下班。他想要快点到更衣室，说不定矶贝还在。哲之走过夹在厨房和洗衣间、夏天温度高达摄氏六十度的走道，来到更衣室。鹤田正在换衣服。

"矶贝先生已经回家了吗？"

"刚出去。没碰到吗？"

鹤田说完后，边吹口哨边用梳子细心地整理头发，连看都不看哲之一眼，径自走出了更衣室。但他又立刻返回，笑眯眯地走过来叫着"井领君、井领君"。鹤田称呼哲之"君"，这是第一次。

"刚才听岛崎课长说，明年你要到这家饭店正式工作，真的吗？"

"他一直劝我留下来，我还没决定。"

鹤田听了之后告诉哲之，虽然这家饭店起薪比其他公司多两三成，但因为底薪低，日后调薪和奖金也少，饭店业过度竞争，去年秋天以来房客率直线下落，上司中坏心眼的家伙居多，所以在这里工作很辛苦。没完没了说了一大堆，又执拗地劝哲之选择别的行业比较好。

"总之，薪水制度相当糟糕。"

虽然哲之到饭店打工还不到五个月，却也知道高中毕业和大学毕业的职员，无论是升迁还是调薪都有很大差异。鹤田和哲之同年，却只有高中文凭，如果哲之在这饭店就职，可预测三年后自己对哲之颐指气使的情况恐怕得逆转。哲之心想，经常对他吹毛求疵、狡猾的鹤田是在担心哲之以后不知会如何报复自己吧！

"我想百分之九十九的可能会在这家饭店就职吧。"

一半一半才是事实，哲之却故意这么说。他认为如此一来，以后鹤田对自己的态度应该会改变吧。

"我觉得还是不要比较好，我是为井领君着想。"

鹤田说完后，就关上了门。哲之其实觉得怎样都无所谓。现在他的整颗心都被阳子占据了。如果阳子有比自己更要好的男朋友，美丽的身体已被那人拥搂在怀……驰思至此，哲之的胸口隐隐作痛，他抱住头，整个人都要瘫在更衣室的亚麻地板上。那一天，哲之接待的客人统统给了小费。这种事还是第一次碰到，他怕放硬币的制服裤袋会发出响声，站在大厅时用手紧紧压住裤袋。

一下班，哲之便搭乘阪急电车，到武库之庄车站下车。车站时钟指着九点四十分，阳子再怎么晚归，也该回家了吧？哲之在车站前打电话到阳子家中。阳子还没到家。他走到位于住宅区中央的阳子家门前，靠在电线杆上，等阳子回来。过了约一小时，一辆出租车停了下来，阳子从里面走出来。哲之看着离去的出租车。他确认车内没有其他人，阳子是一个人回来，这才稍稍放心。小跑着到家门口的阳子，发现哲之后，停下了脚步。

"怎么了？哲之……"

"怎么了？阳子……"

哲之感觉阳子下出租车小跑到家门口的动作，以及她发现自己时那一瞬间的表情，和自己的想象的大不相同。

"一直隐瞒下去，也不是办法吧？总得理出一个结论吧！"

阳子只是默默看着哲之。

"什么样的人呢？和我一样是学生吗？还是比我年长的有钱人呢？"

阳子依旧没开口。哲之靠在电线杆上，继续问道：

"昨天，我们道别后，和那个人到哪里去了呢？"

"看电影。"

"然后呢？"

"吃完饭就回家了。"

"今天呢？"

"去京都。"

"很喜欢那个人吧？"

阳子移开视线，小声说道：

"如果不能和哲之结婚，我想嫁给那个人。"

"不要拐弯抹角！其实，比较想嫁给那个人，对不对？"

阳子摇摇头。

"不是。如果不能和哲之结婚，才想嫁给那个人。我是这样想的。"

哲之对阳子的说法似懂非懂，径自走向车站的方向。阳子从后头追过来。

"那个人，几岁了？"

"二十八。"

"做什么的？"

"建筑师。今年开始独立门户。"

哲之转过头，停住脚步，真心地说道：

"那比和我结婚好多了。"

"我不会拿这些事来和哲之比。"

"嘴上虽然说不想比较，在你的心里还是会比较的。一比较起来，自然倾向那个人。我如果是你，也会这么认为的。"

旁边有一个小公园，两个人走进去，并排坐在秋千上。哲之犹豫了一会儿，要求阳子不要再和那个人见面。虽然工作尚未决定，大学毕业后得偿还父亲的债务好几年。但是，自己一定会努力，让阳子觉得没嫁错人。自己很爱阳子。爱她的程度恐怕连阳子自己都不清楚。希望阳子不要再和那个人见面。哲之一心一意想说服阳子，一直讲到再也找不出其他的话来劝她。

"我、现在、不能、答应你、这个要求。"

阳子抓住秋千的铁链，一个字一个字微弱地回答。那句话有如打桩机直落下来，哲之好不容易保持的冷静，被心中的土给埋没了。

"为什么？你不是一直说只爱我吗？怎么会突然变成这样呢？"

"我不想说谎。我不愿说什么不再见面或不喜欢和那个人见面之类的谎言，所以才说真话。暂时让我做自己喜欢做的事吧。"

阳子一直摇头，边哭边说。

"你说暂时？那要到什么时候？"

"……不知道。"

电车每进站一次，从检票口出来的人数就少一些。有一个醉汉走路东倒西歪，口齿不清地不知说着什么。然后就不知消失到何处了。

"你爱我吗？"

阳子用力点头。

"也爱那个人吗？"

这次，阳子轻轻地点头，低声说道：

"连我自己也不清楚自己的感情。"

哲之凝视着铁道对面一间情人宾馆的屋顶，它坐落于一片大楼和出租大厦林立的地区，电子招牌的霓虹灯不合时宜地闪烁着。

"你和那个人到过那里吗？"

"只有看电影、吃饭而已。"

阳子抬起头说完话，盯着哲之看。哲之并不相信。哲之从秋千上站起来，指着宾馆问道：

"现在，可以跟我去那里吗？"

阳子点点头，站起来。走过平交道，绕过车站南侧，来到宾馆前，哲之丝毫没有放慢脚步，直接走了进去。接待的人一句话都没说，把他们俩带到房间里，关上门就走了。哲之把阳子压倒在床上，咬她的嘴唇。阳子也回应着他，和在哲之公寓里时身体的动作一样，反应也一样。同样的欢愉呻叫声比往常稍稍克制地流泻出来，紧紧搂住哲之。哲之从上方一直俯视阳子的表情。阳子紧闭的双眼微微张开，哲之再次要求她不再和那个人见面。虽然阳子的整个身体都给了哲之，但她仍然说道：

"我、也想、和那个人、见面。"

哲之的心中一阵战栗，强忍住差一点吼出来的叫声。从阳子身上爬起来，迅速穿好了衣服。

"哲之先走，我不好意思一起出去。"

哲之一句话也没说，直接走下这间廉价宾馆的楼梯，到前台付账，告诉对方一起来的人五分钟后出来，就走出了门外。平交道的警示器正好响起，他冲了过去。买好车票，哲之跑上对面月台的阶梯，在千钧一发之际搭上了车。以前每次都会抗拒，最后一定要他戴上安全套，今天阳子却让哲之的体液留在她身体的最深处。今晚阳子的心情很不平静，到底是不小心忘记呢，还是故意这样做呢？哲之坐在电车上，低着头一直想，有一种如堕迷雾的感觉。

抵达梅田车站时,已经十一点四十分,来不及搭上开往住道车站的末班电车了。他犹豫着到底是去母亲那里呢,还是去中泽那里呢?脚步不由自主地往母亲所在的北新地走去。他走到北新地大马路前,突然想起了小金。今天特别热,若不喂它水、不让它吹冷风,到明天早上它一定会死掉。口袋内只剩下六百日元。想起昨晚,矶贝好像付了三千二百日元出租车费的瞬间,对啦!今天不是收了许多小费吗?那几十个百元硬币还放在制服的裤袋内。哲之想到这里,又走回刚才的路。从饭店后面的员工出入口穿过酷热的走道,来到更衣室,打开自己储物柜的锁,从制服裤袋抓出一把硬币。有一百日元的硬币二十三个、五百日元钞票一张。到饭店打工四个月来,第一次碰到客人全部给小费,这可是不常有的事。哲之甚至觉得这是小金为了保护自己,对客人使了什么神通广大的念力。

哲之搭乘的是私人出租车,感到这位出租车司机对自己的赚钱工具相当宝贝,椅套和踏垫保持得非常干净,他悄悄把自己脏兮兮的廉价皮鞋脱掉,反放在踏垫一端。

"何必这样,不用脱鞋子也没关系啊!"司机笑着说道。为何司机知道自己把鞋子脱掉,难不成后视镜还可以照到脚底吗?哲之没问,只是说道:

"鞋子太脏,把踏垫弄脏就不好意思了……"

"踏垫脏了,洗一洗就没事!付钱的客人还这么客气，怎能在这世上生存呢？"

"哦……"

"你说的住道，应该从阪奈道路一直过去，大约在过了赤井十字路的附近吧？"

"对。过了赤井十字路后，弯到一条难找的路。"

"那一带，下场雨或台风一来，街道上立刻积水。下水道没处理好，台风过后，我载客人到那里，车子被卡过两三次，走走就动不了啦！"

司机说个不停，哲之随意回答着，心中反复想起阳子所说的话。被搂在哲之怀中的阳子，依然明白地说"我、也想、和那个人、见面"。而且被抱住的阳子和以往没什么两样，正是爱情的表现。从她的表情和身体反应来看，毫无一丝踌躇、一丝嫌弃，对于哲之的爱抚，也回之爱抚。纵使如此，她的心仍被另一个男人吸引着，仍想和那个人见面，要求暂时让她做自己喜欢做的事。若是阳子只是街头巷尾到处可见的漂亮女孩的话，哲之应该不至于感到如此茫然。阳子具有现今女孩少有的气质，清高、温柔，相识近三年，一点也没变。直到某一天，她突然把自己身上的衣物脱光，这不代表阳子已经下定决心了吗？回想起刚才两个人在公园的谈话，以及两人第一次进宾馆，哲之都觉得这是否是幻想呢？当他试图回想宾馆的摆设时，却怎么都想不起来。床套的颜色、窗帘的颜色、壁纸的花色，统统想不起来。只有阳子体温的余韵,仿佛一张薄膜般包住了哲之身体的一部分。大学里有好几对情侣。其中哲之和阳子被认为是最特别的一对。哲之想起橄榄球社不知是谁说过——其他的情侣姑且不论,这两个人若分手,那我再也无法相信男女间的感情了。

哲之对司机说道:

"请在那红绿灯前方道路向右转。"

"越过一座山,就是奈良了。虽然现在盖满房子,以前这里可是偏僻的乡下。住道的下一站,就是野崎车站,知道吗?"

"听过地名而已。"

"只听过地名,当然啦!现在也只能知道地名了!"

司机话一说完,握住拳头,竟唱起歌来。

"到野崎参拜哟!乘屋形船来参拜哟……有这么一首歌,知道吗?以前,艺伎带着便当,从大阪搭屋形船,来参拜野崎的观音菩萨。现在,河流布满淤泥,沿岸工厂密集。屋形船根本走不了。"

哲之付了三十多个百元硬币的出租车费。

"咦!怎么好像从存钱筒拿出来的呢?为了付出租车费特地存的吗?"

"是啊!就是这样嘛!"

感受到司机和蔼的笑容,哲之也报以微笑。他拖着沉重的脚步,爬上公寓的楼梯,进入屋内,打开日光灯时，忍不住大叫一声。小金软趴趴地向后仰，下颚和腹部都对着天花板。

"小金！"

哲之叫喊着，指尖摸一下小金的鼻子。只有尾巴微微动了一下。还没死！哲之急忙打开窗子，把电扇对着小金，调好冰水，喷向小金。比平常还冰几倍的冰水，从小金尾巴末端沿着柱子留下几道水痕。过了五分钟、十分钟，小金依旧从被钉子贯穿的身体中央向后仰。哲之到厨房四处找，好不容易才找到一根吸管。他把吸管插进杯内，吸满水，压住吸管上端，用大拇指和食指夹住小金嘴巴两边。小金的嘴微微张开。哲之把水一点一点滴进小金的嘴巴内。水滴几乎都没流入小金的喉咙，哲之的手指弄得湿答答的，不知是否有极少量的水渗入小金干枯的身体。不久，小金的手脚开始动了，向后仰的身体渐渐变回笔直。陷于昏死状态的小金终于恢复了正常，这将近一小时里，哲之忙着用吸管把水滴入口中、喷冰水、调整电扇的角度，想尽一切办法希望小金苏醒过来，在厨房和钉住小金的柱子间进进出出。等小金可以用舌头自行喝哲之放在汤匙内的水时，已经又过了三十分钟。

"今天都快热死了，我又比平日晚了两个小时回来。"

哲之对小金说道。虽然小金用舌头喝了水，却不吃栗虫。

"小金，有蟋蟀哟！你的最爱，对不对？"

白天在草丛里到处转时，好不容易才抓到一只蟋蟀。哲之抓住蟋蟀的后长脚，放在小金鼻端。小金只把舌头伸出来，并没吃。哲之决定一直拿着，等到小金吃下蟋蟀为止。

"井领先生！"

此时，传来一个男人的呼叫声和敲门声。哲之感到自己的脸上血色顿失。该不会小堀的同伙找上门来了吧？

"井领先生！已经睡了吗？"

这种说话口吻，不像流氓无赖。他把手上的蟋蟀放在手掌心，问道：

"哪一位？"

"警察。"

门一打开，是上次那位中年警察。

"这么晚来打搅，真是对不起！"

"蚊子会飞进来，快请进！"哲之说完，等警察坐在入口处，赶紧把门关上。

"自从上次以后，有没有什么情况？那家伙的伙伴有没有找上门来呢？"

哲之回答没有。警察把警帽脱掉，用手帕擦一擦额头上的汗水，说道："经过调查，小堀那无赖，果然不出所料，前科累累。恐吓、暴力、贩卖色情影片，甚至帮忙运送兴奋剂。看来没有个七八年，是出不来的。"

警察话一说完，眉头紧皱，惊讶地注视屋内的一个角落。

"那是什么？"

哲之不小心，忘记把小金藏起来了。既然被看到，只好老实说出来。

"蜥蜴。"

"蜥蜴？"

"被钉子钉住了。"

"你说什么？"

警察露出哑然的神情，看着哲之。哲之把大概的经过说给他听。

"这样子，还能活得好好的吗？"

"今天实在太热，我又比平常回来得晚，几乎都快死了，还好现在已经恢复了。"

"我第一次看到这种情形。"

"我不知道自己为什么不把那根钉子拔起来。虽然说用力把钉子拔起来就没事了，但是，我认为拔起钉子，蜥蜴会死掉。"

警察凝视小金，说道：

"我儿子也养仓鼠，从小就喜欢养小动物。不过，倒不曾说要养猫养狗。小学时，曾经养过青蛙和金蛉子。高中时，他把压岁钱存起来，竟然买了小鳄鱼回来。小是小，鳄鱼就是鳄鱼。两个月后，我拜托动物园来带走了。我儿子气得四五天都不说话。他说那是花了五万日元买的呀！现在，则是养仓鼠。而且，有雌的也有雄的，迟早会生出小仓鼠。"

警察离开以后，哲之又走到小金身旁，把一直放在手掌心的蟋蟀拿出来。小金顺畅地伸出舌头，把蟋蟀卷入自己的口中。哲之看到小金这样，竟然流下了眼泪。他像小孩般放声大哭。哲之不知道，是因为小金没有死所以喜极而泣，还是因为阳子另有男朋友而悲伤地哭。他边哭，边和白天一样用指尖抚摸小金的身体。小金的喉咙因为吞下蟋蟀而鼓了起来。

7

哲之到百货公司钓具行买了栗虫后，搭地铁到本町。自他从阳子口中得知她另有男友以来，就一直没去饭店打工，一直把自己关在屋内。不知唉声叹气多少次，也不知躺在榻榻米上痛苦了多久，休息二十天，不说房租，连每天的饭钱都没着落，哲之打电话向中泽雅见借钱。他谎称感冒身体不舒服，无法工作，中泽才勉强答应。

走在高楼林立的大街上，竟下起雨来。远处传来雷声。雨势来得很快，一下子变成了瓢泼大雨，猛烈的雨势开始打在地面上。哲之被雨打得湿淋淋的，垂着头走。他感觉这场雨好像在宣告夏天即将终了。他希望秋天赶快来。哲之已经下定决心，在秋天未到、天空还未飘着鱼鳞状卷积云之前，不和阳子见面。他认为到那时候，阳子那边应该会得出一个结果。

中泽看到湿淋淋的哲之，便把录音机关掉，说道：

"不是感冒了吗？淋成这样，还会再感冒。"他把事先准备好的钱，交给哲之，"来向我借钱，还不如有一个好妻子。"

哲之对于中泽的话，默不作声。他脱掉湿衣服和长裤，借毛巾把头和脸擦干。然后，哲之又说要听《珍夫人》。

"你真的很喜欢啊！我已经听腻了，连封套都不想看。你想听就听吧！"

中泽躺在床上，指着摆满唱片的架子，告诉哲之应该是右边数来第四张。当哲之竖耳倾听至今不知听过多少次的《珍夫人》萨克斯曲时，他想起了母亲，感觉母亲的寿命仿佛一天天地在缩短。看到中泽枕头边放着《叹异抄》，心想真是书如其人，中泽爱读的就是这种书。哲之说道：

"对你而言，这几百张唱片和那本《叹异抄》，是同等重要的东西吧？"

"你读过《叹异抄》吗？"

"东洋哲学课被逼着读过。因为得交出《叹异抄》读后心得才能拿到学分，这样就可以不用去考试，所以才去读它。"

"亲鸾真是厉害！我渐渐了解他的厉害了。"

"哪里厉害？"

中泽翻开《叹异抄》，朗读其中一节。

无论如何都无法修成正果的我,地狱是我应该前往之所。

"这有什么厉害?我读《叹异抄》后,变得很厌世。这本书堆积了所有剥夺人生命力的言论。亲鸾大力教导人们要谛观,自己终究还是一个失败者。迟早都将拥有这栋大楼的少爷,怎么可能会前往地狱呢?实在可笑!"

"真是了不起的连结啊!"

中泽的表情,露出少有的不愉快。钉在柱子上却依旧活着的小金的模样,在哲之的心中突然开始放出不可思议的光彩。

"所谓亲鸾这样一个人,当真存在于这世上吗?"

哲之这句话,让中泽起身说道:

"你真是一个傻子。没读过日本史吗?这本《叹异抄》,是亲鸾的弟子唯圆把亲鸾的言论记载成册。亲鸾是镰仓初期的僧人,出生于一一七三年,死于一二六二年。幼名松若丸,入慈圆门下,后成为法然的弟子。历史课本上不是写得很清楚吗?"

"所谓历史,只是后人按照自己喜爱所写的呀!"

"喂!井领,你是想说亲鸾是虚构人物吗?有什么证据?说来我听听看。"

"因为我否定《叹异抄》,所以对亲鸾这个人会被那群半调子的知识分子如此推崇,感到不可思议。其实,我觉得所有的经过未免太含糊，也太世俗了。净土宗开山祖法然，因为念佛禁令，把烧过的骨头丢进贺茂川流走。就净土宗的立场而言，有必要在历史上制造一个魅力超凡的象征。不过，以法然的那种死法来思考，无法完成这个使命。"

"说到象征，也没必要故意制造一个虚构的人物啊！不是还有莲如吗？"

"对啊！就是这个莲如，制造出亲鸾这个虚构的人物。莲如的脑筋好，明白自己没有超凡的魅力，所以制造出亲鸾这号人物，并且把他偶像化，其实这正是制造自己魅力的高明手法。因此，也可以说莲如是一个政治家。"

"真是有趣的推理！但是，也不必这么煞有其事开讲。实在太可笑了！"

"算了，怎么做都是失败的宗教啦！身为农民，一辈子都是农民，除了过着悲惨人生，别无他法，今生今世的幸福既然不可期待，所谓'地狱是我应该前往之所'的说辞，在当时相当有说服力。然后再倡导念佛，说是死后将到西方十万亿土的净土，幸福过日子的思想，一度也非常兴盛。看到这本《叹异抄》被普通人以好似悟道的神情如此尊敬，忍不住要生气。要我说来，《叹异抄》这本书是以失败者的言论，还有充满哀愁的名言编撰而成的地狱之书。你只不过把它拿来当酒和唱片的替代品而已，作为自己心灵的装饰品，以此自我满足。总而言之，所谓净土思想，只是如此程度的思想罢了。"

中泽走到哲之身旁，伸出手来。哲之立刻明白他的意思，就把刚才借的钱放进中泽的手掌。

"给我出去！你没有其他话可以对借钱给你的人说吗？失败者？你自己这张脸，就像营养不良的死神，嘴巴倒是伶牙俐齿。既然这么有精神，我看你再饿个四五天也还能活！"

哲之穿上湿衣裤，拿起装着栗虫的箱子，走出中泽的房间。雨依然下得很大。他在中泽第二大楼的门口站了一会儿，垂着头走向地铁站，边走边看阳子借给他的劳力士表。早上只喝了一杯牛奶，已经快到傍晚了，没再吃过任何东西。若没告诉阳子就把手表送到当铺，自己就成了小偷。地铁检票口有一部红色电话，哲之毫无抗拒地走过去，打电话到阳子家里。听到阳子声音时，哲之几乎要崩溃了。哲之问她，先把手表拿去当一阵子，以后一定会还她，好不好？

"怎么了？没钱吗？"

哲之答说自己的钱不够付房租。

"哲之，你肚子饿了，对不对？肚子饿时的语气，就是这样。"

他默不作声。哲之不知该如何打马虎眼，他从来不曾对阳子撒过谎，一时之间讲不出话来。

"饭店不是会提供晚餐吗？"

"我一直都没去打工。"

"你现在在哪里？"

"本町。我去向中泽借钱，把他搞得不开心，不借我。"

阳子告诉他现在就过去，要他在国铁车站东口等候。

"不。我不想再和你见面。"他口是心非地说道，却没把电话挂断。

阳子接着又说道：

"我现在就去……东口哦！"

阳子把电话挂断。哲之一想到可以见到阳子，就觉得自己整个人都复活了。但是，哲之的心中又浮现出一个自己不曾见过的男人，站立在阳子的身边。他真不愿意以自己被风雨打得有如垂头丧气的野狗模样，还有脸色苍白的穷酸相出现在阳子面前。阳子一定会请自己吃晚餐，然后把她零用钱的一半或是全部硬塞给自己。纵使如此，阳子还是不会回到自己的身边。她还在三心二意，必须二选一的阳子，让他非常痛苦。哲之走到自动贩票机前想买车票，掏掏口袋的硬币。虽然，本町到梅田只有一站，掏了半天还是凑不够十日元。他无意识地在并排的贩票机附近到处搜寻，心想说不定有人会掉落十日元硬币。

他走出雨中的御堂筋，向梅田走去。他故意慢慢地走。阳子如果快的话，三十分钟就可以抵达国铁东口。

看我没到，等个十五分钟，阳子就会知道"不。我不想再和你见面"这句话是真的，她肯定就会回去了。哲之这么想着，慢吞吞地移动脚步。既然如此，又何必冒雨从本町走到大阪车站呢？雨水顺着耳垂、鼻尖、下巴流下去。哲之从口袋掏出手帕，想擦擦脸，没想到手帕也和衣服、裤子一样全湿了。过了淀屋桥来到梅田新道时，有一位年轻上班族从后头把伞靠过来，问道：

"一起撑伞吧？"

"反正已经湿淋淋的，撑不撑伞都一样。"

哲之笑着说道，并点头说声谢谢。那男子露出笑容，一副确实如此的表情，越过哲之继续往前走。平常从本町走到大阪车站约三十分钟的路程，哲之却走了一小时才到国铁东口附近，碰巧是傍晚的上下班高峰时刻，他窥探了一下检票口人来人往的情景。阳子站在那里。她一眼就发现了哲之，立刻跑过来。

"怎么啦？好像掉到河里。"

"没伞。从本町走过来的……"

"怎么不搭地铁呢？"

"想在雨中走一走。"

"不把衣服换掉会感冒啊！"

"不用换。"

阳子从手提包里拿出手帕，帮哲之擦头、擦脸。有好几个过路人，投来奇怪的眼神。

"去我家吧？可以换上我爸爸的衣服。"

哲之摇摇头，说道："我去的话，连阳子妈妈都会露出讨厌的脸色。"

阳子双眼低垂。突然，好像想出什么好办法似的，踮起脚尖把嘴巴靠到哲之耳边，低声说道：

"找一家像上次去的宾馆，不就可以吗？在那里把衣服弄干。"

她说完话，脸都红了。哲之说不上是悲哀还是苦涩，直直地注视阳子。

"你到底在想些什么？你把我当傻瓜吗？另有喜欢的男友，还要跟我去宾馆？结论已经出来了吗？你选择我吗？不是这样吧！你还在犹豫不决吧？到底是还在犹豫呢，还是已经决定了呢？你已经选择建筑师了，却还要和我去宾馆。你到底是一个什么样的女人呢？"

"只是去把衣服弄干而已。"阳子面向哲之，表情就像小孩被大人骂时常见的那样，脸微微往下、眼球向上翻动、一副要哭出来的样子。那是阳子和哲之吵架时屡屡会出现的，也是她令人怜爱的表情。

"什么都不会让你做，只是把衣服弄干而已啦！你若碰我，我就咬你……"

车站内的热气让湿淋淋的衣裤越来越重。哲之感到自己好像即将溶掉的熟透果实，同时感到体内一阵恶寒。

"已经被那个人碰过好几遍了吧！"

"之后，只和那个人见过一次，已经两个礼拜没见面了。"

"为什么？"

"对方的父母想正式来我家提亲。因为明年他要去美国，计划在那里留学五年。希望把我一起带去，所以他父母才这么急。他看我一直犹豫不决，希望我和他父母谈一谈。"

"那个人知道你和我的事吗？"

阳子点点头后，说道："他说想和你见面。"

"好啊！见个面吧，那是一个怎样的男人？我也很感兴趣。马上打电话给他。"

"现在？"

"嗯。现在。现在可能在办公室吧？办公室在哪里？"

"樱桥。"

"不就在这附近吗？"

"我不要。我不要这样。该怎么做应该由我自己来决定，这是我的自由。你们两个人见面谈，又能决定什么呢？"

难得看到阳子话说得又急又激动，她拉起哲之的手就走。哲之看着阳子的脖颈，无力地被拉着走进人群中。

"我再也不要和阳子去那种脏兮兮的小宾馆。"

"找一家比较干净的，不就可以了吗？"

一直走到哲之打工饭店的竞争对手，一家最近才新开幕的饭店大楼前,阳子才松开哲之的手。阳子走进大厅,不知和前台的人说了些什么。哲之透过厚厚的落地玻璃看着阳子。过了一会儿,阳子招手要他进去。前台的人看到哲之进来,拿出钥匙,对阳子说道:

"进入房内,请拨打6,洗衣组的人就会来。不到二十分钟,衣服应该就可以洗好烘干。"

"这种饭店,一般是不给人家按钟点休息用的。你怎么跟人家说的?"哲之进入房间,等服务生离去后立刻向坐在床铺上准备拨打电话的阳子问道。阳子并未回答,向洗衣组的人说明具体情况后便挂掉电话,开始解开哲之衬衫的扣子。这个自然的动作,让哲之真切地感受到阳子对自己的爱情。脱掉衬衫,松开皮带,阳子帮他把裤子脱下来。哲之把手放在忙碌的阳子肩上,依照她的命令,抬起右脚,接着抬起左脚。阳子跪在地毯上,脱掉鞋子后,看着只穿着内裤的哲之的胸部,说道:

"哲之,怎么瘦成这样呢?"

"中泽说我的脸,好像营养不良的死神。"

"脸变得好尖。"

"因为心变尖了。"

传来了敲门声。阳子急忙把哲之的衣物揉成一团,把门微微打开,把衣物交给洗衣组的人,然后走进了浴室。浴室传来了放水声。

"哎呀!忘了还有内裤。"

从浴室出来的阳子对哲之说道。阳子想了一下，用力扭干内裤，把它挂在送风口，说是很快就会干。

"好好泡个澡！"

阳子把哲之推进去后，又打电话给房内服务组，订了玉米浓汤、薄片牛排，还有沙拉和咖啡。

哲之泡在浴缸内，依阳子所说的多泡些时间，身体渐渐暖和起来，猛然想起犹豫不决的阳子，该不会要自己替她做出选择吧？我是将丧失还是得到这辈子再也无可替代的人呢？他泡在热水中，呼喊道：

"小金！"

小金立刻来到哲之心中。

"无论如何都无法修成正果的我，地狱是我应该前往之所。对啦！小金！让讲这话的人看到小金的模样。让他看到小金活着的模样。让他知道地狱和净土并非各自存在。小金和我，还有其他人，自己本身都有地狱和净土。只隔着一层薄纸，要么踏入地狱活着，要么踏入净土活着。只要看着小金一个小时，就可以明白这个道理了。"

不！看法因立场而异，中泽看到小金，也许会更醉心于《叹异抄》的言论。不知为什么，哲之感到自己可以看懂人心。他看出阳子的心意。哲之把浴巾围在腰间走出浴室，换上浴衣，和阳子面对面，说道：

"我已经决定了。今后，我不再和阳子见面。我退让。只要我退让，阳子就不会犹豫不决。我不会再赌气不去打工。明天开始继续去工作，一个人好好活下去。总之，妻凭夫贵。丈夫有钱，妻子也跟着有钱。若丈夫当小偷，妻子就算不愿意也得去当小偷。其实，女人和男人结婚，就好像赌博一样，所以事先应该看清楚。若以这个基准，冷静地把我和那个人比较一下，结论立刻就出来了。我自愿退让。"

阳子好像要说什么，却又闭上了嘴巴，茫然的眼神一直注视着哲之的肩膀。

房内服务组把阳子订的餐点送进来的同时，洗衣组也把洗净烘干的衣物送回来了。

"咖啡留一半，我也想喝。"

阳子看着狼吞虎咽地吃着肉和沙拉的哲之，突然冒出这么一句话。咖啡壶里面有两杯咖啡的量。说完后，阳子上齿咬住自己的下唇后，说道：

"哲之看人看得很准。之前不是说过吗？虽然赤木看起来认真、温和，其实像一条专占人家便宜的野狗。"

"说过啊，也说过其他人。"

"我觉得立刻一语判定人家，这是哲之的坏毛病，结果哲之所说果然都成真。不光是赤木。秋田、美惠、光子也都是，我所不知道的缺点，都被你说中了……"

"老爸生意失败，我变得一文不名时，以前称我'少爷！少爷！'的人，立刻翻脸说我是井领家的败家子。那种翻脸不认人的家伙，和就算我一贫如洗，态度仍然如从前的人,是完全不同的典型的两种嘴脸,各有各说不出来的差异。这家伙会翻脸不认人呢,还是始终如一呢?当我和人初次见面时,无意识中就会先去读人心,很不可思议,结果都被我说中了。这种感觉真悲哀啊!"

哲之把盘中的食物全吃光,拿着餐巾擦一擦嘴角后,如此说道。阳子要哲之帮忙倒杯咖啡,说自己要和他慢慢喝咖啡,说完就站起来拉开窗帘。雨停了,一抹夕阳依旧照在高楼林立的街道上,阳子看了一眼,说道:"他还在工作呢!"

哲之从椅子上站起来,走到阳子身旁。阳子指着梅田新道正西边的那一条街,说道:

"那个红绿灯的角落,有一栋报社大楼,对不对?隔壁的大木田大楼三楼,最前面的房间,就是他的办公室。"

虽然没看到人影,不过阳子所说的办公室的灯光还亮着。

"现在我就去打电话,你和他见个面!"

哲之脱掉浴衣,换上自己的衣物,答道:

"别做这种傻乎乎的事!"

话一说完,在哲之凝视阳子背影的瞬间,有种近乎要疯狂的忌妒。如此看着正在凝视远处大楼角落灯光的阳子,对哲之而言,像是一座悲哀的塑像。

"若是哲之说这男人不好,我就……"

"我一定会说,不要和这家伙结婚!这家伙只是一个虚有其表、微不足道的男人。纵使他并非如此，我也会这么说。如果我这么说，阳子会立刻回到我身边吗？要看清楚对方是怎样一个人，这是阳子自己的事。"

"我才二十一岁啊！我看不出来。"

阳子非常固执。虽然哲之坚决拒绝，她还是拿起电话打到那人的办公室。阳子低声说——现在，想和你见面，我和石滨先生想见的人一起来。挂掉电话后，对哲之说道：

"他说现在有客人，还要一个小时才能谈完，八点会来饭店的咖啡馆。"

这是哲之第一次从阳子口中得知那个人的姓。

"我要回去。我已经决定退让。我不愿让自己这副穷酸相和拥有办公室的建筑师并排而坐。我和那个叫石滨的男人一比较，只会让自己相形见绌。"

哲之打开门要离去时，阳子从后面一把抱住他。哭哭啼啼要他不要走。哲之无可奈何，只得关上门，回到房间教训阳子：

"难道阳子不清楚自己的感情吗？十有九分已经倾向那个叫石滨的男人身上了。对我的感情，只还留一分。这一分，带有一点罪恶感和对我的同情。因为同情而结婚，那就是一辈子的下下签。"

阳子把头埋在哲之胸前，两手用力搂住哲之的背部，哭着说道：

"我喜欢哲之啊!"

"不要太过分!可是你不也喜欢那个人吗?我不想再听你讲这些话啦!"

说这话时,哲之的肌肤感到阳子的乳头变硬了,惊吓得往后退。一瞬间,某种想法浮现。他想出一个连自己都厌恶的卑鄙想法。他叫阳子脱光衣服。阳子一时间并不明白他的用意,哲之走过去拉上窗帘,很快脱光自己的衣物,赤身裸体逼近阳子。

"哲之是傻子!"

阳子叫道,把床上的枕头丢过去。然后,整个人投进哲之的怀里。

哲之抱住阳子时,小金仍在他心中存有一席之地。这只蜥蜴宛如不是被钉在柱子上,而是被钉在人的心上,驱使哲之的情欲有种不曾有过的粗暴行动。他改变了自己的决定。退让……我要退让吗?死心了吗?现在我抱住的阳子,叫她坐在那个叫石滨的男人面前。让他们明白眼前这个贫穷的、好像一条瘦弱野狗的我,谁也不知道几年后、几十年后,会变成什么样!连我自己都无法预测。地狱是我应该前往之所吗?确实有一半的道理存在。但是,不知道还有另一半更伟大的真理。因为隔着只有一层纸的山谷地狱,其对面正孕育着至福无上的欢愉。哲之的身心都变成了小金。我要退让吗?把阳子抢回来给你看!哲之心中的小金,放出耀眼的光,不断诱导他把隐藏在空虚中的欢乐达到顶点。

哲之贴住耳朵,聆听阳子喘息声渐歇。阳子好像也是如此,阳子把嘴唇靠过来。当两个人的嘴唇分开后,阳子又说道:

"哲之是傻子!"

"真的生气了吗?"

"因为真的生气了……"

"我决定不退让。我要和那个叫石滨的男人决斗。"

阳子微笑着,宛如母亲般的微笑。阳子很在意时间,正要看时钟,哲之强而有力地搂抱住阳子,他再度化身为小金。

石滨穿着剪裁合宜、华丽的蓝西装,看到走进咖啡馆的阳子和哲之,立刻从椅子上站起来,对年龄小六岁的哲之客气行礼,毫无畏怯,也毫无看不起哲之之处。阳子介绍哲之后,他立刻从名片夹抽出名片递给哲之,说道:

"初次见面。我是石滨德郎。"

那张过于知性的脸庞,假如是其他人的话,说不定会被讨厌,那种算计出来的洒脱,差点让风雅转化成矫揉造作。和西装同色系的宝石小领带夹,还有同系列的袖扣,都是哲之月收入几十倍的昂贵品。

"看到石滨先生身上佩戴的东西,像我这样有一顿没一顿的人,恐怕得打上五六年工才有办法买到。"

哲之说完，石滨的表情丝毫不变，答道：

"这些都是赚钱的道具。若让人家看到我身上有一点土气，客人就会先入为主地认为我设计的建筑蓝图很土气。"

哲之明白这个叫石滨德郎的男人如何在意自己的感受。纵使一个没来由的微笑，也有可能会让对方感到不愉快，或是有其他的猜测，从石滨脸上装出来的那一抹伶俐就可以看得出。这两个人阳子都不看，而是将视线落在那杯橙汁上。

"听说你要去美国。明年什么时候呢？"

"日期还没决定，最迟明年二月上旬得抵达美国。"

"你想要带阳子一起去吗？"

"确实这么想。不过，还没得到答复。"

石滨不看阳子，只是目不转睛地和哲之说话。哲之感觉到石滨这句"不过，还没得到答复"话里所隐藏的自信，尽管只是一点点，却已表露无遗。他打定主意要让这男人现出原形。

"当我听阳子谈起石滨先生时，自认没胜算。一方是拥有大好前程的新生代建筑师，一方是被父亲留下的债务逼得不得不在饭店打工、营养不良的学生。自己照照镜子，都会觉得自己真是一副穷酸相。"

"不。您有一双锐利的眼睛。"

石滨说话的语气不像是恭维。哲之心想，到底如何锐利呢？所谓锐利不是有各种类别吗？但是，他毫不在意地继续说：

"对阳子而言，哪一方才是最好的呢？根本不必想也知道。因此，我曾想过要退让。不过，我刚才又决定不放弃。"哲之确定自己有种不可思议的镇静后，才继续说道，"我和阳子，从以前就有肉体关系。今天和石滨先生见面前，也在这饭店六楼的房间床上裸裎相对。我们就是这样等待石滨先生来的。我一边抱住阳子，一边想象有一个叫石滨的男人，正得意扬扬往饭店走来，我笑了。若有一个不在意此事、仍然愿意娶阳子为妻并带着她到美国的男人，我打算取笑他。男人的肚量应该没这么宽大。只有傻瓜或窝囊废才愿意那样做吧？虽然阳子被其他男人夺走了，结果胜利的人应该还是我。我不会忘记那个傻瓜或窝囊废，那个人应该也不会忘记我所说的话吧？我认为男人无论肚量如何宽大，如何勇往直前，自己的妻子曾经被井领睡过的疙瘩，一定永远也无法消失。石滨先生，只要您说纵使如此，也要带着阳子到美国，我立刻消失在你们两个人眼前。从此以后，再也不会出现在阳子面前。如何呢？石滨先生的知性，被我的卑鄙扳倒了吗？还是等以后再慢慢虐待阳子呢？"

石滨点燃香烟，把火柴盒放在桌上不断翻弄，陷入了长时间思考。阳子静坐不动，茫然的眼神依然注视着那杯橙汁。

"我若是你的话，一定要不出这种心机。我二十二岁时，没有井领先生这种眼神。恐怕现在也没有吧。"

好不容易说出此话后，石滨第一次看了阳子一眼。

"我不能一受到伤害就退让下来，因为我还没听到阳子小姐的答复。"

"那么，现在当场问，如何？"

对于哲之的穷追猛打，石滨露出笑容，申斥道：

"若是阳子小姐说要和我结婚，我却回答这件事要重新考虑。这么一来，最可怜的不就是阳子小姐了吗？"

哲之心想终于把他那昂贵的衣服和配件给扯下来了。他战胜了。他彻彻底底地胜了。

"不。因为石滨先生也很急呀！明年二月上旬，一定得抵达美国。时间上也不是很充裕。"

石滨露出疲惫的神情。看到和自己只是几分钟的过招，已经让石滨感到非常疲惫，哲之催促阳子道：

"把答案说出来吧！就算是女人，过于优柔寡断也很惹人厌！"

他的话一说完，石滨怒气冲冲地瞪着他，说道：

"请不要这样说话！你这样好像流氓情夫，不是吗？"

"就算是一个有流氓情夫的女人，我猜想石滨也应该是一个只要阳子说OK，就有肚量和她结婚，带她前往美国的男人。"

阳子突然激动地摇头。哲之和石滨，几乎同时注视阳子。阳子依然看着橙汁，以好像听得见又好像听不见的声音说道：

"我还是喜欢哲之。"

石滨谈不上是失望，也谈不上是安心地叹了一口气：

"很遗憾，那我就退让吧。"

他话一说完，就站起来。但是，哲之已经不看石滨。他想探究阳子内心深处真正的想法，专心地注视她的侧脸。哲之并不认为自己已经把阳子夺回来了。

"告诉我吧，哲之那双具有神通力、可以看透人的本质的眼睛，感觉石滨先生如何呢？我是因为这一点才让哲之和石滨先生见面的。怎么样呢？你认为我若和石滨先生结婚，会幸福吗？"

"我回答不出那种问题，我也不知道结婚后会如何。至少，那人不是流氓。头脑清楚，白白净净，吸引年轻女人的条件一箩筐，不矫揉造作，也不懒懒散散。不过，无法对抗逆境。一心想潇洒过日子，但行为举止又好像过于潇洒。这种无法对抗逆境、心胸狭窄的人，十年、二十年后的发展，我并不知道，因为人生的境遇未必都顺遂。"

"那时候，你就变成我心中依靠的人了，是吗？"

"你不得不说'我还是喜欢哲之'，其实你讨厌我。"

"不至于讨厌，而是变得害怕……"

"不久就会变得讨厌。"

哲之留下这句话，就走出了咖啡馆，发现忘了把放在桌上装着栗虫的箱子带走，又返回来。哲之正要伸手去拿时，阳子抓住他的手，一直看着哲之。

"有钱买车票回家吗？"

"我有大阪到住道的月票，没问题。"

"明天早上的饭钱呢？"

"没有。"

阳子从手提包拿出钱包，把好几张千元大钞放在箱子上。

"我明天就开始去工作，不用那么多。"

哲之只拿了一张放在口袋，剩下的想还给她时，阳子露出那可以缓和任何人心的独有的微笑，说道：

"等你的体重恢复后，要还我哦！"

她把纸币塞进哲之的裤袋。哲之走出大厅，回头一看，阳子还坐在咖啡馆里，把小耳环从耳垂上拔下来，放在掌心中看得出神。哲之认为阳子的身边迟早还会出现另一个石滨，他并未感到离别的哀伤，刚才战斗的余韵让他体力倍增，有种异样的活力，他气势十足地推开饭店的厚玻璃门。哲之走在回程途中，开始感到羞耻。看透人本质的眼力吗？心中暗自说道。无法对抗逆境、心胸狭窄吗？说起别人来，还真是头头是道。所谓无法对抗逆境、心胸狭窄，不是别人，根本就是我自己吧！独自留下来的阳子，会怎样呢？如果就这么和阳子分开，

143

恐怕再也夺不回她了。哲之转头，走回饭店。哲之满脑子都觉得阳子将永远从自己跟前消失，非常惶恐地往咖啡馆窥探。幸好阳子还坐在那里。看到哲之，阳子满脸通红。哲之不知道她为何满脸通红。

"我再等十分钟，如果哲之不回来，我想自己真的就会讨厌哲之。虽然我认为哲之一定会回来，万一他不回来，我又该如何呢？想着想着心就怦怦跳。"

"怎么会认为我一定会回来呢？"

"因为你喜欢我啊。"

"石滨已经结束了吗？"

"是谁用卑鄙的手段，让他结束的呢？"

"除此之外，我别无他法。"

"其实，没必要这样做。"

等原本站立的哲之坐回椅子上后，阳子说道：

"哲之在洗澡时，我已经决定了。你不知道吗？"

"我哪会知道呢？你第一次告诉我喜欢上别人的晚上，不是也和我上宾馆了吗？"

阳子又满脸通红，哲之趁势说道：

"说！说要嫁给我！"

"不！撕破嘴我都不说。我要你低头对我说，请嫁给我！"

阳子咻咻地笑着。哲之把额头碰在桌上，低声说，请嫁给我！在欢乐的底层，哲之感到有一个小而深的伤

144

口流出血来。

"我在这二十多天,真是七颠八倒!"

哲之抬起头,发现阳子的笑容里笼罩一抹落寞的阴影,猛然不安地感到难不成刚才自己和石滨的交手,让阳子真的爱上石滨了吗?

"我认为这次的事,哲之绝对忘不了。我觉得结婚以后,哲之动不动就会挖旧账来欺侮我。哲之好胜心强,自尊心也强,爱吃醋、固执、脑筋又好……"

"所谓脑筋好,那是阳子过奖了。我是傻子。不过,其他的批评就全部都对!这种男人,将来充其量只能当一个小偷或骗子。这是让老婆吃足苦头的典型男人。"

不知何时,笑容从阳子丰腴的脸庞消失,明显地流露出落寞的表情。

"阳子会喜欢上别的男人,我简直无法想象。刚才你分析我这个人当中,还得加上自命不凡。"

"我才二十一岁啊!被男人奉承,会很开心,也会心动。这有什么不对吗?"

哲之感到两个人真的快要争吵起来了,赶紧闭上嘴巴。以前每次和阳子争吵快输的时候,一定往阳子的小腿踢两下。虽然都会控制力道,但有两三次还是把她踢出了瘀青,气得她整天不开口说话。哲之从桌子下正想往阳子的小腿轻轻踢过去,以表示自己的爱意,还没踢过去,阳子就含泪说道:

"我很怕哲之。虽然很怕,但还是要把自己的感觉说出来。"

哲之认为阳子口中会说出更爱石滨之类的话,不过她并未这么说。

"对我而言,哲之是特别的。喜欢石滨也是事实。但是,喜欢石滨和对哲之的感情完全不能相提并论,我从一开始就明白这一点。我也有自己的盘算,考虑哪一方对我比较有利……这种盘算,让我渐渐喜欢上石滨。我是一个因为盘算后才喜欢上男人的女人。我不是哲之心目中纯洁无瑕的女人。如果哲之又生气了,又要踢我了吧?踢我,没关系啊!"

哲之不忍看阳子那张哭哭啼啼的脸,把目光落在桌上,身上感到一阵寒意和倦怠感。讨债流氓小堀的脸浮现眼前,雇用母亲、艺伎出身的肥胖老板娘的双下巴也在眼前一闪而过。父亲留下来的债务,让自己前途茫茫,到处都碰壁。此时,阳子突然询问起时间。

"九点十分。"

哲之回答后,就起身站起来。阳子也拿着手提包站起来,默默地走过大厅、走出饭店。阳子再也不会回到自己的身边了吧!哲之站在阪急电车的检票口,看着爬上月台楼梯的阳子那可怜、婀娜的背影。

哲之坐在脏兮兮的电车内,恶寒不断袭来,头颈低垂,双腕用力交错,紧闭着双眼。哲之很想有钱。边发抖边走在从车站往公寓的那一条暗长道路上,还在很想有钱、有钱。爬上公寓楼梯时,才发觉装栗虫的箱子忘了拿。到底忘在了饭店咖啡馆的桌上,还是电车的置物架上?哲之怎么也想不起来。他走到小金旁边说道:

"不好意思!今天没东西吃。只有水喝,忍耐一下!"

哲之像往常一样,开始对伸出长舌头喝水的小金说话。几个月来的每一天夜里,哲之都会宛如写日记般把当天发生的事说给小金听。就像所有日记一样,哲之对小金所说的话也有谎言。

"小金!我觉得怎样都无所谓。我感到非常疲惫,好像行尸走肉。不想工作,也没有当小偷的勇气。因为我要战胜石滨,把阳子的一生都改变了。当石滨走出饭店时,我为自己清楚地知道战胜的方法而感到全身在燃烧。就这样子吧!一场一场战胜下去吧!如此一想,勇气骤然涌上来。但是,小金,只是我自己一个人的胜利,并不是真正的胜利。阳子该如何呢?阳子想和那个男人结婚,也是理所当然的啊!我阻碍阳子,如果造成阳子不幸的话,我不是胜利了,而是失败了啊!我自以为了不起,乱挑《叹异抄》的毛病,然而那本哀叹的书上刻画入神的人心,我也有啊!"

话说到一半,哲之知道自己彻底的虚无其实连接着某种勇气。但是这种勇气,不是使人往上升的勇气。所谓不是使人往上升的勇气,到底又是什么呢?哲之看着不眨一眼、四肢趴开的小金，精神恍惚地陷入思绪。他钻进一直铺着的被窝。全身剧烈发抖，连牙齿都嘎嘎作响。哲之倾听着自己急促的呼吸声，渐渐入眠。半夜三点，哲之难受得醒过来。虽然不再发抖，头却剧痛，全身发烧。日光灯一直开着，小金的身体蜷曲。他知道不把灯关掉，小金也没办法好好睡觉。他想起身，却又动不了。稍稍一动，全身又开始剧烈地发抖。哲之模糊的视力，看不到贯穿小金身体的那根钉子。哲之瞬间有种错觉——小金重获自由了，现在已经顺着墙壁，从狭窄的小公寓跑到宽广的天地之间了。最无法替代的人就要失去了。哲之触动伤处，用力奋起，关掉日光灯，全身又开始发抖。

感到有脚步声，感到额头一阵舒畅的冰凉，哲之睁开眼环顾周围。日光灯亮着，只知道现在是晚上，但是哲之不清楚自己到底睡了几个小时。小金被钉在柱子上。枕头边放着洗脸盆，盆内的水漂浮着冰块。用手摸额头，放着一条冰凉的毛巾。他伸长身子，往厨房看。看到阳子背对着他，正在看着锅内。哲之一直望着阳子。阳子转身，关掉煤气，坐在枕头边。

"现在，是晚上？"

阳子默默点头，把毛巾翻过来后，说道：

"还是烧到四十度。"

"和阳子见面，昨天？还是前天？"

"昨天啦！哲之，昨晚几点睡的？"

"十一点之前吧，半夜醒来一次后，就一直睡。"

阳子屈指一算，笑着说道：

"睡了二十小时哦！"

"怎么会来我的公寓呢？"

"昨天离开饭店，哲之有东西忘记拿了，对不对？百货公司的包装纸包住的小箱子。我一直拿着。分手时，忘记交还给你，就这样带回家去了。心想这到底是什么呢？打开一看，天哪！我叫得有多惨啊，你知道吗？"

哲之笑出来。

"因此，昨天傍晚，打算把这个令人不舒服的东西还给哲之，到饭店才听说你无故旷工，我有点担心。你说过从今天起要回去好好工作的！"

哲之伸出手，玩弄阳子的头发。

"我拜托房东借我钥匙开门，进来后我大声惨叫。你没听到吗？"

哲之和阳子一起看着小金。阳子对哲之这么解释——当她看到被钉在柱子上的小金时，双脚发抖，久久无法停止。加上哲之呼吸急促地躺在那里，一副快死掉的模样，伸手一摸竟然在发高烧。哲之跟阳子说口渴，要她帮忙拿水来。

"起得来吗？"

"嗯。应该起得来。"

"走个七八分钟,就有一家诊所。"

阳子执拗地催促着,带着哲之到一家只有一位老医生的诊所看病。医生说是感冒,打了针,也给了药。然后叮咛这两三天一定得安静休息。一回到公寓,阳子叫哲之换上睡衣。他才发现自己竟然一直穿着外出服睡觉。阳子对着正在换衣服的哲之,叹气说道:

"因为全身被雨淋得湿透了啊!"

"我在饭店的浴缸泡得暖乎乎的。"

虽然没有一点食欲,哲之还是坐在被子上,吃了阳子煮的稀饭和煎蛋,边吃边想到自己一天一夜没吃,可是小金比自己更长时间没吃了。他断断续续把自己的屋内柱子上为什么会钉着一只蜥蜴的缘由说给阳子听。阳子听完后,不知在考虑什么,一会儿才说道:

"哲之,不要住这里了,搬到别的地方吧?"

她接着说她家附近有一处干净的公寓,刚好有一间空屋。

"阳子家附近的话,押金和房租是这里的三四倍吧?我没有那么多钱。"

"你妈妈也住在一起呢?"

哲之摇摇头。哲之的心里对于讨债流氓不知何时还会找上门,感到很不安。再也不要让母亲又碰到那种痛苦的事。若还像以前每天遭受讨债流氓的威胁,母亲一定会疯掉。哲之本想把自己的想法告诉阳子,脱口说出来的话却并不和心中所想的一致：

"你不要管我的事！我们不要再见面了！"

哲之对自己的话感到讶异，手却不由自主地拔下了手腕上的劳力士表，放到阳子的膝上。

"干什么？"

"反正，我一切都不在乎了。不管是阳子的事，还是那只蜥蜴，或大学毕不毕业，怎样都无所谓。"

哲之觉得自己越说越当真。纵使只是短暂的一时，对移情别恋的阳子感到了憎恨，对于宛如在报复般依然坚强活下去的小金抱着愤怒。我想要有钱！讨厌贫穷！哲之在心中呐喊。

"烧退以后，你一定会向我道歉。你说的都是谎话。你还是喜欢阳子……"

哲之看了阳子一眼。阳子的这句话缓和了哲之的心，而且阳子没有一丝炫耀，也没有一丝动摇，如此平静地对自己说这些话，让哲之的全身如沸腾般感到欢悦。阳子喂哲之吃了药，要他躺下，帮他盖好被子。

"这一带一到夜晚就很危险。车站附近的商店街，聚集了一些乡下的流氓和恶少。你向房东借一下电话，叫辆出租车直接坐回家比较好。"

哲之说完后，阳子把锅、盘拿到厨房，扭开水龙头后，答道：

"今晚，我要住在这里。哲之醒来之前，我已经到那家杂货店打公用电话回家了。"

"告诉你妈妈，要住在我这里？"

阳子边用毛巾擦手，边转身用力点头。

"我妈妈很生气，尖叫着要我一定得回家。我告诉她发烧到四十度的人，成不了大野狼，她想了想，才不情愿地答应了。我拜托她在爸爸面前替我圆谎，她骂我笨蛋。教训我说聪明的女孩会把恋爱和结婚分开考虑，妈妈好像一切都知道了。"

"一切？"

"对啊，一切。"阳子坐在哲之旁边说道，眼睛闪着光辉。哲之从被子里伸出手，偷偷伸进阳子裙内最深的地方抚弄着。阳子捏一下哲之的手腕，露出惊讶的表情，说道：

"成不了大野狼，倒变成一条蛇了。"

话一说完，她整个人压在哲之身上。但是，高烧四十度的哲之成不了大野狼，也变不成蛇。阳子的体重，压得他喘不过气来，恳求道：

"不会再摸你了！赶快起来！我喘不过气来了。"

阳子咻咻地笑，更用力地往哲之身上压。

"你帮我喂蜥蜴水和栗虫吧！"

哲之的话，让阳子赶紧起身，整了一下凌乱的头发，困惑地答道：

"不、我不要⋯⋯"阳子回头瞥了小金一眼。

"小金已经两天没吃东西了。"

"我不要。我怎么敢去摸栗虫呢?"

"用小夹子夹住,轻轻放在它的鼻尖,它自己就会吃了。水就放在汤匙里喂它!"

"这一点小事,哲之自己也可以做啊!"

"我烧到四十度,连起身的力气都没有。"

"刚才不是还走路到诊所吗?"

哲之再三恳求她,阳子才哭丧着脸,用汤匙汲水来。她尽可能离小金远远的,伸长拿着汤匙的手。小金好像很渴,急忙伸出红色的舌头。每喝一口,阳子的口中就轻轻地哀号一声。哲之闭上眼睛,聆听阳子那种带着官能美的叫声。聆听的过程中,哲之想到小金这只小动物,怎么会如此不合情理地存在,同时,他明白阳子也是一个不合情理的生物。

8

德国来的老夫妇的行李箱内，到底装的什么东西？怎会这么重呢？哲之把两件行李放在客房的门口，鞠躬行礼后打算走出客房，夫人柔和的手抓住他的手肘。老夫妇俩好像都不会说英语，夸张地用手比画着要哲之稍等一会儿。哲之从来不曾收过外国客人的小费，因为所有的旅游指南，以及实际来过日本的观光客都会告诉大家，不需要给女侍或服务生小费。如此根深蒂固被教导的外国观光客，连一百日元的硬币也不会拿出来。夫妇两个人都是白发苍苍、身材矮小，眼神中透着一股亲切感。两个人用德语不知在商量些什么，一下子抓口袋，一下子把手伸进钱包，露出困惑的神情，耸耸肩膀。最后，拿出一张万元纸币，满怀歉意不知说些什么。从两个人的交谈和脸上的表情看来，哲之猜测老夫妇想给自己小费，恰巧身上只有万元纸币，没有其他硬币，感到

困扰不知该如何是好。哲之笑着摇摇手,他用自己仅知的一句德语,说道:

"Dankeschön!(谢谢!)"

然后再度行礼,走出房外。那位老先生从后面追过来,模仿提着两件行李摇摇晃晃的动作后,拍了一下哲之的肩膀,独自小跑到电梯。他好像要到前台,把一万日元的纸币换开。其实,他们有这份心意就够了,哲之连忙制止了老人,以不太正确的英语说搬运行李是分内的工作,不必给小费。哲之拿起老人手上那张一万日元纸币,折成两折,放回老人的西装口袋。但是老人非常固执。总之,示意要哲之稍等一会儿,等他从电梯回来。此时,夫人从房内走出来,不知对丈夫说了些什么。突然,丈夫"啊"地叫了一声,抱着哲之的肩膀叽里咕噜说了一堆。但是哲之一句德语都听不懂。夫人露出笑容,看着哲之。哲之猛然想起烹调组有一位厨师,曾经到慕尼黑工作三年。他要老夫妇在房内稍候,然后搭电梯下去。他来到地下室,打开厨房通道口的门,想找那个叫锅岛的厨师。最忙碌的时段已经过去,厨师或坐在箱子上,或靠在墙壁旁抽烟。他发现锅岛坐在大冷冻库下方、正在翻着周刊。哲之走到他身旁,说道:

"我接待德国客人到房间后,他们不让我离开。我完全不知道他们在说什么,你可不可以帮我翻译一下?"

锅岛是一个好心肠的人,有客人没吃过的蛋糕或牛排，经常会偷偷拿给哲之。

"没问题，交给我吧。"

锅岛起身，跟在哲之后头。德国老夫妇并没进入房内，还站在走廊上等着哲之。锅岛和那对老夫妇谈了好一阵子。不久，满脸笑容的锅岛往哲之的方向走来，说道：

"他们拜托旅行社帮忙找一个通德语的日本人，中间不知出了什么差错，到后天之前都不会有翻译。他们明天想到京都，希望你陪他们去，导游费一百美元。"

"我？我完全听不懂德语啊！"

"这好像也无所谓。他们对你很中意。"

"无论怎么中意，语言不通根本无法当导游啊！"

锅岛又和老夫妇不知说了些什么，三个人哈哈大笑，一起看着哲之。

"总之，他们跟定你了，就算语言不通，心灵也可以通。他们说你这个年轻人很诚实，跟着你很安心。"

明天是阳子来公寓的日子，那是一周一次和阳子互相拥抱的日子。但是，一百元美元，相当于哲之月收入的三分之一。若有这笔钱，今年的圣诞节，就可以买阳子想要的银手镯送她。哲之这么想着，于是说自己对京都的地理环境不熟，可否带一个熟悉京都的人一起去呢？锅岛以德语询问老夫妇。老夫妇立刻答应。

"那个熟悉京都的人，是男人呢？还是女人？"

这显然是锅岛自己感兴趣的问题。

"女人。"哲之回答。

"那个经常来饭店的小姐吗?"锅岛笑逐颜开地说道。

回答"是"时,哲之心想自以为谁都没看见,没想到大家对这种事都很敏感。锅岛和老夫妇说着话,三人边笑边把视线投往哲之。

"他们说你好像要带女朋友一起去,你女朋友一定如你所说,对京都很熟悉。他们会注意不要变成你们两个人的电灯泡。"

锅岛向哲之转达老夫妇的话,也把约定的时间和地点决定了。老夫妇含笑挥挥手,走进自己的房内。

"正好啊,你明天不是休息吗?"锅岛在电梯内,把白色帽子戴好,如此说道。然后,又叮嘱哲之明天早上九点,在饭店前的大马路右边,有并排邮筒及公共电话亭的地方等那对老夫妇。

"若是你到大厅来接他们,到时候人家不知道又要说什么闲话……饭店里尽是一些阴险狡诈的人。"

"办公室里乱糟糟的,烹调组也有坏人吗?"

"因为厨师也是一种专业工作,每个人脾气都很大。我们的组长是其中最严重的人啦!在法国学了十年,好像头上顶着天皇旗似的,从早到晚大呼小叫。有一个和他一起去法国学烹饪的家伙,得了什么四等勋章。因为他自己得不到,心情非常不好,所以变得更难相处。"

"那么想要得勋章吗?"

"当然啦！像他这种年纪大了的，对女人也不再有兴趣，又不缺钱，剩下的只想要名了。"

接着，锅岛露出不在乎的神情，说道：

"那个老头，对我更是鸡蛋里挑骨头。说什么料理的真髓在法国啦！还说竟然有人为学做香肠，大老远地跑到德国去三年啦！那张满是老人斑的脸，只会吹嘘自己当年有多厉害。"

"喂！纵使没地方去，也千万不要留在这种饭店工作啊！"锅岛丢下这句话，走出电梯，打开往厨房通道口的门。

哲之回到大厅，帮着把团体客人的手提行李箱扎上客房号码的牌子，蓦然想起父亲死前一个月所说的话。

"所谓人生，就是前方不知有什么在等待我们。想一辈子当上班族的话，一定得到大企业任职。若不成的话，就到政府机关工作。两者都不可行时，哪种公司都好，认真工作，等待个十来年，存一笔钱，自己去做小生意。若在大企业或政府机关任职，无论遭遇什么事，绝对不可辞职，风不会永远吹南风，也不会永远吹北风。总有一天，会往自己的方向吹。有些人因为被上司欺侮啦，或说工作跟自己不合啦，就辞职不干。无论换到哪里工作，依然得为同样的问题苦恼。这样不停地换公司，等猛然惊醒时，才发现自己只是个小公司的推销员。心想完了，已经四十好几，一切都来不及了。

"另外，还有一种'卖砂锅也是我的买卖'的说法。

若是无法在大企业或政府机关上班，无论多么小的生意，也要有做一国一城之君的准备和努力。卖拉面也好，收破烂也好，纵使只是一小块田地，也要勤勉地耕种。这是活了七十年，看过无数人及经过多次失败的我，唯一确信的生存秘诀。"

说完这些话后，父亲用自己的双手抚摸哲之的手心，喃喃自语地说：

"我不喜欢说教，这些就算是有些矫情的遗言，你听着吧。有人有勇气，但忍耐力不足。有人充满希望，却没勇气。有人勇气、希望都不输人，但一碰到事情立刻心灰意冷，而只有忍耐、对人生却不具任何挑战力而终老一生，这样的人比比皆是。勇气、希望、忍耐，只有这三者都具备的人，才可以登上自己的高峰。无论缺少哪一项，都不可能有所成就。我就是拥有勇气和希望，却没有忍耐力。没耐心等待时机，无法忍耐到风吹向自己的时候。三者具备的人，在这世上恐怕很少吧，这种人，纵使一时沦为乞丐、濒临病死，也一定会再奋起。"

哲之认为父亲所说的都是事实。但是，以这种可以说是陈词滥调的三大信条督促自己去实践，多么困难啊。勇气、勇气、勇气，哲之在心中喃喃自语。希望、希望、希望，哲之又在心中喃喃自语。然后，忍耐、忍耐、忍耐，哲之低声自语。他一次又一次把这三个信条说给自己听，提着扎上名牌的笨重行李走向电梯，打算送到各客房。大企业和政府机关的录用考试已经结束，哲之在三天前已经收到了落榜通知。电梯门关闭的瞬间，他决定接受岛崎课长的劝说，毕业后就在这家饭店就业。哲之不由得叫道：

"小金！"

小金立刻出现在他眼前。小金闪着光辉，以微小、冷静的眼神看着哲之。小金若不是勇气、希望、忍耐的化身，又是什么呢？那么，贯穿小金身体的那根钉子，到底代表什么呢？想到这里，电梯停住了，一个乍一看可以称为老人的男人，偕同一个和阳子差不多年龄的女子一起走进来。那男人说道：

"今天的肉有点硬！"

"清炖肉汤也咸了些！"那女子回应道。自从开春就来饭店打工的哲之，一眼就看出这两个人绝非父女关系。

八点四十五分，哲之来到锅岛指定的地点。因为是周日，来往的人很多。阳子从人群中"哇"地喊了一声，飞奔出来，打算吓哲之一跳。

"有没有好好吃早餐呢？"阳子问道。哲之最喜欢阳子早晨的味道。睡觉时渗出来的体味把阳子身上的古龙水、口红等人工香味都盖住了，有时像木犀花香，有时像吸收阳光的稻草香，这正是女性的体香。

"照你所说，把牛奶煮沸，把面包涂上奶油，还吃了奶酪，啃了一个番茄。"

哲之答完后，再次闻一闻阳子身上的味道。

"昨天挂断电话后，我急忙找出了《德日辞典》《日德辞典》。这是向我爸爸借的哦！"她以撒娇的语气说着，拿出一本名为《简单德语会话》的书给他看。

"我一方面想和阳子见面，一方面也想赚那一百美元的导游费，所以脱口就说带一位比我熟悉京都的朋友前往，没问题吧？"

"前年我和朋友一起游过京都，我对京都真的很熟！"

九点整，德国老夫妇来了。两个人都穿着茶色的外套，戴着造型不一样的橄榄色帽子。哲之指着阳子说"阳子"，然后指着自己说"哲"。因为他认为对外国人而言，"哲之"太难记了。夫妇边说"阳子、阳子"边点头，然后和阳子握手，同样反复说着"哲、哲"，也和哲之握手。阳子站在路上，翻开《日德辞典》，指着一个单字给老夫妇看。原来是"电车"这单字。老夫妇商量后，才以德语慢慢说话。他们混杂阳子所指的单字，听来好像是说"出租车"。

"好像在问电车和出租车，哪个快？"

"那就说电车快啊！搭阪急电车到河原町后，再搭出租车比较快，也比较省钱。这样告诉他们吧！"

"我哪里讲得了那么长的会话啊？"

阳子指着辞典上"电车"这单词，然后开始出发。

买车票时，夫人把一个皮革大钱包交给哲之。哲之拿出必要的金额，买了车票，一上往河原町的特急电车，哲之赶紧先占位子给老夫妇坐。然后和阳子坐在老夫妇后面的位子上，翻开《简单德语会话》。

"有没有'想看什么'这句会话呢？"

阳子好不容易才找出一句相近的话，给老夫妇看。老夫妇同时说出同样的话。但是，立刻想到哲之和阳子不懂德语，只好翻开《德日辞典》。首先，指着"庭院"这单字，然后再指着"安静的"这形容词。

"安静的庭院吗？周日的京都，哪来安静的庭院呢？到处都是观光客，到处都闹哄哄。"

阳子思考了一阵子后，说道：

"有啦，有啦！有一个非常安静的庭院。"

"在哪里？那些收钱才给人看的寺庙内的庭院，像今天这种好天气也一定都挤满了人。何况现在又是赏枫的好时节。"

"不是寺庙，是普通的人家哦！那里有一个八十多岁的独居老奶奶。"

那户人家位于修学院离宫附近，两年前游京都时，阳子偶然路过，感觉那真是壮观、高尚的纯和风建筑物，往内窥探，有一位像是住户的老奶奶邀阳子进去，还拿出日式点心招待了她。阳子说明后，又说后来还给老奶奶寄过感谢函、贺年卡，对方也都有回信。

一抵达河原町，阳子就跑进公共电话亭，查电话簿，然后开始拨打电话。哲之和老夫妇为了避免拥挤，站在路边，看着阳子不知在讲些什么。每当四目相接时，老夫妇都露出温柔的微笑对着哲之。哲之也同样回以微笑。阳子从公共电话亭走出来，对哲之说道：

"对方说欢迎我们去。"

"不会给人家添麻烦吗？"

"对方说不知道德国客人喜不喜欢，但不必客气，欢迎我们去。"

哲之拦了一辆出租车，请老夫妇上车。

"庭院中还有住家。仿佛《源氏物语》中的主人翁源氏之君，避人耳目要悄悄去会情人的地方，很棒的屋子哦！"

过了修学院离宫一点点，第四个十字路口。阳子要出租车司机向右转。道路沿着一条溪水清澈的浅溪，缓缓上坡。看不到像住家的屋子，一大片栗树和栎树林绵延不断。阳子让出租车停在高大的竹林前。

"这里吗？哪来的住家呢？"

"在竹林中呢！人家把竹林当做围墙。"

付出租车费时，夫人又把钱包交给哲之。哲之为谨慎起见，向出租车司机要收据，连同找回的钱放回钱包内，再还给夫人。到修学院去的沿途中，有好几座吸引外国人目光的古寺，老夫妇并未显出特别的兴趣，只是呆坐车内而已。这对老夫妇的态度令人觉得纳闷,他们跟在阳子后面,往竹林蜿蜒的小径前进。从枝叶间照射下来的阳光,宛如无数炫目的线条织成的几何图形,老夫妇不时地驻足低声说话。每当老夫妇伫立时,哲之和阳子也会停下脚步,等待两个人再次迈步。瓦块屋顶的门大开,走出一位套着短和服、戴着四角形小眼镜的瘦小老婆婆,老婆婆可能因脚力退化而拄着拐杖。阳子赶紧跑过去,说道:

"无礼之请,真是对不起!"

"哪里的话!过着一年难得有客人大驾光临的孤寂生活,贵客临门感到非常高兴,接到你的电话后,我整个人都兴奋起来了。"

她的身体和举止确实就是老婆婆,说话的声音却相当硬朗。阳子先介绍哲之后,接着介绍德国老夫妇。

"我是泽村千代乃,欢迎大驾光临!"

老婆婆报上自己的姓名后,哲之才发觉自己还不知道德国老夫妇的姓名。翻开德语会话本,指着"请问贵姓大名"给两人看。老夫妇也才发现自己未报上姓名,边自我介绍,边和泽村千代乃老婆婆握手。两个人的名字都听不太清楚,只听得懂姓氏而已。因此,哲之对泽村千代乃说明道:

"好像叫什么蓝格的。我也听不懂德语,只听得出姓蓝格。总而言之,就是蓝格夫妇。"

"请不必客气,也不必太拘礼数。"

泽村千代乃对这对异国夫妇如此说道,并引导四位远到之客进入自己的宅邸。哲之问道:

"您是京都当地人吗?"

"住在东京的时间比较长。不过,经常会视当日心情而操京都口音。"

如阳子所言,那座约有二百多坪①的平房,都是由灰泥墙和桧木大柱子建造而成,简朴中有种庄严外观造型的宅邸,从扶疏的松树、椎树老树间就隐约可以看得见了。

"庭院约有二千三百坪。我喜欢任由花草树木自由地生长,可是先夫却特意千里迢迢聘请小堀远州流②的庭师来造园。隆起的草坪的对面往下,有一个巽池,旁边建了一个茶室。先夫过世后,已经没人使用,现在成为我睡午觉的地方。"

不知道老婆婆是不是完全不在意对方是听不懂日语的外国人,竟会说这些话给比自己年轻七八岁、装扮端庄的外国人听。德国老先生翻开《德日辞典》,指着"寺"这个字。哲之摇摇头,从德语会话本中找出"这是她家"的句子给夫妇看,两个人发出感叹之声。走过

---

① 1坪约为3.30平方米。
② 小堀远州流为江户初期的茶人、造园家小堀正一(1579—1647)所创之造园流派。

边缘长满青苔的圆形飞石，来到大门口，蓝格夫妇叫住哲之，拿给他一个信封袋。那是约定的导游费。他道谢后，就放进口袋。摸起来比一张百元美钞要厚，哲之冷不防觉得也许里面装了更多的钱。大门口有两名女佣正在等候。一名约年过五十、相当肥胖的妇人，另一名是约十八九岁的女孩，脸上罩着一股阴郁之情。泽村千代乃劝大家进去，蓝格夫妇比画着表示要到庭院看看。

"两个人想慢慢观赏吗？"泽村千代乃如此说着，命令中年女佣道，"接待他们到茶室去。从那里可以看到池子，雪见灯笼①上会有枫叶落下，是观赏景致的好地方。"

哲之让老夫妇看自己的手表，借助辞典的单词比画着表示现在十点多，请他们十二点时回到这里。蓝格夫妇用力点头，然后分别和阳子、哲之、泽村千代乃再次握手。野鸟在宽阔的庭院里四处散步，不知在啄什么，鸢从茶室附近飞起来。蓝格夫妇从庭院的高台往斜坡走下去，阳子和哲之走进了客厅。

"谢谢你每年寄贺年卡来。"

老婆婆由年轻女佣搀扶着跪坐在垫子上，看着阳子的脸轻轻点头致意。

"和第一次见面时相比，现在你成熟许多。"

"老奶奶气色很好，看起来比以前更年轻。"

---

① 一种三条腿的石刻灯笼。

阳子的话让老婆婆露出笑容，连忙摇摇满是老人斑的手，说道：

"我相当注重养生，尽可能多走路，但是腿脚渐渐还是不管用了。"

床之间①壁上挂着一幅两只鹤伫立于雪原之上的卷轴，平台上放置着一个白瓷花瓶，瓶中插着一朵白茶花。阳子看一下哲之，垂下带笑的眼睛。哲之不知道阳子是否把无法以言词表达的事以这种方式传达给老婆婆，抑或是不知不觉中做出的举动。因为感受到老婆婆的视线，哲之也无法以笑容回应她。但是，一时之间又找不到话题，只是伸手翻搅口袋找香烟。阳子说道：

"蓝格夫妇运气真好。这么出色又安静的庭院，整个京都找不到第二个了。"

"刚才我所称的先夫，其实并不是我的丈夫。"

泽村千代乃开始讲述往事。

"他的姓名姑且不说，是建造这宅邸的人，在东京有妻子儿女。长话短说，我是人家的妾。他死前三年，几乎都不回东京，一直住在这里。"

"啊……"哲之只能如此回应，继续听老婆婆说。

"因此，在他过世时，真是闹得一团乱啊！总而言

---

① 和室建筑中，比地板高出的部分，平台上可放置花瓶，墙上则有可挂画之处。

之,光这块土地和宅邸就够麻烦了。对方说这些应该由她们继承,而遗书上却写着修学院的土地和宅邸统统要让给我。不过,要接受这些赠与,后头才是真麻烦。光是赠与税就是一笔让人昏倒的大金额,甚至让我想把这些归返给正妻。朋友劝我万一实在没办法妥善处理,不如卖掉……"

老婆婆说到这里,话题突然一转,自言自语道:

"结婚那么久的夫妇,仍能如此恩爱结伴到国外旅游,真是太幸福了。"

哲之和阳子相视而笑。哲之把香烟盒从口袋抽出时,连同刚才蓝格夫妇给的信封袋也拿了出来。再次摸一摸,感觉信封内装的东西比第一次摸的时候更厚。

"蓝格夫妇说要给我一百美元,这信封袋很厚呢。"哲之对阳子如此说。

阳子看看信封袋后,说道:

"说不定是十元美钞十张啊。"

哲之把信封打开一看,确实装了比十张更多的钞票,每一张却都是百元的新纸币。

"这……这是什么意思呢?"

哲之把钞票放在桌上,看着阳子和老婆婆。然后把钞票拿起来数一数,不止十张。

"两千美元以上。"

阳子再往信封袋内看一次。有一张四折的薄纸,上面用德文密密麻麻不知写了些什么。

"蓝格先生弄错了吧?怎会把这交给哲之呢?"

哲之认为装着一张百元钞票和装二十多张百元钞票的信封,怎会弄错呢?哲之看着同样以疑惑的眼神落在那叠钞票上的泽村千代乃。哲之和老婆婆四目相接,彼此短暂相视后,哲之慌张地站起来。同时,老婆婆呼叫女佣的声音,也在寂静的宅邸内响了起来。

哲之跑到擦得光亮的长廊,鞋子也没穿就从大门冲到通往庭院的路上。踩在刚修剪过的草坪上,草尖刺在脚底,他依旧以最快的速度跑过平缓的绿丘。野鸟因受到惊吓而飞了起来,鸟叫声四起后飞往高空。终于看到巽池和茶室了。池水柔和地闪着光辉,反射在茶室墙上和小纸门上,看起来好似黄色的云朵。他在茶室前绊倒,跌了一跤,腹部重重地摔在地上。哲之大声呼叫道:

"蓝格先生!"

哲之打开茶室的门,飞奔进四张半榻榻米大的室内。东向的素朴茶室里,小门上有大小两扇窗子,北侧有下地窗[①],和煦的阳光透过纸门洒进室内。德国夫妇伸长脚并坐着,脸色苍白地对着哲之,手上不知拿了什么东西,急忙放进口袋里。

"你们打算做什么?若要观赏庭院,应该打开窗子才

---

① 为保持竹子或苇草原状而镶在墙壁上的窗子,通常用于茶室。

对啊！口袋里藏了什么东西？"

哲之的日语，蓝格夫妇理应听不懂，两人却以清澈的眼睛，默默地注视哲之。刚才的笑容不见了、脸颊的血色消失了，宛如病人般没力气，动摇的神情在蓝色眼球中闪烁，哲之看得都入神了。哲之把自己的手掌伸到老夫妇眼前。表示要他们把口袋里的东西拿出来。但是，老夫妇一动也不动，依然只是注视着哲之。

不久，传来不知是谁的脚步声。原来是阳子和接待德国老夫妇到茶室的中年女佣。女佣确认老夫妇平安无事，又跑回宅邸。阳子跪坐北侧下地窗之处，说道：

"哲之也坐下。"

哲之把三扇窗子全打开。泽村千代乃拄着拐杖，由年轻女佣搀扶着，从草坪坡上走下来。后头跟着中年女佣，她手里拿着那个装钱的信封袋。

"我进到茶室时，两个人慌慌张张不知把什么东西藏在口袋里。我要他们拿出来，可是……"

泽村千代乃把装着两千多美元新钞票的信封袋，默默地放置在蓝格夫妇面前。

"语言不通，真是伤脑筋啊！"她自顾自地嘟囔后，对年轻女佣说道，"请熊井先生过来吧，若不在家中的话，打电话到公司去。他说过星期日也得到公司去处理杂务。把事情的经过简单说明一下，请他立刻过来。你不要磨磨蹭蹭，要跑着过去！"

她以严厉的语气,命令年轻女佣后,又招手要中年女佣过来。

"好久没泡茶了。对不起,帮忙起火。然后,把今烧①的赤茶碗拿过来,在我房间的橱柜里。"

两名女佣一走,泽村千代乃就走到床之间前,手上捧着香炉。

"熊井是死去的宅邸主人的外甥,现在自己开了一家小贸易公司,以前在某家商社上班,曾被派驻德国七年,应该可以和这两位好好谈一谈。"

"对不起!"

泽村千代乃露出笑容,对说话微弱无力的阳子说道:

"阳子小姐不必道歉。"

她话说完后,注视紧闭双唇的蓝格夫妇,说道:

"在这里的任何人,都没必要道歉。"

此时,中年女佣搬炭火进来,茶釜里也加进水。

"点香吧。"

哲之听到泽村千代乃的话,关上窗子,请蓝格夫妇面对茶釜,老夫妇乖乖地转过身子。

"这香是很久以前某人的馈赠品,是闻名的'花橘'名香。"

---

① 相对于传统作品,以新手法制作出的陶艺品。通常指千利休时代的乐烧等。还有庆长年间(1596—1615)的茶罐、黑茶碗等也称今烧。

坐在泡茶位子上的泽村千代乃,挺起脊背,眼睛对着茶釜内看了一会儿。哲之对茶道一窍不通。但是哲之感觉泽村千代乃之所以要泡茶,是为缓和蓝格夫妇的心情,并希望这对外国夫妇能把自己的心事说出来。花橘之香,淡淡飘浮在四张半榻榻米大的茶室内。哲之心想,老夫妇刚才手上握着的东西可能是毒药吧?若晚个两三分钟的话,恐怕他们俩已把药吞下去了。他的眼睛扫过茶室。哲之觉得小金若被钉在这茶室的柱子上,也一样可以活下去。泽村千代乃把赤茶碗拉过来,用手从茶袋中取出茶来。除了学过茶道的阳子外,其他三人对于茶道的礼数一概不懂,虽然不习惯起了许多泡的绿色温汁液,但他们还是一饮而尽。

一结束,泽村千代乃突然冒出如此一句话:

"真是孤寂!如此孤寂的茶道,一定令人觉得死亡是一件很诱惑人的事。"

她喘了一口气后,又加上一句:

"这两个人没有死在这里,也一定会在别处达成目的吧!今天就当作是离别之茶吧。"

"为什么会有这样的想法呢?"

对于哲之的问话,泽村千代乃什么也没回答。哲之把放在榻榻米上装着美钞的信封交给蓝格先生。蓝格抽出一张,放在哲之膝上。从茶室窗户对面传来年轻女佣的声音:

"熊井先生来了。"

"请进！"

一位身材矮小、圆脸、感觉非常精明能干、年约四十四五岁的男子，跪坐在茶室入口处。泽村千代乃把一直夹在和服带子间的那张写着密密麻麻德文的纸交给熊井。熊井快速阅读的过程中，蓝格夫妇一会儿不安地相视，一会儿又看向眼前这四个日本人。

"总之，我把所写的事讲出来吧。"熊井先生说，"我菲力特比·蓝格和妻子贝贝莉·蓝格，首先要为我们带给许多善心而不知名的日本人士如此大的麻烦而致歉。我们死后，请通知我的儿子。总之，用这些钱将我们的遗体烧掉，若是我儿子不愿来日本，拜托把我们的骨灰送到以下所载地址。我们的尸体是否需要做病理解剖，完全依照贵国相关人士的决定，我们是因氰酸钾致死，可由自己的手来证明。我们都是自愿喝下毒药。我们决定共赴黄泉之事，曾经多次商讨。两人一致同意要死在东方某处宁静、美丽的地方。所以把房子卖掉、家当卖掉、仅有的珠宝和车也卖掉。虽然，那是一笔相当大的金额，我们把其中的三分之一送给两位金钱上有困难的朋友，三分之一捐给圣神所在的教会，剩余金额则充当来东方的旅费。信封中二千五百美元，这是最后剩下的钱，请用它来处理我们的后事。最后，再次向带给许多善心而不知名的日本人士如此大的麻烦而致上衷心的歉意。神啊！请赐给这些人永远的幸福。"

泽村千代乃听完后，脊背一伸、胸部一挺，一股不像年过八十的老人的活力从发际、肩膀一直散发出来，她依旧默默地看着眼前的茶釜。老婆婆突然露出微笑。乍看之下，那微笑好像充满温和、慈爱，哲之却看到了骨子里无可言喻的恐怖和残忍的恶意。他毛骨悚然地等待泽村千代乃将说出的话。

"已经死过了。他们两人在我家的茶室已经达成愿望了。这样跟他们说。"

熊井把泽村千代乃的话翻成德语，告诉了蓝格夫妇。蓝格先生陷入短暂思考中，好像并不太明白泽村千代乃话中的意思。

"茶道，是一种可以窥见生死的仪式。茶道，和你们所信仰的神一样。我认为茶道也是一种宗教。身处茶室时，主人和客人都死了。离开茶室后，才又重生。因此，从这里出去后，尽管不愿意，也得活下去。"

蓝格夫妇聆听着，熊井以流畅的德语为他们说明。这对西方老夫妇，对于泽村千代乃话中的意义到底理解多少？不得而知。不过，蓝格先生不时地点头，听着熊井的话。

"我们回到宅邸吧，让熊井从两人口中，慢慢问出更多的事。人，就像突然想死一样，也会突然想活下去。"

哲之和阳子扶着脚步有些不稳的泽村千代乃的两胁，

走出茶室。野鸟又飞回来了，在庭院的草坪上四处鸣叫。雪见灯笼的周围，火红的红叶散落，从枝叶间射过来的阳光照射其上。走到庭院隆起处时，泽村千代乃嘟囔一句："来晒晒太阳吧！"接着便坐在草坪上，抚摸着有些痛的那只脚。然后，和阳子、哲之三人看着茶室，说道：

"我和那个人，大约五十年前，在某次茶会相识。"

"那个人？老奶奶是说您的先生吗？"

阳子一问，泽村千代乃混着笑声，说道：

"不是先生，是老爷、是主人哦！"

"那是在我三十二岁的时候。那个人花掉不少钱，买最出色的茶具送我。那全都是些有名的茶具。壶、茶碗、茶勺、茶釜。刚才那个霰釜，也是其中之一。不过，他却是一个对茶道完全不通的人。千利休是谁？那时代有名的茶人如何？这只是些没什么大不了的常识而已，不过像他那么拙劣到什么都不懂的人倒也真少见。只要是对茶道稍有涉猎的人，都会谈及千利休何以自我了结生命这件事，好像不去碰触这话题，就称不上是一个茶人。那个人如此，我也是如此。对于千利休的死，众说纷纭。有说是对丰臣秀吉讽刺、有说是挑战……但是，直到最近，说最近也已是两年前，我终于才明白。"

刚才泽村千代乃那不可捉摸的微笑又在哲之的脑海里浮现了出来。他对于茶道也是一窍不通。只知道千利休是丰臣秀吉时代的茶人，后来自杀而亡，泽村千代乃对于千利休的死，到底知道些什么呢？他有一种想听的冲动。不过泽村千代乃对这个话题完全不再言及，只是眯着眼睛看着耀眼的巽池。

"利休为何会死呢？"

就在哲之想开口的同时，阳子先问道。泽村千代乃才说出自己的想法。

"无论丰臣秀吉如何君临天下，到底是一个出身贫贱的农民，利休哪会畏惧他呢？哪会把他看在眼里呢？两年前的某一个清晨，我很早就醒过来，突然很想泡茶。由于女佣还在睡觉，只好自己烧炭起火，拿进茶室。我忘了是用哪个茶具，只有茶碗还记得，就是刚才的今烧赤茶碗。我独自一人跪坐在黎明前的茶室里，注视着茶碗。从二十岁开始学习茶道，已经过了六十多年的我，到底看出茶中有什么呢？那时，我猛然觉得茶就是绿色的毒汁。与其说是毒药，不如说是看到了死亡也许更贴切吧。那里有死亡，我却在旁边活着。想到此处，我认为很久以前，利休早就发觉这件事了。茶碗中有死亡，活着的自己不但喝、也让客人喝。那种事重复了好几千遍、好几万遍的茶人，尤其像利休这样的茶人，没有不领悟的道理，也就是所谓死的秘密。因此，对利休而言，所谓茶，在不知不觉中已成为一种宗教。"

泽村千代乃说到这里就停了，不知在沉思着些什么后，又以平静的语气继续说下去。

"但是，这些领悟却说不出口。因此，利休只能以自己的死，来确认自己领悟到的死的秘密。如此一来，利休除了以自己茶道的程序来完成外，别无他法。秀吉的切腹命令，对他不过是一个借口而已，喝下自己泡的茶，有如无数武将赴死战场般，适得其所。利休为证明无法对人言及自己对死的觉悟，所以就去死。我认为应该是如此。那是两年前冬天的黎明，当看到眼前赤茶碗中的死亡时，我确实这么认为。从此以后，我就在茶室睡午觉。如此一来，我愈来愈明白了。睡觉时的我就是死。醒来时的我就是生。无论如何，两者都是同样的我。生死、生死、生死……利休以死来看透这件事……"

对自己不自知中变得亢奋起来而觉得不好意思的泽村千代乃，对着哲之和阳子笑了出来。那笑声，让哲之觉得蓝格夫妇和熊井所在的茶室就像一座有屋顶的优雅坟墓。哲之又想起自己所做的那个不可思议的梦。自己变成了一只蜥蜴，那个好几百年反复在生死之间的梦，和泽村千代乃的解读或推理，有很强的连结。哲之认为对于饲养小金已经变成自己理所当然的日常生活这件事，也该是有一个决定的时候了。凝神一看，庭院周围的朴树和楮树枝叶摇曳，每摇动一次，叶子就随风飘零。他想等到明年春暖人间的时候，就把小金身上的钉子拔起来。因为现在就拔的话，有新伤口的小金，恐怕会因为难耐严冬的寒冷而死去。

茶室的门打开了，蓝格夫妇和熊井走了出来。

"现在几点？"泽村千代乃问道。

"快十二点了。"

"我订了京料理，快送来了，正是时候，那家料亭的便当，分量正好又十分美味，很适合夫妇两人现在的身体状况。"

泽村千代乃说完，站起来把粘在和服上的枯草拂去。蓝格夫妇站在巽池边，两个人始终凝视着水面。熊井爬上庭院斜坡，把两个小纸包交给泽村千代乃。

"氰酸钾。"

"竟然愿意交出来。"

"若有心寻死，要找多少种死法都有的是。不过，我告诉对方，我们无法让他们拿着这东西走出茶室。"

熊井向着宅邸大门一边走一边做着说明。

"询问过理由吗？"

"听说他们有一个独子，在慕尼黑当律师。这对夫妇在距离慕尼黑约一百公里的郊区买了一栋房子，靠着养老金过日子。夫人说媳妇讨厌她，先生则耸耸肩膀，说儿子讨厌他。虽然只相距一百公里，儿子媳妇两年之内没来过一次。如果碰到什么事，就以电话解决了事。我想双方各有各的理由吧。但是，再问下去，对方却什么都不肯说，只好作罢。"

"家家有本难念的经。"泽村千代乃说道。

"蓝格先生还说不知道是妻子会先死还是自己会先死，反正总有一个人得孤独地过完余生，一想到那时的寂寞、孤单，简直无法忍受。"

"你写一封信给他们的儿子吧，既然是律师，经济上不致有什么困难吧。把事情经过讲述一下，告诉他，他的双亲想在日本寻死，看他有何打算。"

"您要我写信，我立刻就可以写。"

"除此之外，还有什么办法呢？两人的房子、家当全卖掉了才踏上旅途。现在只剩下两千多美元而已，连买回国的机票钱都不够。即使回国，也只能在儿子家落脚了吧。"

哲之一边听泽村千代乃和熊井的交谈，一边忽然想起老婆婆在茶室说的话——这两人没有死在这里，也一定会在别处达成目的吧。今天就当作是离别之茶吧。——尽管如此，泽村千代乃并不希望让两个外国人去死。他觉得茶室的话也好，刚才对利休之死的想法也好，都令人感到恐惧。年轻女佣告诉主人，午餐已经送来了。

"我去叫那两个人。"

话一说完，哲之往巽池那边小跑过去。蓝格夫妇听到脚步声转头一看，对哲之不知说了什么话。好像是道歉之类的话。哲之比画着告诉他们午餐已备妥，两人含着歉意相视了一眼，说道："Danke！Dankeschön！（谢谢!）"

大家坐定后，看到日本料理，蓝格夫妇不知询问了熊井什么事。

"高野豆腐，怎么翻译才好呢？"熊井歪着头苦思。

泽村千代乃露出笑容，说道：

"只能用发音说'高野豆腐'，否则还能说什么呢？"

午餐结束后，女佣端来了香瓜。熊井和蓝格夫妇聊了一会儿。

"蓝格夫妇说不但给大家造成了那么大的麻烦，还受邀吃了这么美味的日本料理。他们没死，一定是神不允许他们如此做。一次没死成的人，已经不会再死了。请不必担心。"

熊井说完后，泽村千代乃看着香瓜，用汤匙把香瓜送到嘴里，说道：

"问问他们，要怎么回国呢？"

蓝格夫妇没有回答。泽村千代乃突然抬起头，以严厉的眼神对着蓝格夫妇，说道：

"真是寂寞啊！为何人生的最后，变得如此寂寞呢？人到底是为何而生的呢？"

熊井将此话翻译成德语，蓝格先生把松掉的领带调整了一下后，以平静的语气开始诉说。熊井以几乎同步的速度翻译道：

"我也这么认为。从工作岗位退下后，在乡下买了一间小而舒适的房子时，我认为今后自己将开始一段新的人生。但是，所谓新的人生，又是什么呢？自己已经是过时的人，这种想法很快在我心中产生了。我出生在贫穷的家庭，高中毕业后就去当印刷工。其间，遇到了世界大战，我曾和法军、英军打过仗。虽然我没看到，但是我射出的子弹，一定打死过好几个人。德国战败，苦难的时代不断持续。我是在那时和妻子相识的，而后开始一起生活。不久，原来的印刷工厂重建，我又回去了。十年之间，我都在排列那些黑而脏的铅字。后来，机械夺走了我的工作。我坚持要我可爱的儿子当一名医生或律师，我希望他从事只有人才能担任的工作，而且是受人尊敬的工作。儿子相当抵触，儿子说他希望当厨师。我坚决不允许。虽然我的收入不多，仍替儿子请了家庭教师。现在回想起来，儿子也真是顺从啊！尽管抱着不满，仍然完成了我的梦想。不过，那是我的梦想，不是他的梦想。儿子带着女友来家里时，我和妻子都没看上那个女孩。可是，我认为至少应该给他选择自己妻子的自由。无论律师的工作，还是他的妻子，都让儿子整个人变了样。儿子是一个温和而心地善良的人，为完成律师的工作，经常让他伤透脑筋。美丽、奢侈、爱慕虚荣的妻子歇斯底里，使得他每天都喝得醉醺醺的。每当儿子一喝烈酒，就对我怒吼说至今他仍想当厨师。不喝酒时，他根本不是那种会乱吼乱叫的人。有一天，我对儿子说：'以后再也不要见面了。'那时我是真的这么想。从此，儿子再也不回来看我们了。那时我和妻子都已七十六岁，不可能再有什么新的人生。若想追求新的人生，只有死这条路！不知何时开始有了这种想法，今年春天，有两个儿时的老朋友相继过世，这好像在催促我似的，有很多孤寂的老人，只是在等待而已。我开始害怕等待，我认为与其等待，不如自我了结吧。妻子很害怕，我最终说服了她。我们已经活够了。无论哪一方先死，另一方都得孤单地过活，这才是更可怕的事，不是吗？"

哲之忽然想起现在可能正在店内清扫的母亲，想起母亲瘦弱的身体。因此，没发觉泽村千代乃正在对自己说话。阳子提醒后，他才慌张地看着泽村千代乃的脸。

"打电话回饭店，就说蓝格夫妇今晚要住在京都。回到大阪又是一阵折腾，不如让他们今晚就在这里好好过一夜吧。"

蓝格先生拼命做手势推辞，但是泽村千代乃说道：

"因为给我们添了麻烦，所以有义务听我的话哦！"

由于她这句面带微笑的话，蓝格夫妇才悄悄地卸下肩膀的重担。哲之觉得与其打电话，不如直接回饭店，把事情向岛崎课长报告比较适当。他把这个想法告诉了泽村千代乃。

"虽然有些麻烦，不过这样做应该比较妥当。"

哲之和阳子走出泽村家大门，下坡道时拦下一辆出租车。开车途中，阳子精疲力竭地把头靠在哲之的肩膀上。

经常闻到的古龙水，已经变成日晒的味道。哲之很想拥抱阳子，几乎要忍不住了。他说出了两人之间的暗语：

"小金正在呼唤。"

哲之觉得一定会被认为太离谱而遭拒绝，谁知阳子竟然低声道：

"嗯，没关系！"然后握住哲之的食指，"傍晚到大阪就可以吧！"

虽说阳子看上去无精打采，却明白表示自己的需求，还故意做出含糊的回话。

入夜，宾馆的霓虹灯招牌伫立在对面整齐的街道上，五颜六色的灯光投射在家家户户的屋顶和街树上。哲之要出租车司机停车。

"不是说好要到河原町吗？"

司机故意紧急刹车地停下车，从后视镜斜眼看着哲之。哲之心想，在哪里下车，难道不是客人的自由吗？

"对不起！忽然想起朋友家就在这附近。"

哲之解释着付了车费。为何每个人的心中，都充满了杀伐之气呢？街道污秽不堪，闹哄哄的，每个人都易怒、焦虑。司机咋一下舌头，找完钱，将车子疾驶远去时的那张不幸福的脸，一直持续在哲之的脑海里。

"好累啊！不知道怎么了，所有一切都觉得讨厌。"

"因为小金正在呼唤的关系啦！"

阳子的脸在秋阳照射下，看起来比平日更加美丽。阳子所具有的那种不可思议的丰腴，到底是什么呢？想到一半的哲之，竟觉得没自信可以让阳子幸福。

"大白天被人家看到进出宾馆，会觉得讨厌吗？"

"但是，现在哪有时间回哲之的公寓？"

哲之默默地看着自己脚边的落叶。

"小金正在呼唤……"阳子低声说道，拉起哲之的手。沿着寺庙墙的道路左转而行，就通到宾馆的大门。道路对面有一群像是初中生的男孩，穿着溜冰鞋玩得正起劲。其中一个看到了哲之和阳子，就鼓噪道：

"喂！要进去了，要进去了。"

两个人一进去，就听到猥亵的话语混着呼叫声。有一个男子出来嘟囔道：

"这些小鬼，每次有客人进出，就在那里瞎起哄！"

他让哲之和阳子站着等，自顾自地跑出去。

"喂！不准来这里！"

"爱在哪里玩是我们的自由！"

听到男子的跑步声和溜冰鞋在路面上划过的声音，哲之和阳子面面相视。阳子露出微笑，哲之也报以微笑。

"让你们久候了。"男子一回来先打声招呼，拿出两双拖鞋，并排摆好后说道，"我们这里白天一直到六点，无论几小时价钱都一样。房价有三千日元、四千日元、五千日元。请问您要哪一种？"

他好像菜市场的鱼贩和客人在讨价还价似的,语调活泼又开朗。

"若是四千日元的房间,房内有浴室。"

"那就四千日元的房间好了。"

哲之一回答,男子就敞开嗓子大叫道:

"请接待到四千日元房间!"

原本以为这么一叫,会有接待的人出来,没想到那男子拿着房间钥匙从前台出来,自己跑去按电梯。一进房间,男子跑去敲敲浴室的镜子、敲敲墙壁,再猛摇挂在墙上廉价复制画的画框,说道:

"没有任何可以窥视的装置,请放心!"

话一说完,就从胸前的口袋里抽出一张名片,上头印着"间多喜太郎"。哲之看着名片上的文字,问道:

"怎么念呢?"

"MATAKITAROU[①]!"

"咦?"

"名字叫'再来吧'。"

"这不会是本名吧?"

"当然不是,如果把我取成这种名字,我会恨死我爸爸。"

男子走出房间后,对着两人露出笑容,说道:

---

① 此读音和日语中的"再来吧"同音。

"请再来吧!"

皱着眉头一直看着名片的哲之,听到阳子忍了好久的笑声。阳子仰躺在床上,两手捂着嘴巴一直笑个不停。哲之也忍不住笑了出来。他倒在阳子身上,要她一起冲澡。阳子继续一边笑,一边说烫过的卷发会弄乱,所以不要。只要不打湿,不就可以吗?哲之执拗地要求道。阳子不再笑,眼睛一直注视着距离不到五厘米的哲之的眼睛,双手勾住哲之的头。然后,轻轻地说道:

"我会变成怎样呢?"

有一个微弱的声音,听不出是从头上、从隔壁房,还是从走廊传来的,把哲之和阳子寂寞地包围住。让人出汗的暖气,勉强把两个人表现于言词和表情的不安给压住了。

"不知道。连一小时后的事也不知道。"

好不容易才回答一句话,哲之把阳子的头侧贴着自己的额头。

"我想对方是怎样的人都好,若没有长相厮守的心,女人结婚就没任何意义了。"

阳子把自己的嘴唇靠过去。嘴唇分开后,问道:

"哲之,你坚强吗?"

"我……很弱。"

阳子再次把嘴唇靠过去,在哲之的嘴唇上亲来亲去。

"哲之会活很久吗?"

"好像会早死。"

"很会存钱吗?"

"我最不在行。"

"会花心吗?"

"也许会吧。"

哲之并非是在开玩笑地回答,阳子好像也很清楚。她起身问道:"热吗?"

"当然热。这里原本就是该裸体的地方啊!"

"MATAKITAROU……"阳子说着就走进了浴室,正在脱衣服的模样映在毛玻璃上。不久,听到冲澡的声音。哲之在床上脱光了衣服,走到阳子那里。他开心地看着脸向后仰,对着莲蓬头冲水的全裸的阳子。狭窄的浴室中很快充满了蒙蒙热气,飞沫溅到哲之的脸和胸部后往下流。他伸出双手,抓住阳子的腰,把她转向自己。抚摸着阳子僵硬的身体,以缓和她的情绪。

"我有黑痣。"

不管哲之在自己身上乱抹香皂,阳子以手勾住哲之的脖子,如此说道。

"我知道。屁股和心窝,好大一颗。"

阳子摇摇头,说在最秘密的地方。热水把两人的头发淋得一团乱。哲之和阳子坐在浴缸的磁砖上,冲着莲蓬头洒下来的水。哲之把阳子身上涂满香皂,用手掌替她来来回回洗好几次。无论哲之的手掌如何摆弄,阳子的身子毫不退缩。只是紧紧搂住哲之。哲之松开阳子的手,盘坐在浴缸后将双手贴着磁砖,告诉阳子她的身体到底有多美。阳子侧坐着,同样将双手贴着磁砖,听哲之说着话。哲之要她让自己看最秘密的地方那一颗黑痣。这可能是阳子有生以来第一次自己张开双腿,而且还得将身体向后仰。阳子依照哲之所说去做。果然看到那一颗黑痣。水气顺着流下来成为水滴,让那颗黑痣若隐若现,看起来好像小金的眼睛般。看起来就像小金在眨眼睛。他把阳子双腿合起来,抱着她说道:

"其实,我很坚强。"

阳子点点头。

"我会活很久哦!"

"我也很会存钱。"

"绝不花心。"

阳子每次都点点头。主动爱抚都是哲之,躺到床上后依旧如此。哲之将自己所知有限的性技巧全心地用在阳子身上。任由哲之抚摸的阳子闭上眼睛,感受这种无穷无尽的爱抚。

几小时后,两个人几乎同时想起了蓝格夫妇。刚才把别人的人生剧忘得一干二净,只沉醉在两个人的欢愉中。哲之和阳子精疲力竭地相互拥抱着,在欢愉中若隐若现的沉闷、落寞不断涌起。为何在最幸福的时刻会感到如此落寞呢?哲之认为完全是因为自己的贫穷。就算大学毕业、开始工作，微薄薪水中的大部分还得替父亲还债。即便如此，阳子坐在浴室的磁砖上，仍愿意依照他的命令去做。往后阳子只要想起今天自己的姿势，必定含泪脸红吧？不顾一切，让自己看到阳子的黑痣，表示什么呢？为何阳子边冲澡、边让自己在私密地方涂抹香皂时，身体仍然那般柔软呢？翻腾中的自己，为何对一动也不动的阳子有那么强烈的爱抚呢？哲之的心中，映出从大阪车站到自己公寓那条长长的道路的沿途情景：搭着那辆混着明亮红瓦色的电车前往京桥；从混杂着京桥车站的唾液、痰、呕吐物、烟蒂、泥沙、灰尘等形成一层厚膜般的月台上走下阶梯，往片町线月台而去；从行驶在老旧轨道线上的带着铁锈味的电车窗子，可以看到臭河川和工厂；起重机的噪声；漂浮在臭河川的油渍和沼气；无论曾经下过多少次车依旧让人觉得来到一个陌生街道的住道车站；忽亮忽暗的污秽日光灯；乡下恶少聚集的商店街，总是飘着一股大蒜味；总有人醉言醉语地站立在酒屋前喝酒；玩具行；成群的癞皮野狗；平交道；澡堂的烟囱。寒冷、暑热，同样一条路；同一造型的分租住宅的晒衣场，挂得长长的衣物；铁楼梯；然后是自己的房间。小金正在等待自己的那个房间。哲之把阳子紧紧搂住。

"头发弄得一团糟，妈妈一定会觉得奇怪。"

"就说京都下雨了，不就好了吗？"

阳子窃笑。穿上衣服,坐在梳妆镜前整理那头乱发。

两个人走到前台,那男子说道:

"啊呀!到六点为止,休息多久价钱都一样的呀!要回去了吗?"

哲之露出暧昧的笑,付钱给他。

"我年轻时,若和这种美女在一起,五小时、六小时都分不开。"男子说着,走到门口,向两个人招手,"现在外边没人。装作没事地走出来吧。"

哲之和阳子走到转角处,回头一看,那男子忽然举起手,弯下腰说道:"请再来!"

"我们下次来京都,真的再来这家宾馆吧。"哲之说道。

"记得带吹风机和卷发器。"阳子回答后,立刻满脸通红。

岛崎课长听完哲之的说明后,压低声音说道:

"哎哟!真是不得了啊!"

他立刻打电话到前台。

"不要让前台主任知道。"哲之说。

岛崎把话筒贴住耳朵,好像一副他"交给我办!"的样子,点了两三次头。

"井本课长,今天白天班吗?"

问过前台后,岛崎用手盖住话筒,向哲之说道:

"井本和我同期。他的口风很紧。"

说明后，闭上一只眼睛。井本好像来接电话了，岛崎只说"有点事要和你商量"，就把电话挂断。井本很快就来了。这位好像乡下小学教务主任一般有着一张严谨正直脸孔的前台课长井本，是饭店内外语能力最好的人，他的英语和法语之正统，有时还会获得外国客人真心的赞美。井本思考了一阵子，走出办公室又返回，说道：

"蓝格先生已经付清了今晚的住宿费。"他拿出一根烟来抽，嘟囔道，"今晚的住宿费还给他们吧。碰到那种事情，能省就省吧。"

说完后，好像有什么很大苦恼般垂下头。

"我还有老母在，八十八岁了，也一样和我老婆处不来。说来惭愧，上个月她自己说要住到西宫①养老院。那家养老院，倒也不算阴暗可怕，是设备还算完善的私立养老院。我既有种放下心中一块大石头的感觉，又感到自己非常不孝，心情复杂，总觉得忐忑不安。"

哲之正准备从员工出入口往阳子等待的咖啡馆走去时，岛崎课长追过来，拍拍他的肩膀，说道：

"有关是否在此就业的事，差不多该给我一个答复了吧？"

"我决定了。今后请您多照顾。"

---

① 位于兵库县东部、临大阪湾的城市。酿酒业、工业都发达，拥有美术馆和球场。

对方露出开心的表情，抬头看着哲之，说道：

"是吗？下定决心了吗？太好了。一切交给我就是了。"

岛崎说完，又急急忙忙地回去了。哲之在心中暗自默念着，只要十年。在这十年里，拼命工作，好好存钱，然后照父亲的话，自己去做个小生意。哪种生意才适合自己呢？得需要多少资金呢？完全没有一个谱，但是，两个小时前和阳子那不可思议的爱抚，让哲之现在充满了勇气。

阳子用店里的电话向泽村千代乃报告了饭店的处理方法。打完电话回来的阳子，全身无精打采。

"怎么啦？"

"说是写信太花时间，直接打电话到慕尼黑了。"

"他儿子要来接他们吗？"

阳子摇摇头。

"他说随他们高兴！'咔'一声就把电话挂断了。"

"就是让他们去死咯？"

"泽村老奶奶感到有些意外。我该怎么办呢？是我把蓝格夫妇带到她家去的。"

自己年迈的双亲企图在异国服毒自杀，已经没钱搭机回国，儿子却还满不在乎，世上有这种儿子吗？哲之推测蓝格一定隐瞒了他和儿子争执的真正原因。

"两点半打电话，西德和日本时差八小时，那边就是早晨六点半吗？但是，听老奶奶说，儿子讲话的样子好像醉得很厉害。等隔段时间还要再打一次，老奶奶是这么说的。"

"无论怎么醉，从日本打来那种电话，酒醉也该醒了吧？"

阳子没回答，整理着她那一头已经不卷的头发。

"我……好累啊！"阳子以似有若无的声音说道。

"回家好好睡觉，我送你到车站。"

"哲之也要回去了吧？"

"我想去看看我老妈。虽然偶尔会通个电话，不过已经好久没和她见面了。今天是星期天，老妈打工的店也休息。"

已经走进检票口，正要爬上往月台的阶梯时，阳子又跑了回来。阳子坚持要和哲之一起去。哲之心想，说来母亲和阳子已经很长一段时间没见面了。因为两个人是从御堂筋旁走到北新地的大马路，所以再到大马路西端的"结城"还有一段距离。密集于北新地的料理店和夜店，周日几乎都不开店，如果不是塑胶桶里装着发出臭味的脏东西，这一带简直就像废墟。时而可见西装笔挺、打着顶级领带的年轻男子无所事事地在周围游荡。那些拥有帅气外表的人，举止动作都洋溢出一种颓废和放纵。"结城"的二楼还亮着灯。哲之看了一下灯光，真想从明天起就能和母亲住在一起。婆媳关系中，若有一方比较聪慧的话，婆婆和媳妇应该就能和睦相处。他把自己的想法说给阳子听。

"我喜欢哲之的妈妈。"

天底下没有一个婆婆，打从一开始就想和媳妇吵架，应该也没有哪个媳妇希望和婆婆反目成仇。但是，婆媳能够和睦相处的却十分少有。哲之总觉得那就是构成女人这种动物的根源核心。

哲之敲了敲"结城"的窗子。母亲打开二楼的窗子，探头出来看。

"晚安！"阳子宛如对待亲密的好朋友一般，露出开心的笑容，一边跳一边挥手。

"哎呀！阳子，好久不见了。"母亲也开心笑着，关上窗子，过了一会儿，听到打开大门锁的声音。母亲对于自己来看她，到底有多高兴，哲之从毛玻璃映出来的动作就知道。母亲看到阳子，露出疑惑的表情。

"怎么回事呢？这头发……"然后，陪两个人上二楼，到自己的房间。

"等一下！我去泡茶。"

话一说完，母亲立刻又下楼去。

"不是跟你说过吗？把我的头发弄得像鬼一样。"阳子嘟着嘴巴，狠狠地瞪哲之一眼。

"我可没有叫你往头上冲水啊，阳子自己喜欢这样冲的啊。"

"话虽如此，那时候根本没想到会成什么样子……"

"都是'间多喜太郎'不好。那个大叔，害阳子想往头上冲水。"

哲之话一说完，觉得也许真是如此。那家位于京都下町角落的宾馆，飘浮着一股寂寞感。打开大门踏进宾馆时，瞬间的哀愁、老板充满善意的滑稽、靠着些微事物为媒介，以恐怖速度变化着人心。而影响人们那颗不可靠的心，竟是些愚蠢的事。每次沉浸在这种思绪时，小金必定会如反射作用般在哲之的脑海中浮现，尾巴左右摆动着。

"坐在那里，可以把脚伸进被炉里。"

母亲端着放置茶壶、茶杯的托盘进入房内时，对阳子说道。听了哲之母亲的话把脚伸进去的阳子，询问母亲厕所在哪里。确定阳子下楼后，母亲轻轻地敲了一下哲之的头。

"男人啊！立刻就……"

"什么事啊？"

"梳理得整整齐齐的头发，怎会变成那样？阳子不是那种邋邋遢遢就出门的女孩。"

"下雨了啊！"哲之顺着母亲温柔的语气，笑眯眯地回答。

"阵雨吧？"

"嗯。"

阳子回来了，啜着茶。哲之告诉母亲和阳子，毕业后的工作已经决定了。

"什么时候?"阳子露出讶异的神情问道。

"就在刚才。很久以前课长就劝我留在饭店工作,我一直下不了决心。反正,从哪个港出海都好,总之船就要出海了。刚才他要我给一个答复,我就决定了。"

"从哪个港出海都好,总之船就要出海了。哇!真是豪迈的说法。"

被阳子一揶揄,哲之不好意思地笑了。母亲严肃地说了声"恭喜"。她看起来比上次更瘦了,气色也更不好。踌躇好一阵子,哲之说希望能够和母亲住在一起。他想起阳子以前跟他说过,有间比较干净的公寓。

"虽然说是公寓,也是二层楼的房屋。一楼有一间六张榻榻米大的房间和厨房兼餐厅,二楼有一间六张榻榻米大和一间三张榻榻米大的房间,就在离我家走路过去只要五分钟的地方。"

听完后,母亲面带微笑,向阳子问道:

"阳子真的打算和哲之结婚吗?"

阳子点点头,母亲却缓缓地摇头。

"我若是阳子的母亲,绝对反对到底。往后的两三年里,我们得先还清债务才行。若没清还的话,是无法结婚的。孤儿寡母,没有房子,又有债务。若是我的话,怎么愿意把女儿嫁到这种家庭呢?阳子的双亲,应该也不会愿意把掌上明珠嫁到条件这么差的人家吧。"

阳子想开口说些什么,母亲制止她,继续说道:

"现在你就算已经下定了决心,两三年之间,或许会喜欢上别人,谁也不知道。"

哲之和阳子默默相视。

"有阳子这样的女孩愿意嫁给自己的儿子,你想我有多高兴!但是,光这样还不够,还得要有缘分啊。"

此时,母亲叹了一口气,哲之想起父亲生前喝醉酒曾说:"你妈妈年轻时真是漂亮。"这句话果真不夸张,母亲倾着那张端庄的脸,自言自语道:

"虽然大家都轻易就把结婚说出口,但所谓缘分,真是不可思议的东西啊!"

阳子的鼻尖开始泛红。哲之知道这是她要哭的前兆,慌张地想说些什么话,却是一句话也说不出来。阳子垂下头,低声哭泣。哲之心想,一定是母亲的话,把阳子一身的勇气给浇熄了。然而,事实并非如此。

"我已经租了那间公寓,没有告诉任何人。押金付了,房租也付了。毕业后,我和哲之都要去工作,和妈妈三个人住在一起。"

这下子,轮到哲之和母亲吃惊地面面相觑。

"押金都付了?你去哪里凑的这些钱呢?"母亲追问道。

"我从中学起每个月都有存钱,还有打工剩下的钱,不够就向横滨的表姐借。"

阳子的说话声因为哽咽而抖得听不清楚。母亲探出身子，拿出自己的手帕替阳子擦拭眼泪。阳子抬起头，闭着眼睛，像孩子般任由人家擦眼泪。

"我还好没生女儿。女孩一长大，到底在想什么？真是的……"

母亲站起来，从衣柜抽屉拿出储金簿，给哲之和阳子看。有将近七十万的存款。

"怎么存了这么多钱呢？"哲之问道。

"薪水实际拿到手有十一万多一点，不必交房租，也不必付饭钱，每个月存十万，就是这样。"母亲满不在乎地说道。

"啊！每个月只用一万日元过生活吗？"

"有时客人会给小费。其中有人会偷偷塞个一万、两万给我哦！"母亲吐一下舌头，继续说道，"从很早以前，我就以很会存私房钱出名。"

话一说完，又缩一下脖子。

"真会掉眼泪……"母亲感动地说道，又探出身子替阳子擦眼泪。阳子边擦，边咻咻地笑。虽然笑着，眼泪还是流了又流。

母亲也跟着哲之一起送阳子到车站。在阪急电车检票口和阳子道别后，哲之和母亲并肩走着，又想起蓝格夫妇。这几个月来，不！几年来，不曾那么拼命跑过。在网球比赛时，也不曾那么悲壮地追着球跑。还好及时赶到，还好两个人没死。哲之绝不认为当时让他们死了比较好。母亲突然停下脚步。哲之也停下来，看着母亲。

"虽然那女孩是大小姐出身，看来明天起就有本事拒绝人家来讨债了哦！"

母亲如此说了之后，哲之露出开心的表情，加上一句：

"像她那样哭哭啼啼的话，讨债鬼也会逃跑啊！"

9

自从进入十一月后,小金完全不吃不喝。哲之从小书架上抽出那本《日本的爬虫类》,翻到"蜥蜴饲养方法"的地方。书上记载着室内饲养应注意的事项,若不以红外线灯光代替日光浴,蜥蜴就会变得不爱进食。哲之曾读过一次,原本打算牢牢记在脑子里,却又忘记了。书上还写着,冬天只要一周喂食一次就够了。可是小金已经两周不吃东西了,哲之以为它吃腻了栗虫,跑到公寓后面杂草丛生的空地抓蚂蚁或蜘蛛回来喂它,小金只是眨眼睛,依旧不开口。

白天,哲之跑到百货公司电器用品卖场买来红外线灯,在饭店打工结束后,立刻小跑着穿过深夜寒冷的街道,一回到家立刻把红外线灯对着小金。哲之忽然想到用尺替小金量身长。小金从出现在哲之眼前至今,已经长了一厘米。

"小金被我用钉子钉住时,还只是个小孩呢!"

哲之对小金说道。他对小金说了将近三十分钟的话。宛如写日记般,把当天发生的事或自己的心事说给小金听,已经成为哲之的日课。哲之讲述着在电车上看到一身穷酸的劳动者带着孩子,以及他对孩子表达亲情的笨拙方式;在大阪车站内擦身而过的贵妇人,有张缺少生命力的侧脸;前台组的坏心眼;狂妄的客人给小费的粗暴态度;烧烤组有一个女服务生不时从远处飘来的眼神……就像写日记一样,哲之的言词里也掺杂着谎言。当他一发觉是谎言时,甚至有意随兴编造一篇小说,时而悲哀,时而激昂,时而愤怒。

"若没有阳子的话,我可能会喜欢上烧烤组的那个女孩吧。她高中毕业后,立刻从岛根县来到大阪的饭店工作。今天,厨师弄错,多做了一份里脊排骨,她包在餐巾纸偷偷拿来给我。我还明知故问:'干吗要给我呢?'她说是厨师给的。哪有这么回答的呢?不过,那小姑娘心知肚明,厨师为何会给她。虽然在烧烤组当女服务生,但她实在漂亮得不像话,只要稍加打扮,她可是一个大美人。"

哲之认为突然长时间照射红外线,对小金并不好,就把灯关掉了。

"睡觉前,再照十分钟吧。"

话说完后,铺好棉被,看着堆满书桌的毕业论文资料。猛然想起夏天将结束时,被大雨淋得湿透,独自走在御堂筋的那天。从阳子口中得知除自己之外，她另有男友的那一夜的情景忽然在脑海中苏醒。和那个石滨建筑师交往的阳子，吞吞吐吐说的话，哲之永远忘不了——若是没和哲之结婚，想嫁给那个人——在哲之心中，挥之不去的疑惑油然而生。虽然阳子否认了，但实际上她和石滨那男人曾经发生过肉体关系，难道不是吗？自从那件事之后，哲之和阳子的几次幽会比以前更浓情蜜意，也相约绝不再破裂，然而缠绵到最极致时，哲之的心中还是会突然涌现往事，伴随着某种卑鄙的忌妒。他想起蓝格夫妇，尽管这和蓝格夫妇事件毫无关联，不过每当忌妒和猜疑使得哲之的眼神黯淡无神时，就会想起选择死在异国幽雅庭院的茶室的那对德国夫妇毅然决然和无依无靠的神情。

"那两个人，后来不知怎样了？"哲之对小金说道，"他们的儿子终究还是来日本接他们回去了，不过我想他也不可能和父母亲在慕尼黑一起生活吧，不管是谁，还不是都一样心胸狭窄吗？哪怕多细微的事，当真能够付诸流水吗？小金也是这样吧？你会原谅我吗？"

心胸狭窄，虽然这句话是从自己的口中说出来的，但一想到阳子曾经移情别恋的事实，哲之就会因为被心中的创伤所操控而丧失理性，忍不住想象和石滨相互搂抱时阳子裸身的模样。

"因为我是男人，所以了解其他男人对女人的心思。

虽说衣冠楚楚，但对自己所爱慕的阳子连一根指头都不碰，叫我如何能够相信呢？不过，就算撕破阳子的嘴巴，她也不会告诉我的。"

哲之再一次打开红外线灯，让小金沐浴在灯光中，心里希望从阳子口中听到能够冰释自己疑惑的话语。不过，他明白无论怎样的话语都是没有用的。只要有疑惑，对方说什么话都不会相信。万一阳子真的坦承曾被石滨抱过，自己也还是离不开阳子。

虽然小金喝了水，那天夜里却没吃任何东西。哲之换上睡衣，熄灯后钻进了被窝。看着窗帘缝隙的朦胧灯光，哲之想到一个计谋。报复她！让阳子也尝尝和自己同样的苦涩。他要假装移情别恋，爱上别的女人，让阳子痛苦。那个美貌的乡下女孩，有意无意地展露的那对鼓起的胸部隐约浮现在眼前。

翌日，哲之比平日更早到了员工食堂。因为他知道那个烧烤组的中江百合子，比其他员工早一小时吃晚餐。百合子已和烧烤组的女同事一起吃完晚餐，正在洗碗。哲之把饭盛在塑料碗里，拿起排列在洗碗台旁的一小盘菜，用只有百合子听得到的声音问道：

"今天几点下班？"

"早班，八点就可以走。"

"八点半，在大阪车站等你。"

"……怎么了？"

哲之不想回答这种明知故问的问题，说道：

"等十分钟，你若没来，我就知道被甩了，也会死心。"

一说完，快步走回员工餐厅。他用筷子把裹得厚厚的马铃薯淀粉和馅分开，快速把只加进一点肉、胡萝卜和洋葱的八宝菜吃完，便回到大厅，站在靠近前台的定位上。哲之明年春天大学毕业后，将成为正式职员，大家几乎都知道了。往常对哲之使坏心眼的鹤田，最近态度发生了大转变，常对他讲些肉麻的恭维话。有时还会送哲之打柏青哥赢来的香烟。哲之对接待客人后返回的鹤田说道：

"今天让我提早在八点就走，可以吗？我伯父病重，恐怕只剩两三天。趁着还有一口气，我想早些去见个面比较好。"

其实，哲之的伯母还在，伯父早就不在了。

"真是伤脑筋啊！今天正好有美国团和中国台湾团，真是头痛啊！不过，碰到这种事，也是没办法。"

鹤田一副很为难的模样，但终究还是答应了。接着，他把并排站立的身体靠过来，说道：

"矶贝下个月就要调到总务部了。"

哲之一直想去探望因心脏不好而休息将近一个月的矶贝，却一直没去。哲之向鹤田问道：

"他康复了吗？"

"多少好些了吧。上面的人之所以把他调去办理总务，也是认为他担任服务接待的工作太吃力。"

哲之心想，这么一来鹤田应该可以高升当领班吧？

"其实，就他的年资还不够格当领班，若不是考虑到不能让他担任太吃力的工作，他怎么当得上领班呢？"

"谁是服务生当中年资最久的呢？"

"我啊！"鹤田露出原本该自己当领班，却因为矶贝体弱多病才让给他的表情。

"但是，矶贝比你年长吧？"

"不过，他是空降部队。"鹤田卑屈地歪着那张满是青春痘疤的坑坑洞洞的脸，喃喃低声道，"喂！井领君。我们两个人是同龄，以后要互相关照啊！"

哲之在心中暗道——我成为正式职员后，总有一天会爬到你头上去，但是不必担心，我不会以牙还牙的。

"不管是否同龄，先进来的还是前辈啊！"

鹤田露出开心的笑容，拍拍哲之的肩膀以示亲热。

七点半，大型观光巴士抵达，总计有七十名美国人聚集在大厅里。哲之掌握要领地从观光巴士上，把沉甸甸的旅行箱卸下来。刚开始时，外国客人，特别是美国人的行李，应该可以轻易单手举起的沉重行李，哲之用双手都提不起来。不过几个月下来，不知道是因为自己已掌握要诀，还是因为力气变大了，现在比以前能更敏捷地完成搬运工作了。鹤田告诉他，已经八点了。哲之到更衣室换好衣服，直奔大阪车站北口。他站在阪急车站的检票口和阶梯之间，等待着百合子。有一个挂着一串大念珠的老男人，正随着不知什么经的奇妙节奏起舞，不过几乎没有人停下来看他。大家都是瞥一眼，既没露出怜悯的表情，也没露出惊讶的眼神，只是擦身走过。

"你是一个温柔的自私者。"

那个人突然用手指着哲之叫道。好像还要说什么似的走了过来，哲之装作没听到，躲到车站内去了。等回头一看，那个人又回到原来的地方继续起舞。哲之不让那个人发现，又悄悄回到了原处，看到百合子穿过红绿灯走了过来。

"几点得回宿舍呢？"哲之向百合子问道。

"规定是十点，可是没人遵守。"

"大家都不遵守？"

"嗯。舍监关上门，就呼呼大睡了。从植栽可以自由地钻进钻出，大门的钥匙也偷偷藏在了三个地方。"

"三个地方？"

百合子带着在职场绝对看不到的某种艳丽，满脸笑容说道：

"大家都是共犯嘛。"

"原来如此。大家共谋，打三把钥匙藏起来咯？"

哲之和百合子并肩走到地下街，走在人群中时，哲之开始为自己这项报复计谋感到后悔。他发现比想象中还麻烦、难办。刚才那个人不知是否受到什么宗教的影响，一针见血地说出了自己的本性——你是一个温柔的自私者——确实如此，虽然没有更进一步的确认分析。但是，感觉那句简短的话语背后，有无数的训斥。小家子气、伪善、虚荣、胆怯，挂着比跳蚤睾丸还小的小聪明者，因愤怒、痛苦、忌妒、失意，很容易就动摇的愚蠢者。哲之自觉对阳子报复的心，起于自己姑息的自尊心，其实自己深爱着阳子。哲之和百合子并肩而行，比平常更强烈数倍地感受到自己对阳子的爱，正因为如此，所以要让阳子痛苦一阵子。尽管同意和石滨在饭店咖啡馆对决那天，阳子所说的话具有正当性——我才二十一岁啊！被男人奉承，会很开心、也会心动。这能说是坏吗？——轮到我把同样的话丢给阳子，让她知道纵使对方所说的话有正当性，也会令人受伤、哀痛。你是一个温柔的自私者吗？哲之在心中自嘲着，小金也认为我是这种人吗？

哲之和百合子进入一家咖啡馆。刚开始百合子显得很拘束，但渐渐从不着边际的谈话中慢慢融洽起来，哲之邀她下次休息天一起去看电影，百合子轻轻点头。

"下次休息什么时候呢？"

"后天。"

后天是周五，有三门非去不可的课。不过，其中两门阳子也选修了，她只要看不到哲之出现，就会去拜托其他男同学帮忙代点名吧。因为这些事一直都是阳子在打点。他注视时而装模作样、时而紧张地盯着咖啡杯看的百合子的脸。在近处看百合子,觉得她比在烧烤区口或员工通道偷看时更漂亮。眼睛的色泽带点茶色,鼻梁高挺,鼻型也美。不知什么时候,曾经在有关丝绸之路的摄影集上看到有西洋混血的中国少女,百合子身上就有种相似的气质。哲之从谈话当中得知百合子初中时就成为天涯孤女了。百合子告诉他,母亲在她五岁时过世,父亲也被龙卷风袭击而亡。

"龙卷风?"

"嗯,龙卷风。田园的后方有一间放着杀虫剂、肥料的小屋。因为台风快来了,爸爸怕小屋被吹倒而去上桩,没想到突然卷起一阵龙卷风,小屋被吹得支离破碎。木片刺进了脖子……"

"那时台风还没来吧!"

"嗯。突然卷起一阵龙卷风。我从家里的窗子,一直看着父亲和小屋被龙卷风吹垮。"

"兄弟姐妹呢?"

"没有。"

百合子说父亲在母亲死后又续弦,两个人没有生孩子。

"我讨厌我继母,她也不喜欢我。我来大阪后,她就回娘家了。我连一张明信片也没寄给她,她也一样。"

"看不出你是岛根县的农家女孩。"

"为什么?"

"你的脸看起来像是有白俄人的混血。皮肤白皙,轮廓又深，很漂亮！"

哲之倒不是故意奉承，只是坦白地说出来。百合子水汪汪的眼睛，想隐藏住心中的喜悦，却反而如实地流露出来了。哲之感到自己对此时的百合子有一种情欲，他认为只要自己有意，几周后她必定会成为自己的人。不过，他压抑住了自己的情欲。因为百合子是他的报复工具，只是要凸显阳子之外另有女人的任务。当他这么想时，百合子开口说道：

"你这样说，岛根县农家的女孩都要生气了。"
"为什么？"
"照你的说法，好像岛根县农家的女孩都没有美女。"

约好两天后中午在这家咖啡馆见面，哲之和百合子就在地下街的十字路口道别了。他比往常早四十分钟抵达住道车站。往常都会搭十一点零三分从京桥发车、开往四条畷的电车，然后走出住道车站检票口，在站前打公共电话给阳子。但是，这通从住道车站打出去、被阳子母亲戏称为"定期航线"的电话，哲之决定这阵子不再打了。首先，要做出明显可疑的行为，让阳子起疑心。明天到学校，阳子一定会问为何没打电话？我就用不自然的表情，撒一个立刻就会被戳破的谎话。譬如公共电话故障啦，刚好没零钱啦，阳子一定会说站前的公共电话故障，商店街也有公共电话，再不然平交道前方也有啊。另外，走过平交道，小烧肉店前也有……若没零钱的话，可以到车站售票处的机器换啊！以前不都是这样的吗？她一定会这样想。也许不只是起疑心而已，她还会开口骂人。到时我就做出不自然的表情，替自己辩解。就像我从阳子的言行立刻嗅出她有其他男人一样，她也同样会感觉到不安吧。想到这里，突然吹来一阵不穿防寒大衣就迈不开脚步的寒风，哲之转过黑暗的乡下道路，踏上前往一排排廉价建造的二楼公寓的归途。

哲之打开屋内的灯，看到小金四肢趴在柱子上。早上让它照了三十分钟的红外线，哲之以为它会恢复体力。他轻轻地敲敲小金的头，打开了红外线灯。外面突然传来敲门声，哲之被吓得整个人都变得僵硬了，只应声道：

"来了。"

一听到半夜的敲门声，背脊立刻凉得起鸡皮疙瘩，这是哲之无论如何也无法控制的反射作用。

"我是隔壁的仓地。这么晚打扰，真是对不起。"

是一个纤弱无力的女人的声音。他没打开门，从厨房窗子探出头去。

"什么事呢？"

"冰箱倒了，我扶不起来。"

哲之关上红外线灯，走到妇人的屋子前面。妇人瘦若枯柴，走路也不灵活，双手的手掌肿胀弯曲。整理得干干净净的屋内，飘着一股煎药的味道，有一只猫蜷曲在红坐垫上。原来她买了一个新碗柜，找不到适当的地方摆,打算把它放在原本放冰箱的地方,因此将冰箱往炉子旁挪,没想到冰箱下方的轮子生锈动不了,用力一推整台冰箱就倒下去了。妇人拘谨地说明了经过。哲之看看那台冰箱又不大,应该不需要帮忙,妇人自己就可以扶起来的吧。他弯下腰把冰箱扶起后,移到炉子旁,顺手帮忙把碗柜安置在原本放冰箱的地方。妇人眨着有如弹珠的眼睛,谢了再谢。虽然哲之一再婉拒,妇人还是泡了茶,拿出饼干摆在小圆桌上。哲之只好坐在妇人摆好的坐垫上,不吃饼干,光喝茶。

"您在煎什么中药吗?"

这么一问,妇人说近十年都为风湿痛所苦。她问哲之故乡在哪里,她以为哲之不知是从哪里来大阪读大学的学生。

"我是在大阪土生土长的。"

哲之这么一回答,妇人就没再问下去,踌躇一下后,妇人看着那只白猫又问道:

"我家的猫,没有跑到井领君的屋内大小便吧?"

"我的屋内?"

"夏天时,我有时看到它从井领君屋子的后窗跑出来。它好像会沿着水管,爬进屋内……"

夏天时,哲之每次回家一看到小金口干舌燥、一副病奄奄的样子,都会赶紧打开后窗,有几次忘记关窗就出门了。反正就算小偷闯进来,也没什么值得偷的东西。

"从来没有过。"

哲之在回答的瞬间立刻警觉到，那只猫进入屋内是冲着小金而来的。后窗没关就出门，随便一算就有二十多次。每次都把小金吓得发抖吧。哲之想到这里，不由得感到心痛。他回到屋内，打开红外线灯，看着大约在自己头部位置的小金。那只猫好几次以爪子攀住柱子，想跳上去吃掉小金，绝对错不了。凝神注视柱子，上面果然留下了好几道抓痕。在自己毫不知情的时候，小金一动也不能动，不得不忍耐那只猫执拗的攻击。小金到底有多害怕呢？想到这里，那句"你是一个温柔的自私者"又在心中响起。这句话化成各式各样骂人的话，如飞石一般击中哲之。对于小金的恐惧害怕，哲之感同身受。哲之想象自己是被钉在柱子的小金。那只白猫，从后窗跑进来。哲之想逃却无法逃。猫的爪子伸到快抓住自己的尾巴。不久，以爪子盘住柱子的猫渐渐逼近。那只猫滑落下来，又再次跳上来，爬上柱子。猫死心地走掉之后，哲之痛恨那个将自己钉在柱子上的人，痛恨那个喂水、喂食物给自己的人。但是，自己只能跟那个人要水、要食物。想到自己在这令人窒息的屋内，一直为恐惧和饥渴所苦，却死不了。自己到底为何而活呢？

哲之回过神来，打开装栗虫箱子的盖子。小金总算吃下一条栗虫。

"我一定要救小金。春天来时，就把钉子拔起来。也许会死,但我还是要把钉子拔起来。小金若因此而死,就不要再转生为蜥蜴,下次要转世为人啊。"

哲之当真是这么想的。这并没有任何理论,也没有任何生命科学法则,只是对生命一种漠然的不可思议所带给他的愚不可及的确信。这种确信告诉他,自己的背上也被插进了一根粗钉子。他的脑海里中浮现出母亲、阳子、矶贝、百合子,还有隔壁妇人、蓝格夫妇和泽村千代乃的身影。每个人的背后都插着一根钉子,哲之开始微笑。每个人都为钉子所苦,既不知道拔出的方法,也害怕拔起来的痛苦。虚无、谛观,让哲之丧失做任何事的气力。他缓慢地铺好棉被,牙也没刷就躺下去。哲之关掉红外线灯,又关掉屋内的灯,念着中泽醉心的《叹异抄》中的几段句子。

无论如何都无法修成正果的我,地狱是我应该前往之所。

欲望深重、可悯的我们,无论如何修行也逃不出生死之苦,心中持着这份悲哀,立愿当阿弥陀佛。因此,依靠阿弥陀佛的恶人是最容易往生的人。

依依难舍,婆娑之缘已尽,无力气之时,正是往净土之时。悲哀那不愿及早前往阿弥陀佛的人。

无论如何都无法修成正果的我，依靠阿弥陀佛的恶人，不愿及早前往阿弥陀佛的人……哲之认为无论哪个句子，都感觉不出有激励人活下去的意思。乍看之下，好像顿悟之语，抽丝剥茧后，发现这根本是放弃生存之人的诡辩而已。哲之对于煽动人家去死吧去死吧的人抱着憎恨。既然如此，人哪有不辛苦而能活下去的呢？干脆大家都去死好了，不是吗？所谓"彼土"到底是什么呢？那种净土，在哪里呢？给我看啊！纵使走到宇宙的尽头，找得到那种地方吗？其实，那地方自在我心中。我看过好几次。无论怎么逃、无论死几次，也无法逃出这宇宙之外。哲之曾经在电视上看到一位有名的学者说《叹异抄》成为自己活下去的寄托。但是，哲之怎么也感受不到那位学者的生气，反而让人觉得他有种软弱、不幸福的神情。所谓谛观，不过是在替代生存的积极性吗？简直就是知识分子脱口而出的一句话罢了，里面终究隐藏着诱人赴死的毒药。他凝视确实存在自己心中的虚无、谛观，决意还是要活下去。他心中的小金，闪着金色的光辉。好想念阳子，好想要阳子的身体。不要再演那种无聊的戏了！如此想着，他不由得去玩弄自己的下半身，开始自慰。总是玩一玩而已。但是，今晚成为哲之自慰对象的，不是阳子，而是百合子那尚未被他看到过的淡红色裸体。

翌日，哲之走进校园，不再绿油油的草坪上有一对他认识的情侣一起包在一件粗呢大衣内。他向那两个人投去嘲弄笑容的同时,听到了阳子的声音。他四处张望,并没看到阳子的踪影。今天罕见地来了很多同学。即将毕业的四年级,已经不能再翘课了,平日不常见的那伙人统统跑来上课了。他往大门方向回头,看了一眼距离最近的工学院校舍。又听到了阳子的呼叫声。看那一对躲在大衣内、坐着抱在一起的情侣的表情,他不由得会心一笑。因为他知道阳子躲在他们背后。哲之发觉自己在笑,赶紧收回笑容,走向草坪。

"喂!躲在大衣内做什么呢?这是很明显的猥亵行为。"他对那两个情侣说道。

"只是握手而已。"女同学回应道。

"这已经是性爱了。"

对于哲之的话,这次男同学笑着反驳道:

"躲在我们后面,娇滴滴地叫着'哲之'的声音,让人觉得更猥亵……"

阳子从两个人背后站起来,拿着教科书往男同学头上轻轻敲下去,她就把整个身子靠在哲之手臂上,把自己的手腕勾过去。

"喂!你们看起来好像生了两三个小孩了。"男同学说道。

"处女哪会生孩子呢?"

哲之的话,惹得那两个人哈哈大笑。哲之和阳子挽

着手走,果然不出所料,阳子问道:

"昨天怎么没打电话给我呢?"

哲之故意把视线转到他方,答道:"没有硬币。"

"去换不就好了吗?"

"只有千元纸钞,走了两三家店都被拒绝了。"

"我一直等到半夜两点,哲之从来没有这样过……"

"有啊,今年暑假不是有好几周没打电话吗?"

阳子松开手腕,停下脚步。

"为什么要讲这些?"

"我也是很想打电话给你,在商店街走来走去,想买个什么东西把钱找开。看到的都是一张张不情愿的脸,原本想买口香糖,气得就作罢了。"

说话当中,哲之已经决定如昨夜所想不再演戏,转过脸打算向阳子道歉。没想到看到的是阳子怒气冲冲的眼睛。

"说什么今年暑假有好几周,你这是什么意思?为什么这时候还在说那些话?"

为什么一触及那段空白期,阳子就会如此动怒呢?因为她和石滨之间,果然有不能对我说的事。这想法让哲之整颗心翻搅起来,心想我也来弄个几周的空白期。他默默地走进文学院校舍,爬上通往教室的楼梯。阳子也默默地离他身后五六步爬上楼梯,进入教室后,原本都会坐在哲之旁边的阳子,故意坐在离他很远的位子上。

今天，阳子穿着水色的连身洋装。快下课时，阳子经由好几个同学的手，传来"肚子饿吗？"的小纸条。没有好好吃东西，会让哲之的神经变得尖锐。以往也经常碰到阳子无理取闹，那种情形下，有时阳子也会先挂出免战牌。哲之只要笑着对阳子点个头，小小的战争应该就会结束了。哲之很想这样做。但在他的心中，对于比自己还在乎今夏空白期的阳子，所有的疑云已经无法消除。他没有笑着点头，而是转过脸自顾自地走出教室。他期待阳子会从后面追过来。哲之走下楼梯，经过昏暗的走廊，走出校舍。快走到大门口时，他竖起耳朵注意听，但是怎么也听不到阳子的脚步声。

抵达饭店后，换上制服，在替客人提行李、接待客人到客房的最忙碌时刻，哲之满脑子一再浮现当时自己丢给石滨的话，还有石滨那时的表情。——我边抱住阳子，边想象有一个叫石滨的男人，正得意扬扬往饭店走来，我笑了。——听到自己这句话，石滨也在心中暗自窃笑吧？哼，这混蛋。我可也是充分享受了阳子的肉体哦！仿佛有一个声音，带着真实感，几乎要震破哲之的耳膜，以致好几次和百合子擦身而过都视而不见。百合子并非没察觉，对于故意表现出冷淡态度，却又发出某种信号的百合子，哲之也没心情去回应她。快下班前一小时，哲之溜出饭店，用公共电话打给三位同学，拜托他们明天帮忙代点名。三人都问为什么阳子没来拜托呢？他回答说每次都由阳子去拜托，会被发现。其实，这怎么能算是回答呢？因为阳子之前经常替哲之拜托这三位同学代为点名。返回饭店大厅时，有一个中年客人抓住中冈的胸口大吼大叫，一身酒气，说话口气明显就是流氓。这个客人在八点过后带着女伴来投宿。因为是哲之接待，所以知道那客人两星期前预约住宿，住宿卡上记载着同行女伴——妻，美津子，连职业和住所都有。不过，他也知道这些都是骗人的。现在的哲之已经能一眼看出男女客人是否是真正的夫妻。那人不但把东京板桥区写成坂桥区，也不可能有一个画廊经营者一进房内，就对着挂在墙上不过三四千日元的复制画说道：

"真是一幅好作品啊！"

大厅里许多客人都露出惊讶的表情，停下脚步，急忙跑来的总经理彬彬有礼地请客人到办公室去谈。

"难道这饭店还养小偷吗？"

哲之来饭店打工以来，已经碰到过三个以同样宣称丢东西的手法来闹事的恶棍。总经理使眼神，哲之立刻到客房组拿了万能钥匙，来到十二楼那中年客人的房门前。一敲门，传来女人的应答声。

"听说您同伴的行李少了一件，请让我查看一下。"

"我现在没穿衣服。如果要查，等他一起来吧！"

哲之只好等饭店雇用的便衣警卫过来。警卫很快就赶过来，贴着哲之的耳朵说这两个人办理入房手续后，除了餐厅,哪里都没去过,说完便露出奸笑。

"这种手法,太老套了。"

警卫说完后,从长裤口袋拿出螺丝起子。哲之早就用万能钥匙把门打开。那女人急忙想躲进浴室,警卫抓住她的手腕。

"干什么?闯进女人的房间,要干什么?我要叫警察来。"

"这个人就是警察。"

"给我看证件!"她反击说道。

"如果遗失的行李没在房内找到的话,就给你看。"

警卫说完,走进浴室,用手背敲敲天花板。敲了好几次后,警卫猛抓住女人的头发,说道:

"怎么用这种笨手法?就算要敲诈,也得多用点头脑啊!"

浴室角落有一个排气孔,那是万一有什么东西故障时,可以容一个人爬进去的出入口。平常用四个螺丝把盖子锁住。警卫拧开螺丝,打开盖子,伸手进去把藏在里面的黑皮革手提袋拿出来。哲之拨打床铺旁的电话,把这件事告诉了前台。

"今后可能还会碰到,我告诉你这些人的贱招。行使这种诈术的都是一些好吃懒做的家伙。假装要出去,把行李放在纸袋拿到远处丢弃了。我们服务业碰到这种事,一点办法都没有。尤其在客人面前,饭店恐怕有损形象,只得捏着一把钱低声下气请对方收下来。至今为止，被逃得最久的是六天。警察不消两天，就可以逮住你们这种家伙。"

那女人哧哧地笑，躺到床上，点了一根烟。警卫得看着那女人，直到真正的警察赶来。哲之把房门开着，走出去将万能钥匙还给客房组的女职员，然后回到前台。大厅里已经恢复了平静，有一对像是新婚夫妇模样的人透过玻璃窗一边欣赏小小日本庭园里的人造小河流和水车，一边喝着一杯一千二百日元的橙汁。

"不会每次都是像今天这种笨蛋，今后不知还会有使用什么巧妙手法的歹徒出现。对于有点怪异的客人，大家要特别注意。"

听到总经理对前台组的伙伴如此说道。可能是因为被很用力扯住领带，中冈细长的脖子上出现几条红肿的伤痕。中冈以不高兴的语气对哲之说道：

"刚才有一个女孩来找你。我正在为那件事忙得不可开交，所以让她回去了。但是，不管如何，工作中跑到前台要找人，实在很麻烦。若不是有什么重大的事情，还是从后面的出入口走，可以吗？"

"那女孩是穿着水色的连身洋装吗？"

"不知道是否穿着连身洋装，不过，是水色。"

中冈摸着脖子的伤痕，因为警察已经来了，他就回到自己的办公室去了。哲之仿佛看到阳子走出饭店，往阪急电车检票口走去的孤单形影。写在小纸条上那行洋溢着爱到令人心痛的句子"肚子饿吗?"仍旧历历在目。但是,他被自己的忌妒心砸碎了。如同阳子所说,年轻女孩被优秀男人奉承而不心动者,不是很不可思议吗?这有什么不对吗?今夏那空白的几周,纵使阳子被石滨抱过好几次,到底又怎样呢?阳子并非圣女。重提那些早该让它过去的往事,燃起那般阴暗的报复心的自己,真是心胸狭窄又卑鄙的小人啊!哲之看了一下时钟。方才的骚动已经过了四十分钟。阳子现在也许已到家了吧?想到这里,哲之坐立难安。他小跑着从饭店跑到外头的公共电话亭。没想到,刚才打电话给三个同学时,把硬币用得一个也不剩。他打开折得小小的千元纸钞往香烟摊走去。走过去的途中,他的脑中闪过一个想法——那么了解我的阳子,竟然会移情别恋。我受到如此痛苦的折磨,还要搭着脏兮兮的电车,每天回到那个蜥蜴栖息的寂寞屋子。想到这里,他把那张千元纸钞塞进口袋,转身走回去。出租车的高分贝喇叭声,响彻夜间的街道。不知在着急什么,喇叭声异样地持续响着。这让哲之听起来就像是工厂的下班铃,宣告了一天工作的结束。

哲之在和百合子相约的咖啡馆隔壁的书店里,拿起好几类杂志,随手翻阅。想到等一下得和百合子去看电影,真是非常麻烦。因为他还不确定看完电影后,接下来到底要怎么应付百合子。

"稍微看一下,还没什么关系。可是,像你这样站着看完一整本书,我们就做不了生意了。"

书店老板娘对着离哲之不远、专心看漫画书的高中生说完后,其他两三个像是大学生的也跟着出去了。哲之也把手上的杂志放回书架,走出了书店。已经比约定时间晚了三十几分钟。哲之无可奈何地推开咖啡馆的门,立刻看到百合子的侧脸。有些往下低垂的侧脸,看起来非常落寞,让哲之有些动容。令他更动容的,则是当百合子抬起头看到哲之瞬间,那种毫无掩饰的喜悦和安心的表情。

"今天的课不能翘,所以到处打电话拜托同学代点名才迟到,对不起。"

"我还琢磨你不来了呢!"

哲之从百合子口中第一次听到带着家乡口音的话。百合子发觉后,用手捂着嘴巴,满脸通红。

"为什么?发出邀约的人是我,哪有不来的理由?"

百合子把奶精放入已经冷掉、却连一口都没喝的咖啡中,用汤匙搅拌着。

"不放糖吗?"

"嗯。"

"怕胖?"

"嗯。"

然后，百合子说她今天休息，问哲之是不是也一样。

"因为我还是兼职，想休息就休息。只是事后会被鹤田唠唠叨叨而已。"

百合子一听，压低声音说：鹤田不久就要被辞退了。因为饭店地下室有五家高级舶来品专卖店，从一年前起，法国皮包、丹麦银器经常遭窃。当然，就算开店营业时，展示柜也是上锁的，打烊时玻璃门也都上锁。纵使如此，商品还是不见了。不过，并非大量失窃，而是隔段时间一点一点地被偷，所以刚开始时店长也没察觉。后来，核对进货清单和商品后，各家店才发现自己并未卖出的商品从展示柜中消失了。如果只是一家店发生这种事，也许会怀疑是自己店内的人所为。但是，五家店全部被偷，才明白犯人是饭店的员工。若是外面的人，应该会一次就偷许多，哪会隔段时间才一点一点偷呢？因此，饭店把职员的出勤记录和商品遗失的日子——对照。商品遗失的晚上，把夜班者罗列出来，鹤田的名字就出现了。这是五天前才弄清的事，鹤田今天上夜班。

"今天晚上半夜两点，警卫要在地下室埋伏。"

"这种事，你从哪里听来的呢？"

百合子闭上嘴，过了一会儿才答道：

"前台组的中冈那里。中冈是我高中的学长。"

"不光是这样吧？他很喜欢自己的学妹吧？何况又是

一个美女学妹,这一点我也很清楚,现在,我的战斗力渐渐涌上来了。"

为什么这种不真心的奉承话会脱口而出,哲之自己也觉得不可思议。当他发觉自己把自己弄得进退维谷时,却又宛如一名天才一般,从口中继续说出穷追猛打的话。

"等一下还要去看电影,为什么得去做那么花时间的事呢?"

百合子的脸上,荡漾着不凝神注视就无法察觉的微笑。哲之直觉百合子是一个有过男人经验的女人。这让哲之感到有些惊讶,也产生一种奇妙的安心感,他曾思考过如何以最快的时间将百合子这个带着土味和奇妙蛊惑性的女人的身体攻陷。他站起来,付了钱走出地下街。不知为什么,他瞬间想起大约在半年前鹤田不经意脱口而出的话。

"中冈那傻子,自己上夜班,也要我跟着上夜班。然后,要我帮忙轮值前台,自己却跑去睡个两三小时。我拒绝的话,那家伙就故意弄些粗重的工作要我做。"

哲之突然向百合子问道:

"一年前才开始被偷吗?"

"嗯,好像是吧。"

"清查的出勤记录,上溯到什么时候?"

"不知道,这倒没听说。"

哲之走到电影院售票口掏钱买票,百合子尽管露出了意外的神情，还是跟着他一起坐进了电影院内。大肆宣传的电影，内容不过就是美国孩子不成熟的恋爱闹剧而已。哲之谎称上厕所，走出黑暗中，立刻跑到商店旁边的公用电话，打电话找鹤田。鹤田一接电话，哲之就问他：

"今天上夜班吗？"

"嗯。对啊。"

"上次你跟我说过，中冈上夜班，也要你上夜班，对不对？"

"嗯。不过今天不是。"

"他说要调班，叫你上夜班，下次请你吃饭、喝酒，是不是？"

"怎么啦？发生什么事了？为什么突然打电话，讲些莫名其妙的事呢？"

哲之说理由明天见面再说明，并追问他事情是否如他自己所说。

"带我去喝了两三次酒。"

哲之再次提醒鹤田，千万不要告诉人家自己给他打过电话，然后说道："今晚，无论中冈说什么，绝对不要到地下室去。"

鹤田很想知道理由，问了好几次：

"为什么？为什么？"

但是，哲之认真的语气，让鹤田也觉得有什么事要发生，说道：

"好，我知道了。不能到地下室去。我不知道为什么，总之会照你的话去做。但是，明天要告诉我为什么。"

鹤田说完这句话，就挂断电话了。哲之从鹤田的反应中确信犯人不是他。他坐在吸烟区的长椅上，心想这件事已经走入迷宫了。今后，中冈不至于再去地下室偷舶来品专卖店的东西了，饭店和警察也查不出来，最后就是以赔偿厂商损失收场吧，不过，无论是昨晚饭店里那个恶棍的犯罪手法，还是中冈故意陷害鹤田的奸计，都是极为幼稚而拙劣的。人一开始胆怯，行事就变得糊涂。假如今晚鹤田真的跑到地下室，被埋伏的警卫逮到，犯罪者的罪行反而会曝光，若说新生代员工中有干才之称的中冈会不知道，这也太扯了。一开始鹤田也许会被当成犯罪嫌疑人吧，但只要听鹤田从头说来，再次调查出勤记录的话，中冈的名字也会出现。不是从半年前起，而是彻底清查一年前起的出勤记录，那么鹤田的名字会消失，留下的只剩中冈了。陷入沉思中的哲之，又想到说不定百合子和中冈的关系非比寻常，而且，百合子根本就知道中冈才是真正的犯人。不！说不定两个人是同谋吧！若是如此，百合子对我放电的眼神，背后又意味着什么呢？方才对百合子肉体所燃起的情欲，此时已是云消雾散。

直到最近，哲之才对饭店内党派斗争的经纬有了些概念。社长已经七十九岁了，坐骨神经痛的宿疾恶化，几乎都在芦屋①的私宅中静养。因此，谣传明年的股东大会势必将选出新社长。目前的两名副社长都是社长的儿子，社长认为长子不适合当企业家，倾向于让擅长实务的次子来继承。因此，长子及次子背后的抬轿人，今夏以来明争暗斗得更加激烈。目前，饭店重要职位的干部几乎都属于次男派。总经理、前台课长井本、人事部长，还有其手下的人事课长岛崎、配膳部、调理部……都是一些直接参与饭店实务运作的干部。相反地，长男派有营业部长、总务部长等抬轿人。哲之想起鹤田告诉他的话：

"虽然中冈在前台，其实他是营业部长养的走狗。"

他不禁叹口气，站起来。

"原来如此，中冈不仅是盗取手镯、手提包之徒而已。"哲之不禁低声嘟囔。一连串的倒霉事，直接冲击支持次男派各点的负责人，让他们大减分，以此作为天皇旗在股东大会上孤注一掷吧！唯有如此，才能让长男登上社长的宝座。没经过正式考试，只凭着岛崎课长推荐的我，还没成为正式职员就和女职员有染的话，必定成为岛崎课长及其上司的软肋。服务生盗取商品、恶棍多次来榨取钱财，总经理也非得负起责任不可。

哲之返回电影院内的座席。

---

① 兵库县东南部城市，临大阪湾，六甲山南麓，为高级住宅区。

"怎么啦？好慢啊！"百合子低声问道。哲之面向银幕，靠近百合子耳边说道：

"我打电话警告鹤田，今晚千万不要到地下室。中冈已经设下陷阱了。结果鹤田也警告我，千万不要对百合子想入非非，因为那是中冈设下的陷阱。"

百合子双眼斜视着银幕上的影像。哲之抓住百合子的手掌，快步走到吸烟区的长椅子旁。

"若是我现在带你到廉价宾馆去，我在饭店的工作落空也无所谓。但你想想看，难道中冈会和你结婚吗？你呀！抽到下下签啦！到头来还不是被中冈那一只瘦皮猴始乱终弃而已。"

难过了好一阵子，百合子瞪着哲之才说道：

"我一点也没想要和中冈结婚。抱着玩玩心态的人是我，若非如此，我怎么会告诉你今晚要发生的事呢？"

哲之不理会百合子，自顾自地往电影院走廊走去。百合子从后头说道："我是真的喜欢你！"

他继续往前走。

"我现在就回饭店，告诉大家我被你强暴。"

哲之停下脚步，回头看。

"纵使是谎言，大家也都会相信女方所讲的。"

"不必在那里耍诈，就算不在那个饭店工作，我也不在乎！"哲之感觉被一种不可思议的情绪袭击，如此说道。

"我真心喜欢你,一直等你来约我。真的和中冈没关系。今天出来的事,他也不知道。"

哲之忍住即将脱口而出的话,只对百合子说声"拜拜",就走出电影院了。外面下着细雨。哲之冷不防觉得,百合子所说的话也许都是真的。然而,若是真的话,他越想就越对百合子感到没兴趣。把她当成对阳子报复工具的情绪也没了,若是踏错一步,百合子很可能会变成爱情新对象的害怕情绪也没了。

晚上,哲之搭乘阪急电车,在武库之庄车站下了车。也许是心理作用吧,竟然打错了三次电话。他对阳子说道:

"举白旗投降!我赢不了阳子。"

"现在,在哪里?"

"武库之庄车站。"

不到五分钟,哲之就看到阳子向他走来。

"说什么举白旗投降,怎么回事啊?"

阳子上气不接下气地问道。

"我在独自作战。"

"对谁?"

"对自己。"

阳子陪着哲之,到瞒着父母亲租来的二层楼房。连浴室、厕所都擦得亮晶晶。窗子挂上阳子自己缝的窗帘,小衣橱放在二楼六张榻榻米大的房间。阳子从后面抱住哲之,说道:

"跟我说对不起!"

"为什么?"

"今夏发生的事,你又旧事重提……"

"不要!"

"为什么?"

哲之转身搂住阳子,倒在榻榻米上,逼问道:

"在那段时间发生的事,全部给我招出来!和石滨见过几次面?"

"两三次吧。"

"只有这几次?"

阳子点点头。

"真的没和那家伙发生任何关系吗?"

阳子用力摇摇头,突然推开哲之,后退到屋子的角落,闪着泪光。

"我讨厌哲之问那些事。"

"因为你有不想让人家问的事吗?"

"笨蛋!"

"那就说些能够说服我的话呀!怎样?"

"无论怎么说、无论怎么说,你就是那么固执……"

"当真和那家伙没发生任何关系吗?"

"没有!"

"我不满意这种语气,你好像很烦的样子。可以心平气和地好好说吗?阳子对于那件事,一点也不体谅我的心情。"

"什么都没有。连手都没牵过。"

哲之手脚着地趴下,像一条小狗般把脸埋在阳子胸前磨蹭。

"我觉得结婚后,你还是会再三拿这件事大做文章。"

阳子嘟囔后,开始咬起哲之的嘴唇。

10

　　新年来到了。在饭店过年的家庭很多，无论是正职服务生，还是兼职，从十二月三十日到正月三日都在休息室过夜，因为大批的客人把饭店搞得乱七八糟，只得紧急分派到餐厅、咖啡厅、客房等各个点去帮忙，以致工作时间比平日还长。

　　正月三日中午一过，把同时退房的客人的行李搬运完毕。当哲之回到服务生休息室时，就看到叼了根烟、等得不耐烦的鹤田向自己招手。

　　"中冈那家伙，要被砍头了。"

　　鹤田的眼睛闪闪发亮，以只让哲之听得到的音调在耳边说道。哲之惊讶地注视鹤田，拉着他的衣袖，来到夹在厨房和洗衣房的通道，压住怒气问道：

　　"你把事情都说出来了吗？不是说好要保守秘密吗？"

　　地下室高级舶来品专卖店商品被盗的嫌犯是中冈，

只是哲之个人的推测而已。当他向鹤田说明之时，再三交代对方千万不要泄漏出去。

"但是，不说不行啊！因为事不关己，你当然无所谓。我可是被冤枉的。为了证明我的清白，只能请人家重新调查出勤记录表。你的推测果然没错。我的名字被删除后，只剩下中冈而已。真是救我一命！若是放着不管，我永远会被怀疑，最后一定会被公司辞退。如此一来，中冈这小子，可就得意扬扬啰！"

确实如鹤田所说，可是哲之却有种不知犯了什么大罪的感觉，整个人靠在通道的热墙壁上。额头冒着汗珠的鹤田继续说道：

"中冈那家伙，原本还自信满满。当人事部长和总经理彻夜追查，戳破出勤记录表时，他还满不在乎，那家伙认为肥胖派会出面救他。"

社长的两个副社长儿子，哥哥相当肥胖，弟弟则过于高瘦，因此员工在私底下称两派为肥胖派及高瘦派。

"于是，高瘦派就演出了一场大戏。当中冈无法联络肥胖派时，高瘦弟直接打电话到肥胖哥家中。说中冈招出是肥胖哥要他去偷商品，追问是否真有此事？高瘦弟还说自己的哥哥应该不至于做出这种事，若真如此的话，那真是饭店的耻辱，只能拜托警察局彻底调查。这么一来，逼得肥胖哥只得快刀斩乱麻地回答——"

鹤田额头上流下几道汗水。他好像立下大功劳的侦探似的，骄傲地说道：

"不能留下那小偷，砍头吧！我怎会叫员工去偷自己饭店的商品呢？中冈不但是一个小偷，还是一个疯子。因此，中冈就玩完了。"

"真是不得了啊！饭店高层的对话，身为服务生鹤田的你，怎么会知道得那么详细呢？"

鹤田翻着白眼看哲之一会儿，然后歪着嘴唇笑，先来一句开场白：

"因为你救我一命，才告诉你。不可以跟人家说哦。"

然后，他才慢条斯理地说道：

"我有一个惊人的情报来源。"

"谁呢？"

"烧烤组的百合子啦！"

"百合子！"

"我和那小妮子睡过几次。"鹤田扬扬得意地说完，又加上一句，"她是肥胖派营业部长的这个啦！"

鹤田的小指在哲之眼前一伸一弯晃了好几次。

"大致明白了吧！"

"什么？"哲之管它怎样都好，只想早早离开通道，心不在焉地问道。

"营业部长假装是肥胖派的人，其实是高瘦派的。"

这家伙看上去一副笨样子，可不好惹。哲之对鹤田露出微笑，心中暗道。让肥胖派那些笨蛋承认这个幼稚拙劣的阴谋，把中冈当猴子耍，让高瘦派稳坐下任社长宝座的最大功臣，就是那个五官轮廓深邃的营业部长三宅稔。原来这家伙也读出了当中的利害关系。鹤田讶异地注视着哲之无言的微笑，问道：

"有什么好笑呢？"

"不管怎么说，鹤田都没有出人头地的希望了。"

"为什么？"

"百合子是一个跟谁都可以睡觉的女人。中冈可以、鹤田可以、营业部长也可以。营业部长对于百合子曾经和中冈、鹤田睡觉，应该早就知道了。所以唆使中冈偷东西，顺便设计让鹤田蒙受怀疑。纵使百合子只是自己泄欲的工具，但也是一个可爱又有魅力的泄欲工具。三宅只要是一个男人，不可能不对中冈、鹤田起忌妒心。因此，我能够读出全部的情节。今年的股东大会，高瘦派成为社长后，过阵子三宅也会高升吧。不过，鹤田直到退休都只能当一名服务生。"

看到脸上慢慢露出害怕神情的鹤田，哲之想出一个不知能成功到什么程度的计谋。

"说来三宅也是一个傻子。有妻有儿的男人，和自己公司的女员工，而且还是一个未出嫁的小姐有染，竟然还在枕边把高瘦派重要的作战计划哗啦哗啦全抖了出来。如果这件事被爆料，哪怕是派系斗争的最大功臣，是否还能留在公司，都还不一定呢！若不经意爆料给肥胖派，原本胜券在握的高瘦派,整个情势就会大逆转了。"

因为莫名的愤怒,哲之希望眼前的鹤田、因作战成功而扬扬得意的三宅,能从这饭店消失。哲之说完这些话,看都不看鹤田一眼就往更衣室的阴暗通道走去。他的愤怒,不久后就带着一抹悲哀。脱下穿了五天的制服,换上自己的长裤和毛衣,发觉自己对百合子这个只能说是病态的女人抱着怜悯之情。不过,想到阳子正在大阪车站检票口等自己,整个心情立刻开朗起来。

"真的从来都不曾准时过哟!"

难得看到阳子一直噘着嘴气呼呼的模样。在环状线车内,阳子从手提包拿出一个现金挂号信封,说道:

"哲之的那一份也在里面,不给你!"

"那是什么?我的那一份,是什么?"

"不知道。"

"才迟到十分钟而已,干吗那么生气呢?"

"你等十分钟看看,一定像熬了一小时。"

哲之为让阳子开心,用握着电车拉把的手肘,故意从外套上去碰她的乳房,露出开心的表情偷窥,并说道:

"今晚可以住下来吧?"

"在公共场所,不要做下流的举动!"

阳子最后那句话已经混着笑声。她再次从手提包中拿出现金挂号信封,交给哲之。寄信人是泽村千代乃。

"给我和哲之的压岁钱哦!早上收到立刻打电话要道

谢，可是好几次都是通话中。到了住道，再去打电话吧。"

两个红包袋内，各装了两万日元，还放进一封用毛笔写的信。

> 最近，觉得和人见面很麻烦！所以客人来也推说不在家。不知年轻的你们一切可好吗？不爱见人，又想送人家些什么东西，一个劲想把自己珍藏的物品送出去。一直在想该送给你们两个人什么才好？却想不出适合的物品。这些钱，你们俩就一起去吃些美味的东西吧！

"真大方！两个人总共四万日元。好！明天去大阪，到大饭店的餐厅吃松阪牛排吧！还要一瓶最高级的红酒……"

"不行！"

阳子一把从哲之手中把现金挂号信抢过来，说道：

"这些钱要存起来。"

"不把哲之父亲留下的债务早些还清可不行，对不对？"

哲之被她这么一说，一句话也说不出来。他不满地看着窗外的风景，忽然想起什么事，对阳子说道：

"我想找一个懂法律的人商量看看，我没从父亲那里拿到一毛钱的财产，为什么有义务去偿还不是我借的钱呢？纵使是父子，也是很不合理啊！没有财产赠与，只有接受债务赠与，这是什么话呢？"

两个人决定寒假结束后就去向法学院的教授请教。车子抵达住道车站后,阳子立刻走进公共电话亭。其间,哲之拿着阳子写在便条纸上的采购清单,到超市去买东西。牛排肉两块、沙拉油、奶油、马铃薯、高丽菜、洋葱、美乃滋、胡萝卜、咖啡豆和滤泡式咖啡。买完这些东西,花掉不少时间,却还不见阳子从公共电话亭出来。哲之抱着大纸袋,走近公共电话亭。阳子走出来,停下脚步,一脸呆滞的神情,低声说道:

"泽村老奶奶,昨天夜里死了。"

"死了……"

"听说今晚是守灵夜①。"

从手提包拿出挂号信,两个人看了一下邮戳。盖着十二月三十日的日期章。

"听说昨天傍晚突然觉得很不舒服,叫救护车送进医院,十点左右就断气了。"

两个人一直在阳光普照、寒风不断刮起的站前大马路上站了许久,不知谁先移动脚步,经过商店街,走过平交道。

"年龄也相当大了。"哲之说道。说完话后,他有某种坚持,坚持相信泽村千代乃并非死在宽阔庭院的茶室

---

① 埋葬死者前一晚,通知亲朋好友聚集整夜,为死者守灵(日人称之为通夜)。

内。泽村千代乃希望在茶室迎接死亡，从她的话中可以察觉，或许她自己觉得这希望会实现吧！茶道，是一种可以窥见生死的仪式。哲之把泽村千代乃的话很奇怪地牢牢记住。身处茶室时，主人和客人都死了。离开茶室后，才又重生。我就在茶室睡午觉。如此一来，我越来越明白了。睡觉时的我就是死。醒来时就是生。无论如何，两者都是同样的我。生死、生死、生死——

一进公寓，把门上锁，哲之和阳子相互拥抱，两个人的嘴唇紧紧贴在了一起许久。

"小金呢？"阳子以嘶哑的声音问道。

"还活着。"

"再稍微等一阵子。"

"四月十二日拔钉子。"

那是在暮色的屋内，在毫无察觉的情况下从小金的背部钉下钉子的日子，也是在春光中第一次拥抱裸身阳子的日子。

"为什么要在四月十二日呢？"

阳子这么一问，哲之也答不出来。为何选在那一天，自己也不太明白。

"今天是守灵夜，不去还是不行啊！"

阳子默默地脱下外套，开始到厨房准备午餐。哲之点上暖炉，看着一动也不动的小金。一瞬间，突然有一个想都想不到的念头，变成一句话，在他的心中犹如一盏放射出绚烂光彩的灯。

"我在去年四月十一、十二日两天,用钉子钉住了两种小动物。"

他回头,看阳子的背影看得入神。阳子的背影,非常小,显得单薄,却带着鲜明的轮廓。哲之超越情欲和心酸的恋情,涌上一种平稳中隐约带着不安的深情。哲之悄悄走近阳子身边,伸手从她的腰部环抱住腹部,以脸颊摩擦她的脸颊。

"今天我们去参加守灵夜。六点从这里出发,刚好赶得上。从泽村家出来后,今晚到那个间多喜太郎的小宾馆过夜吧?小金的钉子要拔起来,阳子的不拔哦!"

阳子回过头来,眼睛周围泛红,用刀柄往哲之的额头轻轻地敲。哲之的话显然让她听来很猥亵。

餐后,阳子催促哲之换上睡衣。他就钻进阳子铺好的被窝。从除夕到新年这三天,他每天平均只睡四小时。他把手伸进坐在枕头边阳子的裙子内,阳子叫道:

"又来了……"

把他的手夹住后,责备道:

"这样子的话,就没办法睡觉啦!"

她半信半疑地看着哲之信誓旦旦地说不再乱摸的脸,才松开双腿。

"那么大的宅邸,会给谁呢?"

哲之想着该如何回答阳子的问话,就睡着了。

哲之一直睡到将近五点半，抵达京都河原町时已经八点多了。修学院离宫附近，称不上住宅区的竹林前，挂着画有家纹的灯笼，确实有守灵夜的气氛，沿着河川的夜间道路上停了几辆车子。下了出租车，走到大门前，两个人才发现忘记带上念珠①。明天，哲之要准备毕业考，约好要跟一位男同学借好几科的笔记本，阳子预定要利用新年期间招待从关西来的伯父夫妇到神户去玩。因此，两个人都无法出席明天的葬礼，在大阪买了香奠袋，两个人联名放进一万日元，急急忙忙的，就忘了买念珠。

"怎么办？那么讲究礼仪的人家，忘了念珠怎么好呢？"阳子低声耳语。

"没办法啦！总不能现在又跑回去。就说出外办事得知泽村家的不幸，就直接赶过来，所以忘记带念珠，好不好？"

大门打开，刚好有僧侣要回去。那个面熟的中年女佣送过僧侣，立刻返回来，郑重鞠躬道谢说，那么远的路还特地赶来。走过长廊时，女佣说道：

"因为亲戚都住得很远，还没赶过来。目前，只有几位朋友和熊井夫妇来了。"

泽村千代乃的遗体被安置在宽敞的和室，尽管说有朋友来，也只有五个人默默静坐而已，大宅邸主人的守

---

① 日本人的礼俗，在吊唁死者时，通常会在手上挂着念珠。

灵夜，场面竟是如此冷清。哲之和阳子上香后，五人当中有一个人，对在座唯一有点关联的熊井说，实在很抱歉，自己是年事已高的老人，没有体力彻夜守灵，要先行离去。熊井致上感谢辞，深深鞠躬致意。五个人各自向着收纳遗体的棺木合十后，就站起来。其中一个老婆婆靠近棺木，想打开棺木头部可以开闭的小门。熊井立刻以平稳却带着威严的语气，制止老婆婆并说明道：

"十分抱歉，老人家在断气前，交代不希望任何人看到自己的遗容。"

五个人回去后，屋内只剩下熊井夫妇和哲之、阳子四人而已。

"上次，给您添很大的麻烦。"阳子如此说道。熊井面无表情地答道：

"我也想让蓝格夫妇知道，伯母已经过世了。尽管这是别人家的事，但对那个儿子我还是感到生气。虽然最后他还是来把父母亲接回去，却是漠不关心，对伯母打招呼时，我都不知道他到底是在道谢呢，还是在抱怨我们多管闲事？我总觉得他不是一个正常的人。"

"泽村老奶奶寄压岁钱给我们。早上一收到，原本是打电话要向她致谢，没想到听说她昨晚过世，真是吓一跳！"

阳子说完后，熊井说道：

"二十天前，就有点感冒，一直咳嗽，请她去给医生看一看，她却笑说又没发烧，没关系。昨天傍晚，伯母的房间传来不知什么东西的破裂声，女佣跑进去一看，她躺在榻榻米上很痛苦的样子。女佣说那时她的嘴唇已经没有血色。送上救护车时，好像还有意识。因为听说还对女佣说话。"

"说些什么话呢？"

熊井对于哲之的询问，先摇摇头。

"听不清楚。她好像想说什么，但是听不清楚她在说什么。然后，一直到断气，没再恢复意识。医师诊断说是心脏衰竭。"

哲之若无其事地看了阳子一眼。阳子也带着疑惑的神情对着哲之。刚刚熊井明明对想看棺木中泽村千代乃遗容的老婆婆说，老人家在断气前，交代不希望任何人看到自己的遗容。最后，哲之说出明天无法参加葬礼的理由，并道歉。

"感谢您特地跑来参加守灵夜，请不必太挂心！"

熊井话说完后，鞠躬致意。熊井那美丽却带着凶相的妻子，始终默默无言地注视着阳子的脸，或将视线往哲之陈旧的衬衫和才在河原町买的黑领带看。这时好像有亲戚到来，女佣从屋外传来通报声：

"从金泽来的亲戚抵达！"

熊井夫妇立刻站起来，快步走出屋外。三人的脚步声越来越远。哲之靠近棺木。

"哲之！"

阳子压低声音想阻止哲之，他却已经打开棺木上的小门，轻轻翻开白布。一看立刻起鸡皮疙瘩，几乎忍不住要叫出来。他看到的不是生前那位肤色白皙、气质高雅、泰然自若的泽村千代乃，而是皮肤泛黑、死状非常痛苦、扭曲的丑恶面貌。右眼紧闭、左眼瞠目。但是，从嘴唇边的茶色黑痣，和仍残留着年轻貌美时的美丽独特鼻梁看来，这人确实是泽村千代乃。

"哲之！"

阳子再次低声喊道。从长廊对面传来脚步声。哲之急忙盖上白布，关上小门，坐回原来的位子。他的手指尖发抖、心脏急速跳动。熊井夫妇伴着好像是亲戚的三个男人进来。哲之和阳子趁着这机会，向泽村家告辞。

"总觉得这是一个令人不舒服的守灵夜啊！泽村老奶奶的守灵夜，怎么没什么人来，好奇怪……"

阳子在出租车内如此说完后，就用力握紧哲之的手掌。

"我觉得提心吊胆。那么大片庭院的宅邸，不知道坏人会从哪里跑进来。"

"是呀！阳子也觉得纳闷吧？熊井对老婆婆死因的说法，前后不一致。"

"嗯。所以我的心脏更是怦怦跳。哲之偷看棺木里面时……"

"我全身的汗毛都竖起来了。"

已经看到上次那家宾馆的霓虹灯了,他们叫出租车停车。走在黑暗的道路上,哲之和阳子都绷着脸不开口,因为刺骨的寒风把脸上的肌肉都吹僵了。这是一个严寒彻骨的京都冬夜。写着"有空房"的四角电子板在风中摇曳,并发出嘎嘎的响声。宾馆老板还记得哲之和阳子。他不像宾馆经营者,倒像菜摊的老板,露出亲切的笑容和举止,说道:

"欢迎再度光临!"

"今天要住宿。"

老板听到哲之的话,立刻精神百倍地大声喊道:

"住宿!请接待!"

怎么看都像在喊接待人员的模样,结果和上次一样,还是由老板亲自接待。

"今天可真冷啊!"

"是啊。"

"两位已打算要结婚了吧。"

"您怎么看得出来呢?"

"这行业做久的话,大约都看得出来。这里有各种组合的客人。像是各自有家庭的情侣啦,也有的女孩不知对方是流氓,就跟着来的啦。"

老板一边在浴室放热水,一边说明道:

"住宿含早餐。由于人手不足,只有咖啡、吐司,加上荷包蛋而已,可以吗?"

"可以。"

"几点送过来呢?"

"十点。"

"好!十点送早餐。"

老板再次大声喊道,就走出房外。哲之和阳子相视而笑。

"看到这个大叔,精神就来了。"

话虽如此,每次来这宾馆,都是在人家的生死一瞬间。哲之想到上次是蓝格夫妇自杀未遂,这次是泽村千代乃的守灵夜。哲之穿着皱巴巴的外套,直挺挺地站着想到发呆。阳子帮哲之把外套的扣子解开,把脸贴在他的胸前。然后,深深叹一口气,问道:

"泽村老奶奶的遗容怎样呢?"

哲之犹豫了一下,谎称道:

"很漂亮!跟生前一样……"

"既然这样,为什么全身的汗毛都竖起来了呢?"

"当然啊!不知道熊井夫妇什么时候会回来。他不是告诉我们,不准人家看遗容吗?"

"他们为什么不让人家看呢?"

"我哪知道那么多?反正怎样都无所谓啦!"

两个人一起进入浴室,泡在磁砖浴缸内嬉戏。哲之最喜欢阳子身上腰部到臀部的曲线,边以手掌来回抚摸着,边以开朗、天真的语气说道:

"怎么在打呵欠？今晚我不让你睡觉哦！"

"不行！我要睡觉……"

两个人以浴巾相互擦拭身体后，全裸趴在床上，先让身上的热气下降。

"……好痛！"阳子细语道。

"哪里？"

"……乳头。"

主动要求的是阳子。但是，哲之立刻发觉她并非贪求欢愉，而是喜欢像孩子般被宠爱。熄灯后，哲之用尽自己所知的词汇，细语绵绵地告诉阳子自己有多么爱她。不知什么时候开始交合，也不知什么时候结束，由于结束带来满身的舒畅和安宁，哲之一刻也不等待，又从头开始。

几小时后哲之从梦中惊醒，因为他梦到有人不停地把他的头给压到水中。打开床头小灯，一看时钟，才五点。怕吵醒阳子，轻轻地把她的刘海给拨开，看她熟睡的脸。阳子裸着身子往哲之方向侧睡，两手夹住乳房，看她好像很不舒服，哲之轻轻把压在上面的手移动到她的腹部旁。那个被压扁的乳头，好久才慢慢恢复原状，看那乳头滑稽地动着，惹得哲之笑了。阳子不知梦见了什么，有如小婴儿吸吮母亲的乳汁一般，嘴唇微微地动着，还发出小小的声音。哲之小心翼翼地把手伸进棉被内，用食指在阳子的私处画圈圈。阳子嘴唇发出的吮吸声变得大声起来，突然又停止。男女之间的爱情，到底是什么呢？哲之开始明白了。爱情为何既坚固又脆弱，他也开始明白了。虽然，他发誓再也不让阳子的心转向另一个男人，尽管发誓，他却十分清楚自己的决心有多么不可靠。纵使如此，他还是认为自己和阳子结婚后，将会是一对好夫妻。阳子光滑又充满弹力的肉体，终将消失在这世上，这让哲之感到可惜和害怕，但也因为如此，才能衷心感到自己是一个幸福的人，自己也才能产生力量让所爱的人得到幸福。

他的脑海里，始终萦绕着泽村千代乃死后丑陋的面容。泽村千代乃对于生死如此冷静，宛如具有高度宗教领悟般地侃侃而谈，为何会现出那种无法让吊唁者看见，且令人全身汗毛都竖起来的恐怖死状呢？她在濒死之际，想对女佣说什么呢？她对自己的生死观，果真相信吗？那并非领悟，而是她最后的自夸，难道是硬装出来的自负吗？哲之试着比较父亲和泽村千代乃死时的模样。父亲的遗容好看又安详。父亲生前老是被骗，不曾骗过人。被人背叛而失去许多财物，不曾夺取别人的财物。不曾做过坏事。甚至可以说因为太正直，事业才会一败涂地。但是，他难道没有战胜人生吗？泽村千代乃走过怎样的人生呢？哲之一无所知。然而，她之所以能够过着富裕而安稳的晚年，也许是以无数他人的不幸所换来的吧？无论如何隐藏事实、如何解决往事，她的所作所为，却让她的面容泛黑、歪斜、只眼瞠目。对啦！一定是如此。泽村千代乃带不走那雄伟的豪宅、优雅的庭院和那些知名的茶具。只能带着那令人厌恶的死状，踏上死亡的旅途。死时的容貌，正是一个人想隐藏都无法隐藏的终极本性吧。哲之陷入沉思中，忘记移动自己的食指。阳子全身微微痉挛。阳子睡眼惺忪地看着哲之，说道：

"手不要再……不好啦！睡觉的时候。"

她把哲之的手放到自己的肩膀，好像又睡着了，不久就闭着眼睛问道：

"睡不着吗？"

"嗯。"

"好累啊！"

"太累吗？要不要喝啤酒？"

由于房内开着暖气，哲之感到口干舌燥。他从冰箱拿出啤酒，坐在床上喝。阳子趴着，双手托腮注视着哲之。喝了两三口后，哲之把阳子仰翻过来，说道：

"再让我钉钉子吧，这样才睡得着。"

"不能用比较浪漫的说法吗？"

阳子话一说完，摆出接受的姿势。"这样才睡得着。"不过是一个借口，但是结束后，哲之喝完啤酒，果真舒畅地入眠。

哲之和阳子搭阪神电车回到梅田车站时，已经十二点了。两个人走进位于站前大厦五楼的一家咖啡专卖店。

坐定后，阳子压低声音说道：

"我想要是怀孕就好了。"

阳子话中之意，哲之一听就明白了。他迟早得和阳子的父亲见面，取得两个人婚事的允许，不过对方毫无此意。和阳子父亲见过四五次面，他明显露出对哲之不爽的态度。有人认为那是父亲对于来抢走女儿的人感到不悦，所表现出来的口气和脸色。但是，哲之清楚地感受到那是一种轻蔑。哲之很明白对方为何会轻蔑自己，哲之自己也轻蔑阳子的父亲。母亲在北新地的料理屋工作，有什么不好呢？我边在饭店打工边读大学，有什么不好呢？母亲和我背负着父亲留下的债务，又怎样呢？哲之除了理解一个父亲嫁女儿的心情外，还有更进一步的想法。阳子的父亲作为一个父亲，对哲之摆出难看的脸色也是理所当然。不过，阳子父亲不只是脸色难看，他对哲之和哲之的境遇也很看不起。但是，哲之依然打算大学一毕业，就要礼仪周到、明确地向他表达自己的意图。

"如果还是不愿把女儿嫁给我，怎么办呢？"

"若是我怀孕呢？"阳子哧哧地笑着，又说道，"若是这样的话，爸爸妈妈就要双手奉上，没有那种父母亲，到这地步还说不行。"

哲之对于阳子的神情和语气所表现的毅然，只能苦笑。感觉那是一个不能如愿的希望。阳子改变话题，说道：

"毕业论文不赶快认真写不行哦！我已经写了二十张稿纸了。"

"我明天开始动笔。"

"题目是什么？"

"为何被钉住的小金，还能活下去。"

"拜托！我想这种事你真的做得出来。到时候，可就无法毕业啦！"

"开玩笑的。那么难的题目，我写不出这种论文。再没比这个更难的题目了。"

"我真的好累啊！"

阳子笑里带着不好意思。

"我告诉过你好几次，还是不懂。男人比女人更累上一百倍。我要使上一切的精神和体力，在一瞬之间，时而受伤、时而耀武扬威、时而展现演技、时而自暴自弃地拼上老命啊！阳子可好了，只要安心抱着我就可以。"

"展现演技？哇！太恶心。说说看！什么演技？"

阳子显得十分好奇，把脸靠过来问道。

"那种事，怎么能说呢？"

"那就一直演下去。变成老爷爷也要演下去。哪天哲之不肯对我展现演技，就是厌倦我了。"

"变成老爷爷的话，就不行啦！"

哲之边回答、边想着两个人的生活中，也有必要相互演戏吧？阳子打开手提包，拿出泽村千代乃寄来的现金挂号信，不知在想什么。她把哲之短上衣的线头拉起来丢进烟灰缸后，说道：

"我也在展现演技。"

哲之默不作声。尽管只有两人裸裎相对时，阳子也有阳子的演技，似乎也没什么好奇怪。但是，阳子一句一句说了出乎哲之意料的话：

"其实，我讨厌泽村千代乃那个人。"

"为什么？"

"很久以前，我看了一部法国电影，记得有句台词说：'那是一个除了没杀人，为达目的不择手段的女人。'当我第一次碰到泽村老奶奶时，我就想起了这句台词。我也觉得她一定就是那种人。然而，她却若无其事，展现演技拼命装出好人的模样，做出已经超越世俗事物的生活态度。"

"哦……怎么会有那种感觉呢？"

"眼神和脸上的表情不一致。简直令人感到害怕。该怎么说好呢？你应该知道嘛！感觉那是一个戴着好几个面具、不时在变换的人。虽然换了面具，但是眼神还是一样。让人很害怕，对不对？"

"那阳子有什么演技呢？"

"虽然我讨厌那个人，却假装很喜欢。应对进退的用辞或态度，都装出很仰慕的模样来。"

"哦……"哲之并非对阳子的那种演技感到惊讶，而是对阳子看透泽村千代乃的眼力感到惊讶。如同母亲所说，那女孩虽是大小姐出身，但看来明天起就有本事拒绝人家来讨债。想到这里，他也很佩服母亲的眼力。

"昨天，打开棺木的小门时，泽村的面具全部被拿掉了。"

阳子略微歪着头思考哲之话中的意义，没再问起任何相关的事情。两人像往常一样，在阪急电车的检票口告别。

哲之回到公寓，看到矶贝坐在楼梯口。不知是因为寒冷，还是心脏不好，脸上毫无血色。他们俩在饭店经常会碰头，却忙得连交谈的时间都没有，只能彼此轻轻打个招呼。

"在这里坐多久了呢？"

"三个钟头了。"

"怎么啦？"

"那只蜥蜴，还活着吗？"

"嗯。现在是冬眠季节，吃得很少，不过还活着。"

矶贝依旧坐在楼梯上，说道："今晚，可以让我睡在这里吗？"

"当然没问题，到底发生了什么事？"

矶贝很吃力地站起来，视线随着走过的小孩移动，嘟囔道：

"我很想死！"

哲之注视着矶贝。远方的天空，扬起三个风筝。哲之思索到底有什么激励的话，继之一想又觉得怎样都无所谓，默不吭声地打开门锁。希望你赶快回去！想死就去死吧！我什么都不想做，哲之如此想着。矶贝靠墙壁坐着，视线投向小金。小金的尾巴好像发条松掉的钟摆般摇动着。哲之试着把栗虫拿到它嘴边，小金还是不吃。哲之从壁橱拿出棉被铺好，换好睡衣，说道：

"我想睡觉了。"

"这棉被，有女人的味道。"

矶贝露出浅浅的笑容，眼睛依旧注视小金。昨天，阳子确实来过这屋子，但是只有哲之在睡觉，她除整理厨房外，就是在为自己的毕业论文做笔记。因此，阳子的味道应该不会留在棉被上，哲之推测恐怕是矶贝神经绷得太紧而过于敏感吧。

"过于疲劳的话，谁都会变得虚脱，休息过后，精神又会恢复。"

"我只希望自己的心脏和其他人一样跳动，没想到却比人家做了几小时重劳力的工作还要吃力。安静不动也一样累。没办法工作，也没办法玩。干脆停止算了！"

哲之把棉被往头上盖住，闭上眼睛。

"我厌倦所有的一切。真的很厌倦！"矶贝说。

当阳子有自己以外的男人时，我也曾对小金说过同样的话。哲之想起几个月前的那个夜晚，从棉被露出脸来，拿出放在裤袋内的钥匙，放在矶贝身边。

"我要睡觉了,回去时帮我把门锁好。把钥匙从门底下的缝隙塞进来。"

想象和阳子交合的最高潮或触感,不知从何时起成为哲之催眠的最有效方法。哲之睡着了。暮色从窗帘缝隙忽隐忽现,勾起哲之对母亲的思念,做了好几个不连贯的噩梦,让他精疲力竭地惊醒了。矾贝并没回去。

"睡得真好啊,还发出了鼾声。打开暖炉,好吗?"

哲之在睡衣外披件毛衣,打开暖炉,把手搭在炉上等待火焰变大。

"我在睡觉时,你一直看着小金吗?"

"嗯。"

"我打算在四月,帮它把钉子拔起来。"

"四月?"

"若是现在拔起来,它可能会死。等春暖时候,我想比较好。"

"好像快要起革命了。"矾贝突然以平稳又带着强而有力的奇妙语气说道。

"革命?你想说什么呢?"哲之鼻中带着笑声,转向矾贝。

"革我自己的命,虽然害怕,还是要试试看!"

哲之站起来,打开屋内的灯。

"好!明天就到医院去吧,我陪你去。"

哲之好像有种动手术的人是自己的错觉。

255

"千里①有一家心脏专科的大医院。我已经拿到介绍函，每天都放在口袋带着走。"

矶贝把对折的信封拿出来，放在自己的手掌中，嘟囔后露出微笑。

"每次看到这封信，就觉得自己好像带着自杀用的手枪在步行。"

"日本的心脏外科，世界顶级。没问题，一定会成功！"

"是别人的事，你才会这么想。用锯子把肋骨切掉，血管接上人造心肺机……光是想象，我的眼前就一片黑。想逃却没地方可逃！"

矶贝以手指头指着小金。

"我有生命，这家伙也有生命。它碰到这种遭遇还能活下去，我应该也可以活下去。"

昨天买的肉还剩一点。马铃薯、高丽菜也都还有。哲之把这些切一切，按下电锅煮饭。把奶油放进炒锅，又把那些材料加进去炒，撒上盐、胡椒后盛进盘子，端上小餐桌，对矶贝说道：

"今晚可以住在这里。"

"嗯。一开始就没想要回去。"

"也没想要死吧，下定决心动手术才来的吧！要来感谢小金，对不对？"

---

① 地名，在大阪市内。

话一说完，哲之心想无论如何我都要让你看到小金拔起钉子后，依旧不会死。想到这里，眼泪就流出来了。哲之和矶贝边吃，边在想有什么好方法可以救小金。

"总之，钉子已经成为内脏的一部分，得在一瞬间快速拔出来。然后，准备一个箱子，把它养到痊愈为止。否则，若让它跑出去，可能会被蛇或是肉食性鸟类给吃掉。"

这是矶贝的提案。之前，哲之也有同样的想法，不过脑海里却另有一个若隐若现的想法。现在，小金活得好好的。钉子拔起来，也许就会死。就让它保持现状，给它东西吃、给它水喝，它就可以继续活下去。哲之不愿意小金再次痛苦。他希望小金继续活下去，他实在不愿意和小金别离。他想过用锯子和凿子，让小金依旧钉着钉子脱离那根柱子。但是，如此一来，势必得挖掉柱子的一部分，房东一定会要求赔偿。若是纸门破了，玻璃窗破了，要不了多少钱。然而，挖掉柱子的一部分的话，必定得花上高额赔偿金。哲之把自己的想法说给矶贝听。矶贝只"嗯嗯"地想得出神。

"可以编造一个必然性的故事。"矶贝说道。

"必然得挖掉柱子一部分的故事，有什么故事呢？"

"不知道。但是，我觉得应该可以想出来。"

"帮我想一想，我已经决定四月搬出公寓，和老妈住在一起。我不能把小金丢下不管。只能把钉子拔起来，或把柱子一起带走。"

两个人提了好几条计策，却都是不现实的，而且没有必然性。

"说是老鼠咬的，怎样？"

"那种傻话，谁会相信啊？"

哲之斜眼瞪矶贝。终究没想出好计策，两个人就躲进被窝。因为上、下棉被各只有一条，所以两个人只能盖同一条棉被，背靠背睡觉。隔壁独居的妇人打开窗子呼叫猫。

"这种廉价屋，连隔壁大妈跟猫咪的说话声都会传过来。有时候，她还会装出凶恶的猫咪声，和自己的猫吵架。"

哲之压低声音说完后，矶贝一骨碌爬起来，嘟囔道："猫！"

"猫？"

"就说是猫。"

"怎么说？"

"就说你在柱子上挂着鱼干。不小心忘记关窗就外出。半夜回来，猫冲进来。你大吃一惊，不知道是隔壁的猫，为了自卫拿起菜刀就砍下去。猫一害怕，猛扑过来好几次。来来往往中，菜刀不但把柱子砍得稀烂，还砍掉柱子的一部分。"

"首先有个问题，若是房东自己养的猫，对方当然就没什么好抱怨，但那只猫是隔壁大妈养的，和房东毫无关系。房东一定会要求两个人当中的一个人赔偿啦！"

"房东没养猫吗？"

"没养。她连一毛钱也不会浪费，怎会去养那些光会吃饭的狗啊猫啊。"

"累死了！头开始痛起来。"

矶贝转过身躺下去，说完话后叹一口气。

"看来只能把钉子拔起来。若因此而死，小金也会觉得高兴吧，那就不必活得那么悲惨了。"矶贝的话中，似乎也在替自己的心找解答。

"明天说不定就会改变心意，看来你还是讨厌动手术……"哲之说道。

"讨厌动手术，这是当然的啊！不过，我已经下定决心。为下这决心，花了五年的时间。"

哲之突然告诉矶贝有关泽村千代乃的事情。蓝格夫妇的事，泽村千代乃所说的每一句话，还有她死时的丑状。把这些事全部说完，花了不少时间。因为要把事情经过讲清楚，不得不把阳子也说出来。话题一开始就脱线，怎么和阳子认识、连两个人未来的打算也说给他听，进入主题时已花掉将近四十分钟。矶贝听完后，只说了一句话。

"光只是脑子想，对事情毫无帮助。"

"什么意思？"

对于哲之的询问，矶贝一直都不回答，哲之以屁股

碰他的屁股,再次问道:

"睡着啦?"

矶贝这才开口。

"我认为她说的话是正确的。虽然,没死以前谁也不知道到底是否正确,不过活着的时候,从心底、从骨子里,若是真心相信死后还会转世,然后死、又转世,在世上无论遭逢如何的痛苦,也能够丝毫不惊恐。若只是对死亡恐怖的自我防卫,对人生就毫无帮助。然而,打从心底相信某种观念的人,大概不存在吧。去听京都、奈良那些观光寺庙的和尚讲法,简直是愚蠢。有如往大海扔石头!写出艰涩小说的作家,未必打从心底相信自己的思想和哲学吧?无论写出或说出如何不得了的事情,别说去拯救别人的不幸,就连自己亲骨肉的不幸也救不了呀!"

"这么说来,若从心底相信,又该如何呢?"

"我觉得应该化为某种实际行动。"

"某种是哪种呢?实际行动,又是什么行动呢?"

"不知道。若是知道的话,我就不必为是否动手术而烦恼五年了。"

哲之从被窝出来,打开屋子的灯。把脸靠近小金,抓住一动也不动的钉子。这根一动也不动的钉子,不知为何让泽村千代乃死去的脸又浮现在哲之的脑海中。他对着一直注视自己的矶贝说道:

"还是要把钉子拔起来,四月的时候。"

11

在哲之毕业考结束的翌日,矶贝拿着熟识医师的介绍函,前往位于千里的循环专科医院。被矶贝拜托陪同一起去的哲之,在这家号称拥有最新设备的医院等候室,等了将近三小时。好不容易才回到等候室的矶贝,坐在哲之旁边,说道:

"下午,还要再检查。"

"可以动手术吗?"

"因为要确认能否动手术才要再检查。反正,无论结果如何,除了动手术别无他法,医生说最好今天就住院。"

"但是,住院的准备呢?"

矶贝低下苍白的脸,不知想些什么,从胸前的夹克口袋中拿出记事本,走到公共电话旁。

"你要打电话到哪里?"

"打到我妹妹公司。叫她帮我把睡衣、换洗衣物和脸盆拿来。"

"还有拖鞋。"

"……嗯,就是这样。"

矶贝的妹妹不到两小时就赶到医院等候室。矶贝可能已经告诉了她哲之毛衣的颜色及脸上的特征,她毫不犹豫就站在哲之面前,问道:

"井领先生吗?"

哲之站起来寒暄过后,想起矶贝曾在哲之屋内说过:"我妹妹很可爱哦!"果然不假。她美得让哲之手足无措,一时说不出话来。

"哥哥的病房不知道定了吗?"

哲之急忙带着矶贝的妹妹到护士站。年轻而冷漠的护士把两个人带到病房,指着窗户旁的病床,只丢下一句"在那里",就回护士站了。

病房内有四张床,有一个初中生、一个眼神锐利的中年男子,还有一个肥胖的老人,卧在病床上。

矶贝的妹妹把临时买来的睡衣放在床上,四处张望,正想着要把装着内裤、脸盆等用品的大纸袋放在哪里才好时,哲之指着墙角说道:

"先放在那里吧。这个……矶贝……"

"我叫香织。"

"香织小姐,你不必再回公司了吗?"

"是的。我已经请假了。"

哲之和香织又走回等候室，并肩坐在长椅上。

"并不因为是别人的事，我就随便讲讲，目前，心脏瓣膜症手术成功率近乎百分之百……"

哲之之所以这样说，是因为发现矶贝香织的白眼球有着异样的绿色，好像比她哥哥的病还重。端庄的侧面，笼罩着一股薄命的阴影。

"虽然，世间有很多令人害怕的事情，不过这却不像游过太平洋到美国那种毫无道理的事。"

香织抬起头，用怪异的表情看着哲之。

"只要下定决心。好！就去吧！毅然决然踏出去的话，才发现原来一脚就可以跨过去了。我认为只要自己下定决心，世上的事全都是这么回事。"

香织默不作答，过了一会儿，说道：

"很感谢您今天陪哥哥一起来医院。"

她站起来，非常客气地鞠躬致谢。哲之不得不告辞回去。

抵达梅田车站，哲之边想该如何消磨时间，边搭着扶梯往地下街，透过前头的玻璃墙朝咖啡馆瞥了一眼，看到中泽雅见靠着玻璃墙，一个人在喝咖啡。哲之想直接走掉，又觉得到处闲逛也很麻烦，就走进咖啡馆。他轻轻拍了一下中泽的肩膀，问道：

"一个人吗？"

若是他在等人的话，哲之打算立刻就走。

"嗨！好久不见！"

"是呀！自从去年借钱被拒绝以后……"

"坐呀！咖啡钱自己付。"

他说完，露出一抹嘲笑。

"以前，受你很多照顾。不知道白吃白住了多少次。等时机到来，我会想办法还的。"

"不要讲这些冠冕堂皇的话，好不好？我听起来好像是绝交宣言。"

哲之确实含有此意，不过哲之故意做出不解状，说道：

"果真如此，就没必要向绝交的人报恩了。你不要那么曲解我的意思。"

"曲解？我哪有对你曲解，一派胡言。"

中泽也露出笑容说道。每当伤到他的自尊心时，他的嘴角就会出现似酒窝的皱纹，好像金鱼的嘴巴一伸一缩。哲之推测有关《叹异抄》的议论，带给中泽内心超乎想象的愤怒和坚持。对于自己信奉的思想，特别是宗教，全盘被否定的愤怒，以及所受到的伤害之深，恐怕连被否定的本人都无法理解吧！不过，哲之不愿再去谈论那些事。因此，哲之正想开口问他，毕业后要继承父亲的事业还是另外找工作。没想到，中泽先开口说道：

"你所谓的亲鸾不存在说，还是没变吗？"

哲之啜一口咖啡，以平稳的语气说道：

"不要再谈论那些事了。那时我的精神状态不是很正常。人家信什么宗教，是人家的自由。我并不是要否定你。"

"你没有回答我。我是在问亲鸾不存在说的问题。"

"存不存在都无所谓，你认为存在就存在。"

"这不是我认为如何的问题。亲鸾确实存在过，证据多如山，也是史实。"

"好！知道了。这问题就此打住吧！"

"这不叫承认，我要你真心承认。"

"让我承认，能怎样呢？"

中泽窃笑，探出身子来。

"那天，你对我这么说过，《叹异抄》堆积了所有剥夺人生命力的言论。读了那本书后，就会不想活下去。记得吗？"

"记得啊，之后我还说，迟早都将拥有这栋大楼的少爷怎么可能会前往地狱呢？实在可笑！"

"把信仰宗教和这个人是否有钱放在同一水平线上考虑的人，才是可笑！你不觉得吗？"

"嗯，没错。因为也有人身受资本主义恩惠，却成为共产党员的信仰者！"

中泽竖起两根手指头，露出微笑。

"你那些看似伟大的言论中，有两个你得承认的错误。"

"算了，我不想再谈论这个了。我是因为好久没见到你，才进来店内坐坐。"

不过，中泽雅见非常执拗。他扬扬得意地继续他的论调。

"你知道《叹异抄》带给人们多少光明，多少生存的勇气吗？你却说这是地狱之书，有什么道理吗？"

哲之手托着腮，一直注视着中泽。中泽的胸前传来淡淡古龙水的味道。不知为何，这味道引起哲之的怒气。哲之说道：

"那么，在我论述之前，先回答我的问题。"

中泽点头，两手交错。

"何谓往生？"

"往去、再生。"

"往哪里去？"

"往净土，不是吗？"

"净土，在哪里？"

"死了就知道。"

"没死就不知道吗？这么说来，期待往生，就是期待死吗？期待死就能得到光明或生存的勇气，是这样的吗？和所谓舍身才能出人头地，有不一样的意义吧？极乐世界，在哪里呢？让我看一看！"

"或许没有。但是，这只是手段，让民众梦想虚构的净土，而能超越现实中一切的苦难。净土自在人心，教导那时代民众明白这种道理，会变成怎样呢？如此展开净土的深度，正是《叹异抄》的本意啊！"

"不过,《叹异抄》想舍去世上的执着却又舍不去,那也就算了,好不容易和这世上的缘已尽,无可奈何死去。虽说那也算了,却也只能一再重复期待往生吗?其结果和叫人快点去死快点去死有何不同呢?虽然这么说,人们却不死,还是想活下去!亲鸾本身应该也是如此。所以,念佛思想正是在制造虽生犹死的人。《叹异抄》所带来的光明和欢喜,就是缓和病人痛苦的吗啡。痛苦消失,让人会有病已痊愈的错觉。然而,那吗啡有非常猛烈的剧毒,只会让病人的死期提前。大量喝下念佛思想酒樽所酿出的虚无之酒后,会让人突然上吊、从摩天大楼往下跳,或往电车冲撞过去。因为那是熏染在精神底层的谛观,突然诱导出来的酒。"

"你只看到《叹异抄》的表面而已。算了,这也不奇怪。你连亲鸾心中的葛藤有多深刻、多强烈都不知道。读过《叹异抄》,连这都无法理解,只是感性谈论也是徒然啦!"

原本带着轻蔑笑容、叼着香烟的中泽,那硬挤出的笑容突然消失了,直瞪着哲之。

"像你这种家伙,有几万人在这地下街徘徊、彷徨。"

"所谓像你这种家伙,是什么家伙呢?"

"无宗教主义的主观者。"

哲之的脸上不由得露出微笑,向中泽问道:

"你每天都念南无阿弥陀佛吗?"

"虽然没念,心中确实存在。"

"所谓宗教就是实践,不是吗?存在心中却不念佛的你,难道不是一个主观者吗?"

中泽的脸上一阵红潮。哲之把咖啡钱放在桌上,说道:

"我不是无神论者,也不是无宗教主义者。不过,我不相信那种除自己之外,还借由神佛给自己方便的宗教。若是有哪一个宗教肯定说出,一切都在我,我就会倾听。有一只蜥蜴,告诉我这些。"

"蜥蜴?"

哲之站起来,俯视中泽。

"我对宗教,比你虔诚得太多了。所谓净土、天国,应该只是譬喻。那种譬喻,可以通过辩证法的现实存在来替代。知识分子就说这是什么潜意识。潜意识,又是什么呢?因为不懂,所以转成疾言厉色,不是吗?因此,我才说亲鸾是一个失败者。苦于女犯本身,就是一件可笑的事。性,难道不是自然的神意吗?和尚犯此戒条,装出伪善的模样,再转化成悟道,然后为此而感动的只有那群知识分子。无论谁使出怎样的理论或辩才,讲些似是而非的道理,我依旧要说亲鸾是一个失败者。"

中泽像是要反驳,抓住哲之的手掌。但是,哲之说道:

"祝你身体健康!刚才说过,我一定会找机会报答你。"

然后,他露出毫不畏惧的笑容,松开手。

哲之走在嘈杂街道上,依然继续思考。中泽雅见借钱给自己、让自己住在他家，绝对不是因为友情，一方面是消磨无聊，另一方面则是施舍他人以自我满足吧。不过，自己却因此度过好几次难关。虽然中泽一定会拒绝，但总有一天我会诚心诚意报答他，希望那一天早点到……哲之想起自己以毫不激动、却不是发自沉着思考而说出的那一句话——我对宗教，比你虔诚得太多了——当真如此吗？哲之缓缓地爬上报纸、广告传单散乱一地的阶梯。二月的寒风，让身子不禁缩起来。神和佛，有何不一样呢？《圣经》只有一本，但为何佛典会分出那么庞大的支脉和流派呢？看小金就明白，无论跳蚤、虱子、蒲公英，还是犬、虎或人类，生命力和再生力的巨大能量，全部都存在自我当中。我的体内，并未装上发条或电池，手脚却能自由活动，心脏不停跳动，血液不停循环。纵使自己不愿意，那颗珍贵的心仍旧一刻也不停地跳动，不断变化地活下去。难道这不是不可思议的现实吗？而且，所有的生物终究得一死。为何会死呢？大都会的暮色中，各式各样的霓虹灯闪耀着。拔出小金身上钉子的时机已近了。哲之的视野中看到的全是小金。那不是蜥蜴，那是装扮成蜥蜴之身、发出极端生命光辉的人。让人感到清新、强而有力、无垠无涯，哲之停下脚步。但是，那种至高无上的幸福光景，刹那间突然消失了。哲之想要再次唤回同样的欢愉，往天空一看，小金依旧只不过是一只蜥蜴而已。

是夜，饭店空房率高，特别闲暇，哲之在上班时间内打了两次电话给阳子。第一通电话，阳子说靠父亲的关系，在一家中坚商社找到了工作。第二通电话，因为哲之忘记问薪水多少，才会又半开玩笑地走到公共电话处打电话给她。

"那不是比我多三千日元吗？人家不是说四年制女大学生很难找工作吗？"

"是呀！可是哲之的奖金应该比较多。说来还是我比较少啦！"

"真是不开心啊！不管什么事，你总是比我好运。"

"成为夫妻后，就是命运共同体，不是吗？"

阳子担心哲之的毕业考成绩。

"只有一科有点危险，不过可以补考。"

"已经是时候了。"阳子降低声音说道。

"嗯。"

回答完，挂掉电话后的哲之，思索着阳子那句"已经是时候了"，指的是什么呢？不过，哲之一想到"已经是时候了"这句话，忍不住就很高兴。大学毕业、搬出住道的公寓、拔起小金背上的钉子，还有和阳子、母亲住在一起，都已经是时候了。

迎着从生驹山吹下来的寒风回到公寓，哲之立刻铺好棉被。然后烧开水，调杯热威士忌。当他正一边等待脚炉暖和起来，一边开始喝威士忌时，突然听到男人的声音从窗子外传过来。

"想要请教您有关电表的事。"

哲之走到门边,问道:

"怎会这么晚呢?"

"白天来的时候,没人在。"

当门开到一半时,哲之被一只强而有力的手抓住胸前,把他推到墙边。

"不准大声叫!"

那人低声说道,以下巴示意哲之从楼梯走下去。哲之全身产生一种莫名的疼痛,两脚打结。道路转弯处,停了一辆车。那个男人要哲之上车,车行驶后,他依旧抓着哲之的胸前。虽然哲之并不认识开车的男子,但心想一定是小堀那流氓的同党。想到也许会被载到生驹山中杀害,不禁全身发抖。不过,车子在国道右转,停在河畔边。附近是一片原野,没有一盏路灯,也没有住家。

"让你好好尝一顿苦头!"抓住哲之胸口的男子说道。开车的男人好像在把风,只往黑暗的四周到处环视,并未发一语。

"托你的福,我的兄弟得蹲上五年苦牢。觉悟吧!"

"想要把我怎样?"

"杀死你啊!"

"不杀我的话,怎样才可以罢休?"

"要你承受和蹲五年苦牢一样的痛苦!"男子说道,

"还有你老子的支票还没兑现!"

"我付钱。"

"得加上利息!"

"利息也付。"哲之哀求般说道。

"好!加上利息,总共一百五十万。"

"一百五十万……"

"小堀出来时,也差不多会向你讨回这数目。五年呀!可是吃了五年的牢饭呀!都是托你的福!"

"把我整个人剥光了,也拿不出一百五十万。"

"既然如此,就死在这里吧!"

哲之全身无力。心想若是逃走,对方还是会一直追过来,若追来我就咬他们!那些人会在车内把自己杀害呢?还是在人烟稀少的原野下手呢?不过在被从车子里拉下来时,还有逃跑的机会。只能这样做了。哲之嘟囔道:

"那就杀了我吧!"

开车男子第一次把脸转过来,问道:

"真的吗?"

"无论我怎么拼命工作,全都要替父亲还债。我很累。活下去,也很无奈。杀了我吧!"

其实,这是哲之面临生死的演技。那两人看了以后,面面相觑。

"好!杀吧!小堀蹲五年苦牢的三倍。十五拳,只要能吃我十五拳,就算平手吧!目前为止,还没有哪个家伙吃上我十五拳还能活。"

开车男子走出车外。打开后门，抓住哲之的手腕。虽然被拉出来，但被两个大男人抓住胸前，根本无法逃。哲之感到第一拳打在脸上，想逃脚却麻了，连站都站不住，听不到风声，想呕吐，被抓住脖子拉起来，第二拳更加猛烈、有力。第三拳可能是目测失误，擦过脸颊。第四拳打在脸上，听到鼻骨断裂声。脸上有滑滑的东西。不知道从哪里流出血来。他拼命地站起来。无论如何，得想办法逃走。那人却误解了。

"这小子真打算要吃上十五拳。"

想了一下子，那人说道：

"差不多该闪人啦！"

哲之已陷入半昏迷状态，想往右逃，男子的身体挡住前方。比起刚才那几拳，力道小多了，哲之站着抱住那个人，什么都不知道了。不过，却看到头盖骨破裂成网状，从那里喷出血的幻觉，对死亡的恐怖在哲之的内心深处燃烧。

好似起重机的空虚响声，忽大忽小后，时而可听到人的声音。花了好久的时间，才察觉是那两个人。

"这小子已经奄奄一息了，只剩一口气还在，不如早点送他上西天吧！"

好像在大寺庙内窸窸窣窣说话般，男人的话让哲之瞬间醒过来。知道自己并非躺在堤防的土上，而是倒在棉被上。

"傻子!这和小孩办家家酒不一样。不能不加以厘清,那张支票也不能就此放手。"

殴打哲之的男子说完后,将脸靠近。

"喂!有什么值钱的东西吗?什么都好。拿来换!我就把支票还给你。"

什么值钱的东西都没有!哲之脸上疼痛异常,发出呻吟声,摇摇头。赶快把我送到医院!这样下去,我一定会死。虽然心中这么想,却说不出话来。哲之伸出那只戴着阳子给的老式劳力士表的手,想抓住男子的厚肩膀。男子误以为哲之要告诉他们,值钱的东西就是这块表。男子把表夺走了。

"虽然是旧的劳力士……"

哲之毫无抵抗能力。不久,好似起重机的声响渐渐远去,直到听不到一点声音,右脚已经麻痹了。他用右手敲一敲榻榻米。谁都行,赶快来救我!住在公寓的其他人,会不会听到敲榻榻米的声音觉得奇怪,而跑来探视呢?哲之如此想。但是,那声音震得哲之的脑髓几乎承受不住了,其实那声音比把报纸一折四掉落地上的声响还小。然后,他对光、声音、温度都没有知觉了。

意识模糊中,他觉得自己在熄掉灯光的商店街正中央打棒球。说打棒球,不过是把扫帚柄当球棍,把报纸揉成圆形,再以封箱胶带层层卷住当成球。阿实投出球,哲之挥棒。跳不起的球滚动着，从不到二十七厘米的门缝滚进那家名为"满月"的好烧①屋。哲之悄悄往"满月"内偷看。三个老人和老板娘在玩花纸牌。那三个老人一到晚上，就聚集在"满月"打花纸牌，被老板娘当傻子。

"不要把玻璃打破了！"

有时看来像三十岁，有时看来像年过六十的老板娘说道。有一个老人捡起脚边那个用报纸做的球，说道：

"这种球不会打破玻璃，对不对？小哲。"

哲之小时候，附近邻居都叫他小哲。铁板上有一张刚煎好的面饼，上头撒满柴鱼屑。

"不赶快吃，会焦掉啊！"

哲之知道那是老人叫的，却一口也没碰，就大声告诉他们。老人们的心思根本不在面饼上。把手上排成扇形的纸牌举得和眼睛一样高，其中一个说道：

"谁拿了和尚？那我就打张女狐吧！"

另一个则说道：

"把松树打出来吧！没有这张牌，我就无法胡了。"

他们边说边把烟灰四处乱弹。

"可以给我和阿实吃吗？"哲之向老人们问道。

"刚才不是吃过了吗？"

---

① 将水、樱花虾、花枝、肉、蔬菜等放进面粉搅拌后，平铺在铁板上煎成的一种饼。

"哎呀！十五六岁，正是能吃的年龄。多少也吃得下。"

"可以吃吧！"

哲之把阿实叫来，拿起两把不锈钢小铲子，坐在椅子上，将煤气关掉，把面粉饼切成两半。突然，老板娘看着老人们，露出沾着口红的牙齿，笑道：

"你们再过一小时就要死了。"

三个老人一起把拿在手中的纸牌搁在桌上。哲之停下正在翻动小铲子的手，看着变成灰色的老人的脸。店门突然开了，一只又一只的蜥蜴爬进来。不知何时，把"满月"爬得连站的地方都没有。墙壁、天花板已经没有半点缝隙，全被密密麻麻的蜥蜴挤满。不久，三个老人的脚掌都被埋在蜥蜴的光泽中。蜥蜴好似满潮的海面一般，无法控制的数目从店内不停溢出。哲之一会儿就把面饼吃光，好几只蜥蜴也爬到了手掌上。有一个老人在哭泣。他说道：

"我还有好多没做的事啊！千万别让我一小时后就死。"

一只接一只地爬进来、重重叠叠的蜥蜴，已经爬到老人的腰部。蜥蜴还从天花板上不停地掉落下来。

"好多没做的事，是什么呢？"另一个露出已经觉悟神情的老人问道。

"阳子啊！还有我和阳子生的孩子！我要和他们见面，向他们道歉！"

"那女人和孩子，现在在哪里呢？"

"附近，我知道住在附近，可是怎么找都找不到。"

"为什么会分隔两地呢？因为你太贫穷了吧！而且，阳子只是和男人讲话，你就使坏心眼。"

"是的，这我也要道歉！"

此时，另一个一直默不吭声的老人嘟囔道：

"人生若有五十厘米长的话，男女之间的事，就只有一厘米。但是，若没这一厘米，五十厘米就变得毫无意义！"

说完后哈哈大笑，随即沉没在蜥蜴之海中。哲之站起来，寻找阿实。但是，到处都找不到阿实。

"我去把那个叫阳子的女人和孩子带到这里来。"

"小哲！你知不知道阳子的住处呢？"

"知道啊！"

"哪里啊？在哪里呢？"

刚说完这句话，两个老人也被卷进蜥蜴的浪潮中，此后就没再浮上来。哲之拨开蜥蜴，走出"满月"。他经过商店街，在灰色的道路上奔跑，冲进公共电话亭，打电话到阳子家。意志和手指头却无法一致。他想要拨二却拨成了六，急忙重拨，好几次都没能依照自己所想的拨成功。不知不觉中，蜥蜴爬进公共电话亭，哲之的脚、腹部和胸前都被埋在蠕动的蜥蜴中。他踮起脚尖，蜥蜴竞相往哲之的鼻孔爬，爬到那里就停下来。公共电话铃响了。哲之心想，一定是阳子打来的。可是，哲之一动也不能动,因为他已经被埋在蜥蜴群中,所以无法接听阳子的电话。他忽然想到小金会在哪里呢?"小金!小金!"地喊个不停。

哲之睁开眼睛,看到冬日的早晨和被钉在柱子上的小金。他感到非常寒冷,微微在发抖。麻痹的右脚已经恢复正常,鼻子的疼痛比在做梦时更剧烈。整个脸疼痛难耐。哲之用手轻轻摸了一下脸。好像有一层硬膜般的东西,把鼻子下面、下巴,甚至耳穴都粘住了。记得被殴打时,好像扭到了筋,脖子无法转动。他用指甲把贴在脸上的东西抓一抓后抠起来。原来是干掉的血。鼻梁正中央肿起来,不用给医生看也知道鼻骨断了。他忍住痛用指尖压住,确实有部分的鼻骨在动。左眼几乎睁不开,两侧的颊骨也在痛。他认为颊骨也许断裂了。不过,头不再痛。哲之转动身体移到壁橱,好不容易才把毯子和棉被拉下来。记得只有脖子以上被揍,怎么觉得右边的肋骨都有好几根也在痛? 可能是被殴打不支倒在冰冻的原野时,撞到石头或什么东西了吧。脸上发烫,哲之想去拿冷毛巾冰敷,却站不起来。

从隔壁房间传来独居女人的脚步声。哲之用拳头敲打墙壁。敲打了好几次。现在,想要求助的话,只有隔壁那个病弱的女人。他一度想放弃,重新想过后,用脚背去撞墙壁。脚步声在薄墙的另一方停住。哲之拼命用脚背去踢墙壁。听到隔壁开门的声音。

"井领先生!"

女人纤弱的声音呼叫着。他想要答应,正要开口时,又想到得先把小金藏起来。于是从长裤后面的口袋拉出手帕,抓住柱子的边缘,挺起上半身。一阵晕眩和呕吐感袭过来。哲之把手帕挂在小金背后钉子上的同时,发出大声响,整个人倒下去。

"怎么啦!井领先生!"

门没上锁,哲之的脸转向门。隔壁女人看到哲之的脸时,当场蹲下去,然后发出嘶哑、长长的哀号声。刚好一个住在附近的上班族走出家门,穿着外套跑进哲之的房间。三个住在同一条街,却不曾碰过面的三十岁左右的男子,跑过来异口同声地向哲之问道:

"怎么啦!有强盗吗?"

"不,赶快叫救护车!"

"打架吗?"

"看得见吗?"

哲之点点头。

"还有意识吗?"

哲之再次点点头。

他们大惊失色,引起如此大的骚动,并不是因为哲之青肿的脸。而是哲之的鼻血流在毛衣和棉被上,留下深黑色的圆形血迹,让他们以为胸部或腹部必定被利刃刺伤了。

哲之被救护车送到面对阪奈道路的医院。医生立刻替哲之的头部拍摄 X 光片子。果然鼻骨已经断了。医生说道：

"若是断裂处再往上一厘米的话，就没命了。"

"只有鼻骨断裂吗？"

医生回答"是"，然后说治疗结束后，再做脑波检查。

"一个人住吗？"

"是。"

"父母兄弟姐妹呢？"

哲之不想让母亲知道，事情已经过去了。父亲的支票也收回来了，应该不会再来吧，不会再出现第二次吧。因此，他不要让母亲知道。哲之说出阳子家的电话号码。

粘在脸上的血已经擦干净，哲之被送到单人病房，护士拿着冰袋放在他脸上。护士走后，换了一个年轻的刑警进来，坐在病床旁边。

"你以前曾经被讨债流氓威胁、殴打过，对不对？"

"对。"

"是他的同伙吗？"

"对。"

"法律上，你并没有义务去替父亲的支票善后。那群人真是下流……"

哲之原以为会被问到各种问题，没想到刑警只说了这句话，就要走出病房。

"请不要再去抓他们了。"哲之说道,"要不然其他的同伙还会来报复的。已经过去了。那些家伙拿我的手表抵支票。"

刑警默不作声。

"纵使抓进牢里去,反正五六年就出来了。如此一来,我又得提心吊胆地过日子。我不打算提诉讼……"

听到此话,原本面无表情的刑警绽出微笑。

"柱子上那只蜥蜴,吓了我一跳!那是在放蛊吗?"

哲之闭上眼睛。病房的门被关上了,满脸霸气的刑警的皮鞋声渐渐远去。刑警进到自己屋内时,房东应该也随候在侧。那么,她必定和刑警一起看到了小金。哲之心想,自己可能会在四月前就被赶出公寓。那个吝啬的房东,绝对会提出赔偿柱子的要求。她即使收了赔偿金,也不会去修理柱子,就直接租给新房客。所以我绝对不赔偿。蜥蜴所以会被钉在柱子上,还不是因为房东没让电灯通电,才害得我不得不和蜥蜴同住在一起。这种精神痛苦,到底又该怎么算呢?我就如此扬言,泼她一盆冷水吧!哲之的精神慢慢又好了起来。他想起梦中的片段。他隐约明白,三个老人被蜥蜴之海所吞噬,到底代表了什么意义。人类所定的法,无论多么重,也无法真正地惩罚罪人。但是,不管如何也逃不过创造人的法。有一个创造无数生命、花草树木的法,有眼睛看不到但俨然存在的法,有四季轮替、潮满潮退、让人幸福或不幸、有生有死的法。若非如此,毫无价值的一只蜥蜴小金,能够继续活下去的理由是什么呢?差一点就没命的昨夜,梦见感叹自己还有好多事没做的老人,沉入了蜥蜴之海,这有很深的意义吧!一定有很多人,因为触犯了法,就像那样死去。但是,无法以人类所定的法,惩处犯大罪的人,就会被大海吞噬,被引导至以蜥蜴、蛇或其他令人厌恶之象征的无穷无尽的黑暗中。泽村千代乃就是其中一人。哲之的思考处在半睡眠状态,一个接一个扩散出去。

突然,哲之的听力变得很清晰。因为他听到从遥远的远方,传来了急促的脚步声。肯定不会听错,是阳子的脚步声,哲之含着眼泪。不知道是他还没从梦中醒来呢,还是脑袋瓜变怪了?

阳子连门都不敲,径自打开门。哲之和阳子四目相接时,仍卧在床上,好像发誓般举起一只手,说道:

"我一辈子都不会殴打阳子。阳子和其他男人跳舞,我也不吃醋。"

阳子害怕地走过来,偷偷看了一下哲之那张被冰袋几乎盖住的脸,深深叹了一口气。然后,开始哭起来。

"阳子,我真是走了狗屎运,那个好像职业摔跤的家伙,拼命打我,我也没死。"

"傻子……"

"他把爸爸的支票还我了。他说要打死我,却把奄奄一息的我送回了公寓，还真亲切。"

"那种人，去死好啦！"

"那样想的话，自己就会死。"

"为什么？"

"从刚才起一直在做梦，想了好多事后，我已经成为哲学家了。不是纸上谈兵，而是大彻大悟。"

阳子把冰袋小心翼翼拿开。

"知不知道自己的脸成了什么模样？"

"大抵上想象得出来。鼻子以上很光滑，鼻子以下……"

"比想象还惨！连自己的脸成了什么样都不知道，怎么可能会大彻大悟呢？"

阳子边哭边笑。轻轻地在哲之的脸中央吻了一下。

"不要让老妈知道哦！"

阳子什么话都没说，把冰袋又放回去。

"阳子的手表被拿去抵债了。那块劳力士，对不起！"

下午检查的结果，脑波正常，右边肋骨有两根断裂。痊愈得需要三周。傍晚，阳子的父母亲来医院探视。哲之从两个人的表情，推测该不会借这个机会来清算自己和他们女儿的关系吧！

"世上的事，无法完全依照蓝图去做！"

阳子的父亲看着女儿说道。阳子的脸看来比平常更丰腴，好像又要哭出来。不久，哲之发觉自己的猜测错了。他把冰袋举起来，自己先来个开场白：

"以这种脸见人,真是对不起!"

该来就来吧,不得不说的话总要说出口的吧!阳子的双亲对哲之的说法感到很奇怪,端坐着露出微笑。哲之对于想和阳子结婚、父亲的债务、昨天的事件、就业问题、大学即将毕业等大略叙述了一下。

"因为两个人都是独生子女,希望你们也听一下我的想法。"

"是……"

"有一种说法,说是希望子女结婚后,住在离父母亲住家要在端一碗汤过来不会冷掉的距离。我希望你们就是这样。"

"我们正是有这种打算。谢谢您!"

"话说回来,这真是一张令人讨厌的脸啊!我很久没和你见面,进到病房时,心想自己的女儿怎么会对这个丑男人如此着迷呢?"

"昨晚之前,我还是一个美男子!"

阳子父母亲回去后,只剩下两个人。

"今晚,可以留下来吗?"

"妈妈叫我要照顾你。"

哲之和阳子正要拥抱时,传来敲门声,阳子赶紧在椅子上坐好,哲之用双手把冰袋托好。

进来的是房东太太。原本就是美容师、浓妆艳抹、有些肥胖的房东,在说完探病的场面话后,就质问那只蜥蜴到底怎么一回事。

"不仅刑警大吃一惊，我也吓得双脚发软。那是租来的屋子，不是你自己的房子。契约书上写得很清楚。屋子若有毁坏，就得搬出去，你得把柱子给我修好！"

哲之承诺四月第一个周日会搬走，但是不赔偿柱子的修缮费。然后，把事先想好的说辞条理分明地叙述了一遍。

"蜥蜴会留在屋内，都是房东的责任！而且，我在几月几日几点会搬过来，住进来前三天都已经通知了，你却没让电灯通电。这当然是出租者没有尽到应有的义务。无可奈何之下，我才会在黑暗中找钉子。在黑暗中钉钉子，想都没想到那里竟会有一只蜥蜴。因为那只蜥蜴，我每天不得不忍耐再忍耐，日子过得有多不愉快啊！"

"什……什么？那只蜥蜴活了一年了吗？"

"那正是我想请教你的。总之，那间屋子到处都有缝隙，可能是那只蜥蜴的老公还是老婆，趁着我不在时，偷偷运食物来给它吃吧？"

"蜥蜴有老公还是老婆？不要胡说八道。"

"除此之外，还能作何解释呢？"

房东愤愤然离去后，阳子握住哲之的手，喃喃道：

"是呀！有一个可爱的老婆，拼命运食物来哦！"

12

哲之决定拜托阳子口径一致，告诉母亲是被两三个不认识的醉汉围殴成伤。翌日午后，被阳子告知的母亲，请了三天假赶过来。

"真是的！怎么会碰到这种事呢？真不是人！"

母亲听完哲之编造的谎言后，面不改色地说道。哲之心想，母亲碰到这种事，应该是会哭哭啼啼才对。

"无论发生什么事，时间能够治愈一切。"

喃喃自语后，母亲从病房的窗子注视着远方，然后就一直在剥阳子买来的橘子。阳子知道这一年来，哲之和母亲两个人相处的次数寥寥可数，所以不打扰他们母子，一天只打两次电话来，没有在病房里露面。哲之很在意矶贝再次检查的结果，却也无可奈何。他只好拜托阳子到矶贝住院的医院，去打听检查结果。

"检查结果还没出来……听说从现在才开始要接受各

种检查，决定是否手术也要一个月后。"

阳子传来这消息。从放置电话的护士站回来的母亲，询问公寓钥匙放在哪里。母亲说因为棉被上的血迹要洗，也得回去拿些换洗的衣物，还有想去看看哲之这一年来住在什么样的公寓。其实，钥匙寄放在房东那里。但是，哲之却装出漫不经心的表情，说道：

"交给阳子了，那家伙放进手提包后，一定就忘了。"

"房东应该也有备份钥匙吧。"

"没有。因为房东说之前的房客把钥匙遗失，所以绝不可再弄丢。"

之所以扯下这个谎话，是因为哲之不想让母亲看到小金。

"而且，也没什么换洗的衣物，都是脏衣服。"

"是呀！大概也想象得出来。"

原本已站起来的母亲，又坐在床铺旁边，边把橘子的果肉放进哲之口中，边开始断断续续说自己这一年来如何过生活。

"料理屋也好、小酒店或俱乐部也好，做那种生意的女人，怎么都是阴晴不定的多呢？今天让人觉得亲切又体贴，隔天一扫而光，摆出一张臭脸，唠唠叨叨净讲些令人不舒服的话。说是一做那种生意，自然就变成那种女人，却也不尽然。"

"为什么呢？"

"那种女人,不自觉中踏入接待客人这一行业,或类似的工作,等到发现自己无法像其他女人拥有家庭时,就会自问到底所为何来。妈妈很了解这种心情啊!"

"这么说来,不能让女人当总统或首相咯?"

"不行!不行!那种工作太伟大了。"

没有一样工作是轻松的。母亲深呼吸后开始要说话,哲之心想大概要说教了,感到有点厌烦,没想到并非如此。母亲把心酸的事全往肚里吞,只讲了些有趣客人的小故事,还有只有三个员工的料理屋存在的权力斗争的滑稽过招,母亲带着微笑娓娓道来。只是,最后的结语却说道:

"夜晚睡觉时,边觉得'啊!好幸福!',边躲进被窝……"

午后三点过后,岛崎课长和鹤田来探病。两个人看到哲之一半以上的脸都被纱布和橡皮膏给盖住,不禁发出惊叫声。母亲向两个人再三地道谢后,因要买东西,便离开病房。岛崎课长来病房前,已经问过医生伤势,皱着眉头,压低声音说道:

"再往上一厘米的骨头断掉的话,听说就有生命危险!"

哲之从橡皮膏上抚摸断掉的鼻梁,勉强挤出笑容。

"帅哥的脸,全毁了!"

话一说完,鹤田回说:

"在这世间,不好好看清楚前方再走可不行啊!很危险哦!"

岛崎的眼神含有多管闲事的意味,瞪了鹤田一眼,鹤田却未察觉,依旧带着嬉闹的语调说下去。

"紧急人事调动,岛崎课长荣升部长哦!三宅先生流放到博多①分店当总经理去啦!"

饭店的总部在大阪,连锁店则加上各自的地名,如京都、奈良、冈山、博多和两处休闲胜地。其中,博多分店规模最小,要不就是大刀阔斧大改建,否则干脆关门大吉。这件事已经到必须早些做出决定的地步,无奈传言都说关闭的可能性较高。不知道使了何种方法,让三宅营业部长被派到博多连锁店担任总经理。但是,鹤田对于有妇之夫的三宅和烧烤组百合子的关系,无论如何也忍不下那口气,必定在公司内大肆宣传了吧!哲之注视着这个卑鄙、脑筋快的鹤田满是肥肉的脸庞,心中暗自思索。哲之有事想问鹤田,而且他也觉得自己想问的事,正是鹤田很想告诉他的事。因此,岛崎很碍事。还好岛崎从口袋抽出香烟,说道:

"我要是在病房抽烟,一定会被像鬼魂般的护士责骂吧!"

哲之告诉他抽烟区的地点。

---

① 位于北九州福冈县内之港口。自古为遣隋、遣唐使的出发港,以博多丝绸、博多人偶闻名。

"你真是一个坏人啊,说什么被醉汉围殴,骗人的吧?一定是得罪了谁,才会招来一顿恶揍吧?"鹤田笑着说道。

"为什么我是坏人呢?鹤田才是坏人。难道三宅想象得到,自己之所以被左迁到博多的主谋,竟然是服务生鹤田吗?"

"他可快活啦!把百合子当玩物……"

"百合子怎样呢?"

"在大阪要多少工作都有呀!现在变成怎样,不是我所能预测的。你让我长智慧!鹤田直到退休都只能当一名服务生……这句话很可怕啊!让我不禁打寒战,坐立难安。"

岛崎回来后,交代哲之要好好静养,告诉他新人入社典礼定在四月二日,就催促鹤田回去。

高瘦派压倒式胜利吗?哲之又想起在大阪街头的某处,也许正陪另一个男人在睡觉的百合子。

"井领先生,不是跟你说过,今天一整天都不可以把冰袋拿开吗?"

哲之听到护士长尖锐的声音,急忙把冰袋放在脸上。

虽然医生说过等到肿胀消退后,再替断裂的鼻梁动整形手术,不过哲之出院回到公寓后,就没再到医院去了。那种事任何时候都可以做,我还有更重要的事要办。三月已经过半了,天气还没转暖,哲之感到很着急,每次看到樱花树,就会去确认花苞鼓起的情况。和房东约定的日期逼近了。他猛然想起"惊蛰"这个词，翻开字典："惊蛰，即惊醒蛰伏中的昆虫。二十四节气之一。太阳的黄道面走到三百四十五度之时，阴历二月之节。太阳历三月六日前后。"

哲之把暖炉移近柱子旁，希望小金早点醒来，回头一想又觉得不妥，违反自然对小金反而不好，会让它更衰弱，所以自己也忍耐着寒冷，一整天都没开暖炉。所谓"惊蛰"，一周前就过了。虽然春天的征兆看不到，然而那只是人类的眼睛看不到，昆虫和其他动物，还有人类的某些律动却已经开始了。如此一想，哲之起身要站起来，却又把头埋在两膝之间，把脸背向小金。

蓝格夫妇寄来一封航空信。哲之边疑惑他们怎么会知道地址，边把信拆开。里头有两张信纸，一张是蓝格先生以打字机打出的德文，另一张则是手写的详细日文译文。

亲爱的哲之·井领：

现在，我们住在慕尼黑，对我们老夫妇来说，公寓有点过于宽敞了，每天平安地过日子。妻子发现了在小菜园里撒下种子的欢乐。我则发现灵感一来记下有如诗般文字那种小小的生存价值。自己简直有一种变成荷马（Homeros）的氛围，到目前为止发生好几件如梦般的事，你让我觉得那绝对不是梦。我想把我拙劣的诗，送给你和你可爱的情人，所以才写信给你们。读我的诗时,请不要笑!因为我只是一个印刷工,认识的词汇有限。

"在空中飞翔之物,都有两翼。然后,有一面镜子。但是,有一翼、两面镜子之物,不久就掉落在地。两翼成一翼,镜子有表里。若能发觉,到底谁企图把自己以外的人一起带上不幸之路呢?"

这完全是模仿荷马,不过我为作出这首像诗的诗,足足苦恼了十天。另外,这封信是拜托住在附近的日本留学生翻译的。向你和你的情人,献上一吻。

一九××年三月四日

菲力特比·蓝格

哲之对于蓝格那句"到目前为止发生好几件如梦般的事,你让我觉得那绝对不是梦"比对诗更有感触。但是,反复来回读了之后,哲之竟浸淫在这首无法评价是优还是劣的诗中。傍晚,他刮好胡子,把蓝格的来信放进口袋就出门了。途中,打电话给母亲,也打给矶贝。

"鼻骨断裂住院了。"

哲之把事情经过一五一十告诉矶贝。矶贝听完哲之的说明,说道:"那些流氓,为什么半途肯放手呢?"

"不知道。我的狗屎运吧!"

"我被排在四月二十五日动手术。"

矶贝只说这样,并未提起检查结果。

"小金的事被房东发现了。她非常生气，要我在四月的第一个周日搬出去。当然啦，把小金一起带走。你开刀时会被麻醉，又有高明的外科医师立刻替你缝合。小金可没有！"

哲之心想这些话会不会让他不舒服呢？结果还是说了。没想到矶贝笑了。

"要动心脏手术的人，害怕到晚上都睡不着啊。"

如果拔出钉子时，即使小金死了，也得对矶贝说谎。哲之挂断电话的瞬间，如此想着。

抵达武库之庄车站，还不到八点。他很想不通知就直接到阳子家去。但是，越接近她家越觉得就算人家已经答应婚事，也不能得意忘形，于是走进公共电话亭。阳子母亲接电话，问道：

"现在，在哪里呢？"

因为无意中说出"在梅田"，虽然已经看到阳子家，却落得要消磨些时间的尴尬。从母亲手中接过电话的阳子，怒道：

"你今天在做什么呢？我一直在等电话。我只能等！搬家的日期不赶快决定不行啦！"

"其实，我在你家附近。可是，刚才不小心对你妈妈说在梅田。怎么办才好？"

"为什么？"

"还是觉得不好意思上门。"

阳子说会找个理由出门,就把电话挂掉。不到两分钟,阳子就从家里跑出来了。

"因为人家把女儿给我而太高兴了,前阵子还偷偷摸摸来会面的男子,现在就跑到附近来,不是很厚脸皮吗?"

坐在公园的秋千上,哲之抬头看着刚洗完澡、身上飘来香皂味的阳子。阳子伸出手,轻轻抚摸哲之的左脸颊。

"这里还有一点肿。"

哲之把蓝格寄来的信,默默递给阳子。

"什么时候寄来的呢?"

"昨天。"

哲之怕阳子洗完澡受凉,想带她到咖啡馆去,阳子说穿了毛外套,没问题,跟着坐在旁边的秋千上。借着水银灯光,阳子开始读信。

"泽村千代乃的判断错误。她在茶室说过,这两个人没有死在这里,也一定会在别处达成目的。今天就当作是离别之茶吧。"

阳子并未回答,只是轻声说道:

"还好没洗头发。总觉得哲之会晃过来。"

然后,她喃喃道:

"好像梦一般……"

从阳子手上接过信,哲之突然涌上一种微妙的心情,绝对不是梦,却好像梦一般……他放弃自己的旧巢,不断换搭电车,得走三十分钟寂寞的乡下道路,爬上铁楼梯那个像箱子般令人苦闷的地方,这一切都难以置信。自己和阳子之间发生的事、大约可以想象的母亲的生活、害怕讨债流氓的日子、仍然持续权力斗争的高瘦派和肥胖派、矶贝即将面对的大手术等,全部都收进小金那只蜥蜴的体内。他用食指触摸自己弯曲的鼻,而有如此的感怀。

"把钉子拔起来,小金会死吧。"

一听到这话,阳子说道:

"我替小金做了一个窝。"

总之,先让小金还是插着钉子,先从柱子拔起来。等待时机,从小金身上拔出钉子,让它在小木箱内养到伤口痊愈后,再把它放走。这是最好的方法。阳子如此说明。

"我自己做的哦,里面再放进几颗石子。"

"什么时候做的呢?"哲之惊讶地问道。

"今天。用锯子把木头锯好,再用钉子钉起来……手指头不知道被锤子打中多少次,你看!长出血泡来了。我跑到仓库去找木板块,弄得满头满脸的灰尘,才会去洗澡。"

"为什么?阳子为什么会想去做这些事呢?"

"因为后天哲之要搬家。"

"后天?"

"你知道我表哥在开电器工程行嘛!包了很多大工程,只有后天可以把卡车借给我们。所以才赶快帮小金做一个窝。"

哲之站起来。他拉着阳子的手跑。匆匆向阳子的双亲打完招呼，拿着那个约二十厘米见方、看得出是阳子苦心钉出来的变形正方箱子，回到武库之庄车站。站在检票口，阳子对哲之说了一句"傻瓜"，又扮了个鬼脸。

"怎么回事？我的眼泪快流出来了。"

"后天十点卡车会到！那个时候，你还在睡觉的话，我就往你的脸踢过去！"

哲之很想对阳子说些感人的情话，只觉得情绪很高亢，却连一句正经话都说不出来。

回到住道车站后，高亢的情绪转为庄严的平静，抱着放有石子的木箱，顶着迎面而来的风，低着头往夜路前进。到家后，哲之把屋子的门锁上，用指尖抚摸小金的鼻尖。它的尾巴微微震动。哲之认为拔钉子前，有很多事得说给小金听。

"小金！"

但是，当他呼唤小金时，闪过一个念头，与其让它忍受二次恐怖，不如直接把钉子从小金身上拔起来。他右手拿着拔钉器，左手的手指轻轻压住小金的身体。

"不能死啊！不能死啊！"

小金四肢趴着，尾巴弯曲。"吱嘎"一声，被拔起的钉子顺着拔钉器往天花板弹飞过去。内脏的一部分，在哲之压住小金的指头上染成小小的红色和黄绿色的斑点。他把木箱提起来，指头松开。但是，小金的身体依旧贴在柱子上。小金好像孑孓般，全身弯曲蠕动，却没有掉进木箱内。从被钉子贯穿的腹部溢出的肉和液体已经凝固，把小金和柱子粘在一起。哲之到处找那根钉子，原来掉落在屋子的角落。他把钉子尖端的凝固物削去。小金痛苦地扭动，若硬要把小金和柱子分开，腹部的洞可能会愈来愈扩大。长时间贯穿小金身上的那根钉子，拔起来后，重新对小金的腹部造成创伤。不久，小金掉落在榻榻米上。哲之趴在地上，小心翼翼把小金捧到手掌上，放进木箱。小金张着嘴巴，头部和背部有些微微痉挛，躲进石缝。

天刚亮时，开始下雨。一直到中午雨才停歇，炫目的阳光照在榻榻米和小金的木箱上。哲之趴在地上，把耳朵贴在木箱，说道：

"不能死啊！不能死啊！我做了个梦。很久以前，我梦见自己变成蜥蜴，死了又生、生了又死，好几次！"

从木箱内没有传来任何声音。他有一股冲动，想把石子拨开确认小金是生还是死，好不容易才把自己的冲动给压抑住。

"这一定就是春光。小金！钉子一拔起来，春天就到了。"

他那一整天，心中一想到什么话，就对着木箱中的小金倾诉。想起一年前自己和母亲分开生活的无奈，全部只能通过小金这不可思议的使者来纾解。哲之发觉根本什么都还没开始。他边喝酒边一直说，时而窥视石子间的缝隙，等待明天到来。明天……明天，阳子会搭着她表哥驾驶的卡车来。他一想到明天，就变得不安。同时，也兴奋地期待明天带来真正的、至上的幸福。

期待的日子的早晨，他八点就醒了。千真万确的春光，让哲之的脖子和腋下都冒汗。他拿着木箱，跑到道路转角好几次。哲之不想让坐在卡车上的阳子进到公寓来，希望自己跑到马路上，挥手迎接阳子。就在这来来回回当中，哲之终于忍不住，从木箱内把石子一颗一颗拿出来。有像鸡蛋般大的石子，也有像砖瓦的破片。

"小金，要活着啊！"

哲之的心脏怦怦跳，喃喃自语。哲之把石子全部拿出来，注视木箱许久。他有如傀儡戏偶般抬起头，凝视满是春光的天空。因为小金已经不见了。